吉林农民作家作品选

（2022年）

第拾辑　吉林省作家协会　编

时代文艺出版社

图书在版编目（CIP）数据

吉林农民作家作品选. 2022年 / 吉林省作家协会编.
-- 长春：时代文艺出版社, 2022.12
　　ISBN 978-7-5387-7080-3

　　Ⅰ.①吉… Ⅱ.①吉… Ⅲ.①中国文学－当代文学－
作品综合集－吉林 Ⅳ.①I218.34

　　中国版本图书馆CIP数据核字(2022)第185063号

吉林农民作家作品选（2022年）
JILIN NONGMIN ZUOJIA ZUOPIN XUAN（2022NIAN）
吉林省作家协会　编

出 品 人：陈　琛
责任编辑：徐　薇
特约编辑：高　莹
　　　　　李一兵
装帧设计：陈　阳
排版制作：隋淑凤

出版发行：时代文艺出版社
地　　址：长春市福祉大路5788号　龙腾国际大厦A座15层（130118）
电　　话：0431-81629751（总编办）　0431-81629755（发行部）
网　　址：weibo.com/tlapress（官方微博）　sdwycbsgf.tmall.com（天猫旗舰店）
开　　本：880mm×1230mm　1/32
字　　数：298千字
印　　张：12.25
印　　刷：长春第二新华印刷有限责任公司
版　　次：2022年12月第1版
印　　次：2022年12月第1次印刷
定　　价：58.00元

目录

散　文

短篇小说

小令的春天 李谦

男孩小令不喜欢春天。春天一到，爸爸就扛起行李卷，离开他了。

一

小白菜呀
地里黄呀
八九岁上
没了娘呀
我想亲娘
在梦中啊
亲娘想我
一阵风啊
……

自从眼看着妈妈下葬，小令就经常在心里回放这首歌，还自动把原歌词的"两三岁"更换为"八九岁"。他经常在梦里见到妈妈，却从没感受过"一阵风"带来的妈妈的气息和温度。

"没有后妈，还好些。后妈进了门呀，我的小令就成了小白菜了。"姥姥搂着小令，眼泪汪汪地说。

怕也没用，爸爸才三十出头，有后妈，是早一天晚一天的事儿。

妈妈去世两年多以后，爸爸把一个浓眉大眼的高个儿女人领到小令面前，说："这是你的新妈妈。"

小令警惕地打量着面前的女人，看她打着手势，嘴里发出"啊吧啊吧"的怪声，一对大眼珠子锃亮锃亮的。他吓得躲到姥姥的身后，恨不得变成孙悟空，能缩进姥姥的袖筒里才好。

后妈是个哑巴。

想想也是啊，为了给妈妈治病，小令家里欠了不少饥荒，还不算姥姥的全部棺材本儿。姥姥说，这笔钱她不要了。为这，小舅妈动不动甩脸子给姥姥看。每当那时，小令会把呼吸声压得很轻很轻，小小年纪就学会了察言观色。

爸爸是个当瓦匠的农民工，没钱，有饥荒，还有小令这么个上小学三年级的儿子，居然有女人肯嫁给他，已经是他天大的幸运了。

"小令啊，以后要听话，后妈打你你就忍着，可千万别惹她呀。"小令背起自己的小包裹，跟姥姥告别时，姥姥泪水涟涟，附着他的耳朵嘱咐。

小舅妈二胎生了个男孩儿，把姥姥使唤得脚不点地，还留有妈妈一点点气息的姥姥家，已经不是能为小令遮风挡雨的天堂。

小令回到阔别两年多的家。第三天，爸爸要回城打工了。临走前，一遍遍对小令说：

"好好学习，别气新妈妈。"

"新妈妈虽然是残疾人，可是在城里读过书，明事理，她不会欺负你的。她还会吹口琴呢，你不是也喜欢吹口琴吗？正好跟她学几个曲子。"

"想爸爸了，就打电话，也可以写在日记本里，爸爸回来要检查。"

小令跟在爸爸乘坐的公交车的后面跑，一直跑到汽车消失在视野里，才慢慢停下脚步。他的心里空荡荡的，似乎又回到了妈妈下葬那一刻。

后妈很勤快，忙完地里忙家里，按时给小令做饭、洗衣服，晚上和小令一起跟住在工棚的爸爸视频。比起妈妈生病后一团糟的日子，生活似乎重新跑上了正轨。可是小令日思夜想的，还是妈妈。那个和他一样有着清秀五官的白净温柔的妈妈。

有两次，后妈拿出一只旧口琴，给小令吹《彩云追月》，吹《送情郎》，小令强忍住笑。后妈的口琴吹得还不如自己呢。后妈有点儿不好意思，在纸上写：口琴太老了，簧片断了几个。小令乖巧地回复：那也好听。

小令没口琴了。他吹了几年的小口琴在妈妈下葬时，被他放在了妈妈身边。

"妈妈，昨晚我又梦见你了，你在灶台前烙酥饼，我拿起一张饼就咬，一下醒了。"

"妈妈，又躺在家里的炕上了。没有你唱的《摇篮曲》《四季歌》《梁祝》，我翻来覆去睡不着，上课时老打瞌睡，今天被数学老师罚站一节课。"

"妈妈，后妈吹的口琴真难听，可我还是夸她吹得好。"小志说，"我这是善意的谎言。"

"妈妈，这次月考我成绩下降了，老师让家长来一趟，我对老师撒了谎，说后妈病了。我不想让同学们知道，我有了后妈，还是个哑巴。"

"妈妈，老师知道我说谎了，是小志告的密，我以后再也不跟他好了。不过老师没批评我，还用手轻轻摸我的头。后来我就哭了，老师也哭了。"

……

小令把最隐秘的心事填满了日记本的空白，仿佛他写的每一个字，妈妈都能看见似的。

日记本的第一页，端端正正写着这样一行字：说给妈妈的话。

后来，趁后妈不在屋里的时候，小令在抽屉里找到后妈的那只口琴，试着吹了一下，发现有几个孔发不出声音。也许不是后妈的琴技差，真的是口琴太破了。

周三午休时上厕所，小志对小令说，爸妈偷看他的日记，他因此挨了一顿"男子单打"。

"大人就爱偷看小孩儿的日记，要是发现你写了他们的坏话，就能趁机揍你一顿。"小志扒下裤子，让小令看他青了几块的屁股蛋儿。

小志在日记里给他爸爸起外号叫"小送"，嘲笑他每天去麻将馆是"给人送钱"，打麻将输得脸成了"茄皮子色儿"。他爸爸边揍边骂他，说难怪自己总输钱，都是儿子咒的！

后妈会不会趁我睡着时，也偷看我的日记呢？

一定偷看过。因为在自己写梦见吃酥饼的第二天，放学回家，饭桌上放着一盘酥饼。小令高兴地抓起一张，一口咬出一个大月牙儿，嚼几下，笑容硬得像手里的饼一样。饼皮不起酥，味道也很一般。

看后妈那粗手大脚，自带一副笨样儿。小令在心里嘀咕，却乖巧地笑出一对儿小虎牙，说，真好吃呀。

那个晚上写完作业，他就在日记里告诉妈妈："妈妈，后妈的手比你的脚还笨。"

而且，自从在日记里嘲笑后妈的口琴吹得差，小令就再也没见后妈吹过口琴了。

小令的心里七上八下的，一下午都没听进去课。

后妈有文化，爸爸在家的那几天，他们有时候在手机打字"说话"，有时候写纸条"笔谈"。后妈的字方方正正的，还挺好看。她都会写"簧"字！

以后写日记，要多说后妈的好话，她偷看以后一定高兴。

可是，如果日记里写的都是假话、骗人的鬼话，还写日记干啥呢？

二

盼望着，盼望着，年到了。腊月二十六的下午，爸爸扛着行李卷进了家门。为了拿到全部工钱，他一直坚守在工棚子里，成为留守在那个工地上的最后一个农民工。

爸爸拿回家的钱绝大部分还了债，都没给新婚妻子和懂事的儿子买一件哪怕是很小的礼物，可小令还是高兴得走路都像在跳舞。

跟爸爸待在一起的日子过得可真快！吃过了二月二的猪头肉，年就过完了。今年立春早，积雪早就融化得干干净净，黑土大地像妈妈烙的酥饼一样起酥、暄软。在小令的眼里，大自然的这些变化意味着，爸爸又要扛起行李卷离开他了，而且一走就是近一年。

小令不喜欢春天。

小令用脚踢着小石子、土坷垃，目光滑过旷野，落在不远处两辆掘土的挖掘机上。它们的身后，竖起了一道黑黝黝的土屏障，在早春的阳光下闪着乌光。

"你爸也可以坐在家里挣钱的，像我爸一样。"小志给小令出主意，"我爸说，咱们脚下踩着的，都是钱。那两辆挖掘机，就在给我家挖金子银子呢。"

他指着挖掘机说，那是他爸爸大志雇来挖钱的。这会儿，它们正在努力掘着一个大坑。在那个大坑的前面，已经排列了十几个大大小小的土坑，大的坑里有一些积水。

小令停下脚，心被希望鼓胀得满当当的。他跑进家门，爸爸正在和后妈"笔谈"，看到小令，爸爸说："小令，你不是不愿意爸爸出去打工吗？现在坐在炕头就有人给咱送票子来，你妈居然挡道儿。来，咱一家人举手表决，少数服从多数。同意我守家挣钱的，举手！"

爸爸举起了手。

那是两只似乎怎么都洗不干净的大手，青筋暴露，指节粗大，指甲盖开裂了好几个，手指肚和掌心结了一层姜黄色的膙子。小令第一次仔细观察爸爸的手，心里有点儿难过。

小令毫不犹豫地举起右手。后妈忽地站起来，两只手舞舞扎扎的，大张着嘴，发出"啊吧啊吧"的声音。

每当她急了，急到来不及笔谈、微信谈，就会发出这样的异声，每次都让小令感到恐惧。

可是爸爸铁了心，第二天一早，他带着小令出发了。他们走出村子，穿过原野，来到一块山脚下的低洼地。春意流荡，土地的湿气返上来，地表的颜色黑漆漆的，踏上一脚，留下一个深深的脚印。

爸爸开始掘土。土壤表层暄软，下面还有些硬，铁锹杵进去得用力猛蹬，才能掘下土块。很快，他就掘出了一个土坑，露出下面的棕黑色土壤。

他蹲下身，抓起一把那土，凑近了鼻子闻着。

"是金子，是金子的香味儿！"他兴奋地叫着，"小令，你抓一把这土试试，看有啥不一样。"

金子的香味儿？金子有味道吗？是什么味的？小令记得，妈妈有金戒指、金项链什么的，可在为她治病时陆续卖掉了。至于金子的味道，他还真没闻到过。

小令学着爸爸的样子，也蹲下去抓起了一把土。感觉比常见的土轻一些，颜色没有地表的土那么黑，土里夹杂着很多絮絮糟糟的东西，像枯草和树叶腐烂后的样子。因此，这些土的质量比地表的土要疏松很多。

他埋下头，使劲儿用鼻子吸气，却皱起了淡淡的眉。他只闻到了土壤该有的腥味儿。

"爸爸，我可没闻到什么金子味儿。这些土嘛，比别的土松。"

"对喽，把这些疏松的土挖出来，晾晒几天，就有人上门来买。这叫草炭土，大城市的人养花、种菜、修草坪，就爱用这个。小志他家靠卖土一天进账好几千块，不是金子是什么？"爸爸笑呵呵地说。

原来是这样！

"可是爸爸，土被挖走了，地怎么办呢？"

"地？咱把上面的那层黑土再填回去啊，地不就又是地了嘛。"

对呀，老师讲过民间故事，说天有多高，地就有多厚。天有三万三千三百三十三丈高，地也就有三万三千三百三十三丈厚。这么厚的地，爸爸和自己不吃饭、不睡觉地连续挖一百年，也挖不到底的呀。

田埂小道上，陆续有村里人扛着铁锹走过来，彼此兴高采烈地打着招呼，显然，他们也是来挖"金子"的。

"等咱家的草炭土卖出第一笔钱，也雇挖掘机挖土。"爸爸用力过猛，额头已经见了汗珠。

为了让爸爸留在家里，小令也要付出努力。他搬起了一块黑色的土坨，吃力地丢到一边。很快，他和爸爸的身后，就横起了一道矮矮的土梁。

太阳爬到了头顶，父子俩决定收工。小令用目光丈量面前这道棕黑色的土梁，心雀跃得都要跳出胸膛了。

可是家里冷锅冷灶，后妈躺在炕上，全身都被被子蒙住了，一动不动。

"没做饭？是病了吗？"爸爸把被子扯到露出了后妈的脑袋，好言好语地问。

后妈一骨碌爬起来，哇啦哇啦嚷了一通，又扑通躺回去，再次用被子蒙住了脑袋。

爸爸只好带着小令去厨房，他焖饭，小令削土豆皮。小令小声说："爸爸，姥姥说，后妈这样的人狠起来不管不顾的，你不要惹毛她。"

爸爸也小声说："她不同意卖土。她让我赶紧回城里干瓦匠活儿，说过了春天就不好找活儿了。"

原来是这样！后妈不想让爸爸留在家里，她是要和我作对，等爸爸走了，好收拾我吧？毕竟，在举手表决时，自己站队了爸爸一边，自己还在日记里说过她那么多坏话……

小令手里的土豆掉到了地上。

三

清明节到了，春天正儿八经地回到了关东大地。对小令来说，这个春天格外温暖和美丽，因为他每天都能看见爸爸。

小令放学路过自己家的地块，远远地看着那道土梁在长高，长宽。每一次他都飞奔过去帮忙，爸爸就乐呵呵地挖掘一些小土坨，让他跑来跑去地搬运。

"小令，挖到半米来深，再往下就是黄黏土了。黄土可没人要。等到咱把这几亩地上的草炭土卖光了，爸爸还是得出去打工。"

小令的心往下一沉。希望还是个肥皂泡啊，这么快就破灭了吗？

"不过，那时候咱家的饥荒就能还完了。咱在城里贷款买个楼房，你跟爸进城去上学。"

还完饥荒，住进楼房，进城上学……这一个个计划金灿灿、光闪闪的，统统系在草炭土上，让小令的脚跑得更快，他觉得自己变成了一只勤劳的土拨鼠。

草炭土晒得差不多了，爸爸联系了买家，明天就可以换回第一批票子了。这第一笔收入里有小令的汗水，爸爸说，要给小令买一件礼物。要文具还是玩具？或者是，新衣服？

小令最想要的是……

"我要复音口琴! 和小志一模一样的那种，一百多块就够了! "

爸爸乐呵呵地答应了。

可是第二天一早，爸爸沮丧地对小令说，新妈妈病了，昨天一天都没吃东西，他要领她去县城看病。卖土的事儿，得推迟到明天了。

小令大吃一惊，正想告诉爸爸一个秘密，后妈出来了。她的脸色黄黄的，蓬着头发，一副病恹恹的样子，小令只好把到嘴边的话憋了回去。

昨天夜里，小令起夜撒尿时，听到厨房有响动，他以为是闹耗子，蹑手蹑脚地过去，就着月光，看见后妈在厨房啃馒头……

什么一天没吃饭，是骗爸爸的! 她就是不想让小令和爸爸的计划实现，她就是想把爸爸赶回工地去。

等着瞧吧，小令要揭穿她的阴谋，不让爸爸上后妈的当。

这一天，小令心神不宁，回答老师的提问时神不守舍。老师关切地问他是不是病了，那温柔的声音让小令心里一酸，差点儿就说出心里话。

后妈装病的事，先不能跟外人说。姥姥说过，家丑不可外扬。

小令放学回家时，爸爸和后妈已经回来了。小令假惺惺地问后妈的病，爸爸闷闷地说: "到了县城，她告诉我病好多了，不用去医院。我着急回家卖土，可她非逼着我去黑土地博物馆和百万亩良田示范地参观。"

黑土地博物馆? 老师讲课时说过，那是全国第一家以黑土地保护与利用为主题的专业博物馆。

"爸爸，明天就能卖土了吧？我的新口琴……"小令试探着问。不知道为什么，他有一种不祥的预感，预感到自己的新口琴要飞掉了。新口琴事小，他唯恐一起飞走的，是爸爸那些金灿灿、光闪闪的计划。

果然，爸爸愁眉不展地说，那些挖出来的草炭土，还是再晒几天看看吧，搞不好就得填埋回去。卖的可能性不大了。

明明是后妈在耍花招，骗爸爸的，从她装病这件事就看出来了！可是爸爸听信了她的"花言巧语"，被蒙住了眼睛。难怪姥姥说，有后妈就不愁后爹！

小令悲伤极了，一口气跑到村北的乱葬岗，去看自己的妈妈，他有好多委屈想倾诉给妈妈听。关于酥饼和口琴，关于装病和卖土。

妈妈坟墓的西南方向插着一束艳丽的塑料花，塑料花前面躺着三个大苹果。

是谁来看过妈妈了？姥姥？小舅舅？

花束里插着一个白纸卷，小令好奇地把它拔出来，展开，上面写满了方方正正的大字。小令的心怦怦乱跳，轻声读了起来：

"大姐，小令他爸和村里人一起，都在自己家的承包田里挖黑土和草炭土，卖给花土贩子。我上网查过了，黑土地是地球上最珍贵的土壤资源，国家怎么能由着承包户把黑土挖空、卖光呢？闹不好这是在违法犯罪呀。我不想我老公去坐牢，不想让小令没了亲妈，又远离爸爸。可是小令他爸不听我的。大姐，怎么才能阻止他们爷儿俩犯糊涂呢？真急死我了。"

白纸飘落到草地上，一阵春风拂来，把它带走了。小令追了几步，眼看着白纸飘到小河对面去了。

亲娘想我，

一阵风啊……

是妈妈来看我了吗？

风把后妈的信卷走，是为了把信送到妈妈的手里吗？

小令跑回家，在垃圾桶里找到好多脏兮兮的白纸，他小心地一张张摊开，拂去脏物，上面填满了一个有识女人的焦虑和不安。

四

上午上课，小令一直心不在焉，后来干脆打起了瞌睡。老师走过来轻拍他的肩膀，小令激灵一下，精神了。

"说说，为什么没睡好？还是因为……新妈妈吗？"

教研室里，老师拉着小令的手，柔声问。

小令抬起头，他的眼前出现了高高低低的土梁，在阳光下闪着油亮的光。课本里说，东北的黑土是"一两土，二两油""捏把黑土冒油花，插双筷子也发芽"，种啥得啥，种花种草……种花种草和种粮食，哪个更重要呢？

地球上的土壤五颜六色，其中最肥沃的是黑色土，要几百年的时间，才能形成一厘米厚的腐殖质。全世界一共才有三块黑土地，咱们中国的东北就占一块，黑土层平均厚度在一米左右，要经历几万年的腐殖质的积累才能形成。因为珍贵，黑土地一直被称为"耕地中的大熊猫"。大熊猫能不能买卖？

这些知识，都是小令在电脑上查到的。这会儿，他把所有的困惑一股脑倒给了老师。

小令和小志放学回家时，远远看见几辆警车停在路中间，还有一些人散在一旁。他们飞跑过去，正看到大志和其他几个村里人被带上警车。不远处的大坑旁边，是垂头丧气的挖掘机。

　　没看到爸爸，小令紧绷的神经骤然放松，差点儿坐在地上，一旁的小志已经号哭起来。

　　"草炭土是常年积累的植物沉淀下来以后，在土里腐蚀发酵产生的一种土，含有很高的有机质、腐殖酸及营养成分。如果随意挖取，对土地质量会造成根本性的破坏。你们这是盗挖珍贵资源，破坏耕地。"一个专家模样的人对围观的村里人说。

　　小令不知道怎么安慰小志。他默默回到家里，看到爸爸和后妈扛着铁锹往外走。后妈的脸上居然挂着笑，大眼珠子锃亮锃亮的。

　　"爸爸，不能挖土，不能！我不让警察叔叔把你抓走！"小令飞扑过去，抱住了爸爸的腰，带着哭腔大喊。

　　"嘿，我们不是去挖土，是去填埋呀。"爸爸微笑着说，神色有几分愧疚，几分庆幸，"多亏你新妈妈，让我陪她看病去，要不然，爸爸这会儿也被带走了。其实，她是怕我干违法犯罪的事儿，故意装病拖住我的……幸好还一份土都没卖，幸好！"

　　过了一些日子，被带走的村里人陆续回到家，除了大志，他的问题太严重。那些大大小小的土坑也陆续回填完毕，只有小志家的地里留下了好多个大水坑，裸露在湛蓝的苍穹下，像是黑土大地上一个个丑陋的疮洞。听说，县里正在想办法填埋，在耕种前让土地恢复原貌。

　　春天即将过去的时候，爸爸托工友找到了活儿，扛着行李卷出发了。走之前他去镇里赶集，给小令买了两件礼物，一件是一个带密码锁的小箱子，另一件是一只复音口琴。

"相信爸爸，家里的饥荒会很快还完的。到那时，咱一家人就再也不分开了。"爸爸郑重地说，把两件礼物交到小令手里。

小令接过礼物，看了又看，摸了又摸，然后他拉过新妈妈的手，把口琴放在她的掌心。新妈妈反手握紧了口琴和小令的手。她的手又粗又大，热乎乎的。

有一股暖流咕嘟一声，涌进了小令的心房。

当天夜里，新妈妈吹响了新口琴，吹《摇篮曲》，吹《四季歌》，吹《梁祝》……小令在春风沉醉中睡着了，意识陷入混沌的那一刻，他也分不清耳边响起的是妈妈的歌声，还是新妈妈的口琴声了。

（原载2022年《读友·少年文学》第3期上刊；获第六届"读友杯"短篇小说大赛铜奖。）

作者简介：李谦，本名李燕。吉林省作家协会会员，吉林省文学院第一届中青年作家高研班学员，2016年荣获"吉林省十大农民作家"称号。曾获第十一届"周庄杯"全国儿童文学短篇小说大赛优秀奖。

夏天里那个青纱帐　蔡艳文

一

　　时间过得真快。瘫巴在炕上的有财说："眼瞅着庄稼一天一个样。"桂枝笑："净睁眼说瞎话，你天天偎在炕上，连个院子都没出过，咋知道屯子外面的庄稼长成啥样？"有财叹口气："那还用看吗？坐在炕上想都能想到，喇叭花都快爬满杖子了，杖子根你栽的那些野百合都开花了，我约莫着苞米都要灌浆了。"桂枝说快了。

　　第二天，桂枝在院子靠杖子的地方，用木头搭了一个架子，割些青蒿盖在上面遮挡阳光，架子下面放一只破椅子，天气好时就把有财推出来，让他坐在椅子上。有财在院子里和大门外来往的乡邻打着招呼，偶尔有几个老人过来和他唠些闲嗑。

　　学校放暑假，村子里更热闹了，孩子们像脱了缰的野马，撒了欢地蹦跶。

　　开春桂枝在前院老王家赊了两头猪仔，寻思在生产队干活儿

017

时天天带些野菜回来喂它们。如今孩子们在家，她便支使三宝去打猪食。二宝一天一趟山，挖些药材回来，又洗又晒，准备到药材公司换点儿零花钱。生产队里没有紧手的活儿，打头的宋卫忠就领着社员在庄稼地里走地刀。桂枝让大宝替自己干几天，大宝滞滞扭扭①地答应了。

　　黄豆地里割草还好干些，在苞米地里走刀是最遭罪的，闷热的青纱帐让人喘不过气来，苞米叶子像一把用钝了的刀片，割着人们裸露的皮肤。女人们用头巾蒙住脑袋，只露出眼睛，防止被叶子划伤，年岁大的男人皮糙肉厚，不管不顾低头干着。大宝进地没多大一会儿就受不了了，一屁股坐在地上，一边大口喘着粗气，一边不停地撩起衣襟擦汗。沙沙的割草声渐渐远去，大宝无奈只好起身继续向前干，没割多远，他发现自己割的那条垄被人刚刚割过。他快步赶上去，见刘玉兰正撅着屁股在他的垄里替他割草，大宝很高兴，转念又想，这要是大凤多好。

　　刘玉兰二十二三岁，除了满脸雀斑，长得倒也端庄，要不是前两年出了那件事，现在恐怕早结婚了。那年她去外村的姐姐家串门，半夜姐夫钻进她被窝，被姐姐发现，不依不饶地又打又骂，她姐夫愣说是晚上睡迷糊了，出外撒尿回来钻错了被窝。哪承想玉兰回来后竟怀上了孩子，一下传遍了十里八村，虽说打掉了孩子，玉兰却坏了名声，托了不少媒人愣是没嫁出去。

　　大宝低声说了句："谢谢！"玉兰眉开眼笑地说："不用谢，看你细皮嫩肉的，哪能干这活儿。瞅瞅，这汗出的。"说着拉下脖子上的毛巾就给大宝擦脸上的汗水，大宝侧身躲了躲，玉兰又说："以后你来队里干活儿就挨着我，跟不上我好带你。"大宝没

———————————
　　① 滞滞扭扭：东北方言，不情愿的样子。

言语，玉兰摸了下大宝的脸笑着说："咋还不好意思了？"远处宋卫忠喊："没跟上的抓紧干，别在后面磨洋工。"

二

吃过午饭，二宝把挖来的一袋子串地龙，背到河边洗净，控干水又背回家，在阴凉处用一把破菜刀剁成段，放在阳光下晾晒。

大凤走进院子笑着说："你可真能干，这些药材能卖不少钱呀。"二宝说："趁现在放假，上山捣扯点儿，多少换点儿钱。"

棚子里闭目养神的有财听见动静睁开眼睛，见是大凤，满脸是笑地打招呼："大凤来了，二宝快去拿个坐的家什儿，让大凤到凉快地方坐。"二宝搬来个木头墩，用衣袖擦了擦，让大凤坐下。大凤说找把刀，她也帮着剁。二宝笑："你那手只能握笔，哪能拿刀呢，你在边上看着就行。"

大凤说："我来是想告诉你件事，听我爸说明天队里安排马车进城，卖些队里的破铜烂铁，回来拉喂牲口的豆饼。你要是卖啥买啥的明早就早早到饲养房等着。"二宝说："太好了，正愁没法去城里卖呢。"大凤说："那你就下午收拾好，省着明早误事。"二宝问大凤去不，大凤说："也没啥买的，就是……"大凤迟疑了一下，掏出两元钱塞到二宝手里说："麻烦你到百货商店给我买本日记。"二宝说怕买不好，大凤说："你喜欢我就能喜欢。"

三

下半夜三点多钟，桂枝就把饭做好了，玉米面大饼子炸了一锅圈，锅底熬的是酸菜汤。大宝坐在锅台旁吃了一个大饼子，喝了两碗汤。桂枝在一边用一块笼屉布包了一个大饼子和一根黄瓜咸菜。生产队今天要组织几个社员起早进山割黄草，活不累，但得起早。

大宝收拾妥当，拿起镰刀到村口集合去了。二宝也爬起来，穿好衣服，匆忙吃块饼子，撂下碗筷出去收拾东西。三宝问："二哥你要干吗去？"二宝说进城去卖药材，三宝说给他买点儿好吃的行不，二宝笑着说："你在家给猪多弄点儿食我就给你买。"三宝嘴一撇："你不给我买我也多割猪食，我还想让它快点儿长大呢。"

二宝跑了两趟才把两袋药材扛到饲养房，李大个一边往车上装废品，一边问二宝家有没有破铜烂铁啥的，要有就一起拉着去卖。二宝连跑带颠地回家背了一袋子放在车上。

李大个让二宝坐稳，然后一翘屁股坐在大车的耳板上，用力抡起鞭杆，鞭子在空中盘了个圈，"啪"，打出清脆的响声，惊飞了苞米楼子上的几只家雀儿，马儿迈着轻快的步子走出饲养房的院子。

四

向阳的山坡上，长着一片片半人多高的黄草，手脚利索的社员已经割了二十多捆，大宝手忙脚乱的也没割多少，宋卫忠说："草蹾齐捆紧点儿。"大宝没抬头，继续不紧不慢地割着。

每年这个季节生产队都会进山割黄草，晒干后卖给远离山区的村屯，用于修补房顶。

大宝在自己分的这片山坡像薅羊毛似的，这割一捆那割一捆，所以进度慢。

临近中午，远处宋卫忠扯着嗓子喊："大伙儿歇晌了，吃晌午饭！"

大宝扔下镰刀，拿过大饼子，靠在树下吃起来。玉兰手捧铝饭盒走过来在大宝对面坐下："看看你带啥好吃的。"大宝把装着大饼子的盐口袋在玉兰面前抖了抖说："除了大饼子，我还能带啥。"玉兰说："我带的煎饼，好几张呢，还有两个咸鹅蛋，你快吃吧。"

大宝眼睛盯着鹅蛋，嘴上说："我不吃，留着你吃吧。"玉兰说："挺大个小伙子瞅你带那点儿东西，哪能吃饱，这是为你特地多带的，快吃吧！"大宝说："那我就吃个鹅蛋。"说完伸手把鹅蛋拿过来。玉兰把另外一个鹅蛋也放在大宝面前说："你都吃了吧。"大宝吃着鹅蛋又想起了大凤，要是大凤这样对他就好了。

五

一进县城，李大个就跳下马车牵着马，他怕车来车往的鸣笛声惊吓了枣红马。他对坐在马车上的二宝说："咱先去废旧公司把这些破烂卖了，再去药材公司卖你的药材。"二宝说怎样都行。

马车拐了两条街，下道进了废旧公司大院。院子两边宽敞的大棚子里分别堆放着各种废旧物资。检斤排到李大个时，他让二宝把他的废品先过了秤，开出小票，让二宝自己去窗口取钱。

二宝取完钱，站在院子里四处张望，见不远处的一个棚子里堆了一大堆破旧的鞋子。旁边还有几个人在那里翻来翻去，便走过去问一个翻鞋子的老太太："大娘，你们翻它干啥？"老太太头也不抬地说："挑出好点儿的，几毛钱买回家，缝缝补补还能穿。"

看着挑选出来的鞋子，二宝有些心动，他也围着鞋堆撒目①起来。在一个没人光顾的角落，二宝弯下腰麻利地翻动着。

不一会儿二宝就发现一双用鞋带连在一起的白球鞋，他兴奋地拿在手里仔细检查着，鞋还很新，只是鞋帮有个不太起眼的口子。只要用线缝补一下打上鞋粉，还跟新鞋一样。二宝高兴地拎着鞋到保管员跟前开了票，到窗口交了三毛钱。又跑到马车边坐在耳板上脱下脚上的鞋，把球鞋穿上，不大不小正好，二宝激动地从车上下来跳了两下，感觉很满意，又忙把鞋脱下包好放进袋子里。

"咋，卖了多少？这么高兴。"李大个笑着问。

二宝兴奋地拿出鞋给李大个看："瞧，三毛钱买的。"

六

太阳晒得风都是暖的，吹在脸上有些燥热，大宝用衣襟擦擦脸，抬头望着天空说："这天真热。"玉兰说："你们快开学了吧？""快了，没几天了。"大宝说。"大宝，你干脆退学得了，上学啥用？白瞎那功夫了。"玉兰撇嘴说道，"早下来多挣点儿工分比啥都强。"

大宝靠在树上，没有回答玉兰的话，他仰头望着天空，几朵灰白的云彩正向远方飘去。它们会飘向什么地方？远方是否也有一个人也会抬头注视着它？一种惆怅的感觉忽然涌向大宝的心里，他又想起大凤，他多么希望这个时候在村子里的大凤也同时望向同一块云彩。

---

① 撒目：东北方言，寻视。

远处宋卫忠扯开嗓子喊："吃完饭抓紧干活儿！"玉兰起身说："歇一会儿抓紧干吧，论个儿挣工分，多割几捆就多挣点儿。"大宝答应着随后也拿起镰刀起身朝有草的地方走去。

　　走出树荫，不一会儿脸上便冒出汗来。黄草的叶子刮碰过的皮肤经过汗水的湿润便有些痒，大宝直起身用手抓挠胳膊，忽然发现不远处有只野兔正端起前爪啃食东西，他握着镰刀蹑手蹑脚地朝野兔走去……

　　大宝满脑子都是兔子，没想到一脚踩到土蜂子的窝里，"轰"的一声，一群蜂子从土窝里冲出来，劈头盖脸地朝大宝围来，吓得他跟头把式①地大喊大叫，挥舞着双手往回跑。不远处几个社员和秀英听见动静急忙跑过来帮他驱赶蜂子。

　　蜂子虽然赶跑了，大宝的脸也被蜂子蜇起几个大包，打头的宋卫忠生气地说："真是的，活儿干不多还得要点儿工钱，瞧他那样也干不了活了。谁陪他回去到卫生所让李红给他打点儿解毒针。"话音刚落，玉兰忙说："我陪他回去吧。"

七

　　回去的路上，大宝的脸上火辣辣地疼，皮肤紧绷绷的，眼睛睁开都很困难。他知道自己的样子一定很狼狈，便用破布衫蒙住脑袋，只露出半张脸。玉兰边走边安抚他："这阵儿肯定很疼，回去打点儿针，吃点儿药，肿的地方让你妈给你抹点儿大酱，过几天就好了。"

　　见大宝没言语，玉兰又说："干农活儿也有很多窍门，比如今

---

　　① 跟头把式：东北方言，形容连滚带爬的样子。

天，有经验的社员就不会吃这亏。一边干活儿，耳朵和眼睛都要留意身边的动静，蛇在草里爬和蜂子的嗡嗡声都能感觉到，早早躲开不就没这事了。不过你也别着急，将来时间长了，你就啥都会了。"

离村子越来越近了。"走近路吧？"秀玉兰轻声对大宝说。大宝嗯了一声，算是回答。

窄窄的小路长满了荒草，两边的庄稼高过头顶，蝈蝈的叫声此起彼伏。一路无语的大宝心情非常沮丧，自己这狼狈样子让人看见不知会笑话成什么样子。

大宝虽然在生产队没干几天活儿，但从第一天开始，玉兰就很留意他。尽管她大他几岁，可她看着大宝健硕的身体，心里总是有一股青春的冲动，她多想大宝离开学校，天天在生产队里干活儿，就会有更多机会接近他。眼看就要开学了，进了学校就是放飞的鸭子，能不能飞回来不一定。

玉兰紧走几步靠在大宝身上，一只手搂大宝的腰说："好点儿没有？还疼吗？"大宝没有思想准备，一时慌乱起来，忙说没事。玉兰说："你别跟我外道，有事就告诉我。我比你大点儿，你就把我当你姐好了。"说完把大宝搂得更紧了。

初次被异性搂抱的大宝，闻着女性的气息有些手足无措，一时不知如何应对，倒是经过男女之事的玉兰轻声细语地说："你家也挺难的，不如早点儿回队里干活儿，到时啥事姐都能帮你。"

玉兰的搂抱让大宝忘记了疼痛，但也不知道怎么回答玉兰的话，一切都来得太突然，玉兰的举动让他措手不及，他不知道是推开她还是迎合她。他的心里塞满了大凤的影子，他多么希望眼前拥抱的人是他梦寐以求的大凤。

路边地里突然钻出一个人，吓得两人急忙分开。只见三宝背着一筐猪草从地里出来，站在路边愣愣地看了半天，才怯怯地问："大哥，你咋回来了？"

大宝过去，恶狠狠地低声说："回家不许乱说，要不我揍你！"三宝看着大宝肿得有些变形的脸，心里很害怕，小声道："我不说。你脸咋了？"

八

二宝兴高采烈地走进院子，人还没进屋就喊："三宝，看哥给你买啥好吃的了？"三宝跳下地，兴奋地迎出去，接过二宝手里的麻花糖块和小人书。二宝进屋就对桂枝说："看我买的白球鞋，好看不？"话音刚落，他发现屋里气氛有些异样，只见父亲有财靠在炕头剧烈地咳嗽着，脸憋得通红，大口喘着粗气，大宝躺在炕上，脸上盖着一条湿毛巾，母亲桂枝在地桌搓揉和好的苞米面，三宝进屋就跳上炕为有财捶背。桂枝见二宝进屋便说："回来了，一会儿把火点着。"二宝问："我哥咋了？"桂枝说："干点儿活儿毛毛愣愣的，这不，在队里割草让蜂子蜇了。去卫生所打完针，回到家就没个动静，问啥连个屁都没有，也不知道这会儿好些没。"转身又说，"马上就要开学了，需要钱的地方多了，可别乱花钱，待会儿把钱给我。对了，你买那双鞋花多少钱？"

二宝有些羞愧地低下头说："没花多少钱，在废旧公司卖完废品，我看很多人……"

二宝话没说完，大宝噌的一下从炕上起来，把炕上的一个枕头甩到地上，阴着一张变形的脸气汹汹地说："以后生产队里的活儿谁愿意去谁去，我不去了！"

三宝吓得停止了捶打有财的后背，二宝一时也不知所措。桂

025

枝气得直拍桌子："干了两天半活儿你有啥抱屈的？动不动就尥蹶子，翅膀硬了咋的？翅膀硬了也轮不到你呲毛撅腚，越来越不像话。"

"天天穿破衣烂衫，连裤腰带都买不上，我还干个啥劲儿？干也是给别人干的！"大宝冲桂枝喊。桂枝听了更生气了："你咋寻思说的？你爸大冬天在山上压断腿，差点儿丢了命，现在炕都下不了，他给谁干的？我起早贪黑家里家外忙乎，我给谁干的？你还没咋样呢，就这样计较，将来还得了。"

"同样为家里干活儿，他咋说买啥就买啥？"大宝撇了二宝一眼问。还没等桂枝说话，二宝也生气了，一下把球鞋扔到大宝脚下说："不就一双破鞋吗，我不要了，谁想要谁拿去。"哪知大宝起身一脚把鞋踢到一边说："不稀罕，赶明儿我也挣钱自己买。"

有财气喘吁吁地说："都消停地省点儿心吧。"

桂枝一拍和好的面团说："有能耐要志气就不要计较一双鞋，什么你有我没有的，也不怕别人笑话。"

这时大凤推门进来笑着问："婶，又数落谁呢？"桂枝见是大凤，打过招呼后说："还能是谁，犟驴遇见犟驴，一个不让一个。我这辈子没福气，你看你爹妈多好，生你姐儿俩这样好的姑娘，乖巧懂事，多省心。"大凤笑了笑说："我来看看二宝进城回来都买些啥。"有财也满脸堆笑地招呼大凤坐下。

大凤一进屋，大宝就转身躺在炕上把脸扭过去，他怕大凤看见他被蜂子蛰得肿起来的脸，转念又想，大凤会不会是听说他受伤借口来看他的。这样一想，心里便充满了暖意。

桂枝说："买了双鞋，藏着掖着的，也不知道花了多少钱，惹得哥儿俩在这打嘴仗呢。"大宝心里埋怨妈多嘴，二宝也觉得妈不该家丑外扬，忙解释说："别听我妈乱说。对了，这是你让我给你买的日记本。"说完从包里拿出本子递给大凤。

大凤接过日记本，很喜欢地抱在怀里，看了看二宝然后起身要走，有财和桂枝都说："忙啥的，再坐会儿吧。"见大凤执意要走，就说："二宝快送送大凤。"

九

二宝把大凤送到大门口，大凤停下来，她靠在门边和二宝说话。大宝在屋里见二宝和大凤走出去，立马从炕上起身往外张望，透过窗户看到大凤和二宝两人说得正欢，便有些坐立不安，桂枝误以为他是难受，便说："还挺疼嘛？用不用让二宝借个自行车驮你去公社卫生院看看？"大宝赌气地说："我才不用，疼死拉倒。"气得桂枝又张口骂他。

十

大门口，大凤问二宝："马上就开学了，你没买点儿啥？"二宝笑了笑说："我妈不是说了嘛，我买了双白球鞋。"大凤抿嘴笑着说："你穿上一定很精神。"

车老板李大个儿从城里回来，就去大凤家跟她爸也就是生产队长德魁汇报情况。临走，大凤跟他打听二宝进城的事，从他嘴里知道了二宝买鞋的事。她怕伤了二宝的自尊心，就没有揭穿。

大凤从衣兜里拿出一支钢笔，打开二宝给他买的日记本，在扉页上写一些字，然后合上，塞到二宝手里。二宝愣住了，一时没有反应过来，大凤语无伦次地红着脸说："你……你千万不要拒绝我。其实这本日记我就是给你买的，是想让你在新学期记下我们度过的每个日子，作为将来的回忆。"说完慌乱地转身离去，把二宝一个人扔在那儿呆呆地望着她的背影……

桂枝从窗户看到二宝和大凤二人说话的样子，似乎感觉出点儿什么，她回头对有财说："孩子们都大了，看来真不能再把他们当小孩子了……"

作者简介：蔡艳文，吉林省蛟河市河南街保家村农民。

姜兰的婚事　李九田

　　姜兰是一个农村女孩儿，她二十二岁，家住在姜家屯，如今她在A市郊区一家建筑工地打工。近来她的心情很沉重，因为不久前，工地上有人给她介绍个对象，男的比她大两岁，两个人处了几天，她就和他吹了。差啥呢？因为这个男的为人处世太小气，同时也不懂事理，她和他上街溜达，赶上中午两个人吃点儿饭，或者买点儿什么东西，甚至买点儿他自己所需的东西，也总是她花钱。你看，这样的男人还算个男人吗？这样的男人能有所作为吗？于是她和他吹了。

　　一天工地上停电，姜兰闲着没事儿，只身去了市里。她在街上走着，在横穿一条街道时，可能是由于心里想着事情，一辆汽车飞驰过来，她却浑然不觉，仍是低头向前走着。这时她身后一个男孩儿大喊一声："车来了！"此刻，姜兰才惊骇地站住，汽车从她身前半米处开过去，她被吓出一身冷汗。于是她回头冲着男孩儿说："谢谢你！"

　　男孩儿说："不用谢，以后走路可要留神哪！"说完匆匆地穿过街道，消失在人群里。

　　姜兰穿过街道，慢慢悠悠地向前走着，脑海里不由地浮现出刚才发生的事情。她想：如果那个男孩儿当时不大喊一声"车来了"，自己的后果将会是怎样呢？也许自己现在正躺在医院的床上，也许……啊！她不敢想下去了。她觉得，是那个男孩儿救了她，那么，那个男孩儿姓啥、叫啥、家住哪里，自己连问都没问，就让他走了，这真是太不近人情，也太不应该了。她这么想着，牢牢记住了发生这件事的日期：9 月 5 日上午。

　　事情就这样过去了，时节不知不觉过了霜降。10 月 28 日，工地上有些农民工回家了，姜兰也回家了。

　　在农村有这么一个习惯：每到粮食进家后这个农闲的季节，一些喜欢给人介绍对象的人，便活跃起来。姜兰回到家还不到十天，邻居高林便来到姜兰家，给姜兰介绍对象。高林介绍对象很新潮，他对姜兰的父母说，他介绍对象，只是给男女双方搭个桥，双方看，看好了，双方处，处成了有关彩礼等方面的一些事情，他不管，由双方协商定夺。姜兰的父母更开明，他们向他表示，只要两个孩子看好了，他们什么都不管。

　　高林便向姜兰的父母和姜兰介绍起男方的情况，"男方姓马，叫马成，今年二十三岁，家住在离咱们屯仅仅四公里的马家店。"高林说着瞅了一眼姜兰的父亲，又说，"马成的母亲很早以前就去世了，如今家里就两口人——他父亲和他。马成高中毕业后没考大学，如今虽然在家务农，可他很要强，春夏秋在工地上打工，冬天回来帮助父亲做一些农活儿，如今还学会了开汽车……"

　　姜兰的父母听完后觉得挺相当的，一是马成有技术，二是他和姜兰一样都是高中文化，因此姜兰的父亲便对高林说："约个时间让两个孩子会会面吧！"

高林听完后笑着说："好！那你就听信儿吧！"

两天后，高林又来到姜兰家，他告诉姜兰的爸爸："定于三天后，也就是11月10日上午9点，姜兰到马成家与马成会面，你们准备一下吧！"

姜兰爸说："行！"

高林笑着说："到时候我领你们去！"说完就走了。

姜兰的妈妈瞧着女儿："姜兰，你准备一下吧！"

"妈，有啥准备的，看好了就成，看不好就拉倒！"她虽然这么说，可她还是觉得不管怎样，会面时应该给对方一个好的印象。第二天她便去镇里的理发店剪了发，还在商店里买了一套适合初冬穿的衣服。

11月10日这天，马成爸和马成早早地起来了。马成爸把院子收拾得干干净净，马成把屋里的柜柜箱箱抹得锃锃亮亮。大约8点50分，高林领着姜兰的爸爸和姜兰来了，马成的爸爸和马成把他们领进屋里，经过高林的介绍，他们互相认识了。姜兰瞅着马成的爸爸，礼貌地叫着伯伯；马成目视着姜兰的父亲，谦和地称呼为叔叔。小屋里的气氛很友好，也很融洽。马成不住地看着姜兰，有时也把目光投向她的父亲。姜兰也不时地瞅着马成，可她瞅着瞅着，心里不由地一动：怎么是他！于是，她想起9月5日那天上午所发生的事情，她这么想着，不由自主地又一次打量着马成……

大约经过一个小时的会面，马成的爸爸和马成相中了清秀美丽的姜兰，姜兰的父亲和姜兰也看上了健壮朴实的马成，于是他们双方决定让两个孩子处一处。这样姜兰便和马成约好，她让马成在11月13日上午9点去她家，她向他说了她家在姜家屯所处的位置，她在家里等他。

11月13日，时间刚过8点50分，马成来了。姜兰把他迎进屋里，高兴地说："看，你真是准时赴约啊！"

马成欣喜地瞅着她："约好9点到你家，我怎能不准时来呢。"

姜兰笑了："那我们到外面走走吧！"她说着穿上了外衣，领着马成走出自家的院子。

11月中旬，刚过立冬，外面的天气还不算冷。今天更是不冷，没有风，天空中也没有云，灿烂的阳光照着收割完的土地，照着富裕的村庄，也照着他们这对谈情说爱的男女。姜兰领着马成，走出姜家屯这个屯子，顺着田边小路，慢慢地向前走着，姜兰侧身冲着马成说："我问你个事儿，好吗？"

马成一抬头："啥事儿，说吧！"

姜兰说："两个月前，9月5日上午，一个女孩儿走在A市的一条街上，由于她精神不集中，在横穿一条街道时，一辆汽车飞驰而来，可是她却全然不觉。这时她身后的一个男孩儿大喊一声'车来了！'此刻那个女孩儿才立刻站下，于是免去了一场车祸，这个男孩儿是谁，你可认识？"

马成听后不由得一愣，他想着两个月前……啊！他想起来了，这个男孩儿不是别人，就是自己。于是他站下了，仔细地回忆着那个女孩儿的面孔，凝视着眼前的姜兰，难道当时差点儿被撞的女孩儿就是眼前的她？想到这儿，他笑了，说："这个男孩儿是我，可那个女孩儿……"

姜兰红着脸说："你问那个女孩儿吗？告诉你，是我！说真话，在11月10日，我在你家和你会面时我就认出了你，不知你是否认出了我？"

马成想了一会儿，说："没认出来，真是没认出来，可我觉得，当时那个女孩儿，好像是留着一头长发！"

姜兰笑着说："我剪发了。"

马成盯着姜兰："怪不得我没认出来呢！"

"那天得亏你，"姜兰感激地说，"不然我就完了，真的。是你救了我。"

马成说："别这么说，如果当时我不喊，你也会站下的。"

姜兰反驳："不会的，绝对不会，因为我当时根本没察觉到有汽车开过来……"

他们边走边说，说得是那样投入、那样认真，就像久别的亲人又遇到一起那样欣然愉悦。所以在以后的生活中，她去他家，他也去她家，这样在多次的接触中，姜兰对马成了解得更深了。她发现他为人忠厚，也很大方，同时还很勤快，可美中不足的就是：交朋友不分好人与歹人，啥人都交。于是在一次谈话中，姜兰问他："马成，听说你交了一些朋友，是吗？"

马成回答说："是的，我交了一些朋友，因为我觉得，一个人不能没有朋友啊！"

姜兰说："一个人应该有朋友，所以应该交朋友，不过我告诉你，交朋友要慎重，不正当的人不能交。我听说在你的朋友中，就有几个不怎么样的人，你应该和他们断绝关系。"

马成听姜兰这么说，他心里不断地思索着：是的，在自己的朋友中，是有几个不三不四的人，那咋办呢？和他们绝交吗？可绝交也得一点一点来。看！他还真是难以一下子和这些人断绝来往。关于这个姜兰看出来了。

又过些日子，他们又相约在一起，两个人谈这个，谈那个。姜兰问马成："听说你学会了驾驶汽车，并领取了驾驶执照，是吗？"

马成说："是的，我学会了驾驶汽车……"他愉快地说着。

"这很好！"姜兰欣喜地说，"真的，我也想学驾驶汽车。不是现在想，以前就想过，可就是没有这笔资金，希望你能支援我一万元钱！"

马成说："行，我支援你。"

姜兰试探着问："你支援我多少？"

马成道："你不是说一万吗，我支援你一万！"

姜兰说："我现在就要！"

马成说："可以。"

啊！姜兰感动了，她一下子扑到马成的怀里……

看，马成对姜兰是真心的。第二天他便去了姜兰家，把一万元钱交给她，于是姜兰便利用冬季这个农闲的季节，去市里驾驶员培训班，学会了驾驶汽车的技术，并领取了驾驶证。而马成这个时间也没闲着，他去了市里特级厨师表叔的饭店，学会了烹饪，农历腊月二十三他回来了。可是谁能想到呢？春节过去刚进入农历二月，马成的父亲，本来是硬硬朗朗的一个人，突然得了脑溢血，医治无效，病故了。这就意味着从此以后，马成要单独撑起这个家，他要很好地当家理财。理财，包括安排好日常生活的开支，就当前来说，那是怎样保管好、利用好他父亲在世时给他留下的十五万元现金。关于这十五万元现金，姜兰知道。就在他父亲去世不久，姜兰便去他家了，姜兰对他说："马成，我是你的未婚妻，根据农村的习惯，姑娘找婆家，女方都要向男方要一些彩礼钱。"姜兰说着眼睛注视着马成。"我不多要，就十四万元吧！"

马成听后心想：是啊，男女双方在结婚之前，女方都要向男方要彩礼钱。在这周围的几个村庄，一般都是二十万以上，有的更多，姜兰要十四万不多。于是他说："行。"

姜兰微微一笑："那你现在就把十四万元彩礼钱过给我吧！我急等用钱！"

"急等用钱……"马成犹豫了，可他最后还是把钱如数地过给了姜兰，姜兰拿着钱高高兴兴地走了。

马成把十四万元彩礼钱直接过给姜兰，他的亲友和屯邻们议论纷纷。有人说，马成太诚恳、太实在，没通过介绍人就把十四万元钱过给女方，这钱肯定是打水漂儿了。又有人说，马成虎，他这样做，结果是鸡飞蛋打。还有人给他出招，告诉他赶快和姜兰去登记结婚。马成也想到登记结婚，同时他也向姜兰提过这事儿，可是却被姜兰拒绝了。姜兰说："你父亲刚刚去世，这个时候结婚不好，等他老人家去世超过百日的吧！"他父亲去世超过百日后，他又向姜兰提出登记结婚，可是姜兰说："过早结婚影响事业，等来年的吧！"然而这话说完没过五天，姜兰走了，上哪儿了？去城里打工了。看，姜兰把钱哄到手，真是不想和马成结婚了。

这些在马家店人们的眼里，那可是看得清清楚楚：马成被姜兰骗了，姜兰骗了钱走了。这时马成也不见了，无疑去城里寻找姜兰了。

时间在向前过，一转眼到了冬季。这时马成回来了，回到了马家店。可是在之后四个多月的冬闲的日子里，姜兰从未登过马成的门。这下子更是真相大白了，姜兰把马成甩了，姜兰再也不会来马家店找马成了。马成这回确实是把自己弄得人财两空一无所有了。

可是马家店人谁也没有想到，转年农历三月，一件让马家店人意想不到的事情发生了：姜兰又在马家店出现了，她主动来找马成,和他去登记结婚了。半个月后,姜兰回娘家,把一辆看上去很新的小面包车开回家里,马成一愣:"哪来的车?"

姜兰没言语,她冲他神秘地一笑,伸手从提兜里掏出一个小包,打开包,里面全是钱。这时她指着钱对马成说:"这是你给我的十四万元彩礼钱,给你。"

"这……"马成傻子似的瞧着姜兰。

姜兰说:"还有一件事儿,你还记得吗?两年前我向你要一万元钱学习汽车驾驶技术,可我告诉你,我学习汽车驾驶技术,没用你给我的一万元钱,我是用自己的钱学的。还有我把你给我的十四万元彩礼钱,存入一家利息比较高的银行。前些日子到期了,我把它取出来,我用这十四万元的利息钱,加上你给我的一万元买了这辆二手小车。"

啊!马成听后感动得说不出话来。

这时姜兰用手碰了一下丈夫又说:"马成,你知道我当时为什么要这样做吗?"

马成说:"不知道。"

姜兰目视着马成:"你的一些狐朋狗友,知道你有钱,我察觉到他们都在算计你的钱,所以我才以没钱学习汽车驾驶技术为由向你要了一万元钱。你爸爸活着时,他老人家省吃俭用,积攒了十五万元钱,他死后把这些钱留给了你,我怕你的那些狐朋狗友,为了钱来找你麻烦,为此我向你要了十四万元彩礼。"

"啊!原来是这样!"马成瞪大了眼睛。

这时姜兰又向丈夫跟前凑凑:"那我再告诉你,我为什么要买这辆二手小车,因为你家地少,一共才半垧。我和你结婚后,这点儿地不够我们莳弄,可你我都不愿意再给人家打工,于是在我们结婚的前几个月里,正好是冬闲,我离开了姜家屯去了省内的几个城市，寻找我们的就业门路。由于你会烹饪，因此我想我们去城里租个门市房，开个饭店。我在 B 市看了三个门市房，哪个好，你是厨师，你从中选定一个。有车，运点儿什么方便，所以我买辆小车。"

啊！马成听完后，一下子握住她的手，感激地说："姜兰呀！你是我的妻子，也是我的老师，遇到你是我的造化，娶了你我幸福一辈子。"

作者简介：李九田，吉林省作家协会会员，长春市作家协会会员。作品《订终身订出的血和泪》在《农村天地》杂志"生命源杯"报告文学大奖赛中荣获三等奖。散文《大姐》在深圳市宝安区文联所主办的"亲情、友情、爱情"征文活动中荣获三等奖。

老汉进城　　李占彬

　　六十多岁的陈老汉骑三轮，去往十八里外的县城，他准备把满满的一车菜，送给在县城开饭店的儿子。

　　眼看就要到县城了，陈老汉想着儿子用了他栽种的有机蔬菜，给顾客们送去美味佳肴，心里美滋滋的。做生意嘛，就应该省一点儿，自己辛苦点儿又有什么呢？躲过一辆又一辆轿车，拐过一道弯，马上就要见到儿子了！于是他猛蹬起来，紧接着只听砰的一声，不好，老汉撞到了一辆停在路边的车！他忙下来，看了看，这可怎么办？老汉的汗顺脸淌了下来，他摘下帽子，擦了擦汗："这可怎么办哪？惹祸了！"他转了两个圈。

　　"哎，车是你撞的？"这时，打大厦那面走来一位染一头黄发，还带了一个耳环的小伙子。

　　老汉忙冲小伙子赔笑脸："小伙子，这车……大爷不是有意撞的。"

　　"大爷，你一句不是有意撞的就完了？你知道这车多少钱吗？"小伙子拍了拍自己的爱车。

陈老汉哪知道这车有多贵重，他眼睛直直地看着小伙子，摇摇头。

　　"一百多万！一天光保养费就好几千哪！你说给撞就给撞了？"小伙子无比心疼。

　　啊？！一百多万？！这祸可闯大了！老汉傻眼了，双腿顿时软了。

　　"你说咋办吧？"

　　"你……你……你说吧。"陈老汉开始结巴了。

　　"这样吧，我也不管你多要，拿两万块钱吧。"

　　"多……多……多少？！"

　　"两万！可怜我的爱车啊，两万都不一定能修好啊。"小伙子摸起车被撞坏的地方。

　　"两万，两万……"老汉缓缓地低下头，后退了两步，泪水滚落了下来，"我咋不知加小心哪！"说着，啪！他狠狠地抽了自己一嘴巴。

　　"老爷子，快拿钱吧，我还急着修车去呢！"小伙子摸出一串钥匙，准备打开车门，去修车。

　　"小伙子，大爷我是农民，一年的收成也不值两万哪！"

　　"那你城里有亲戚吗？"

　　儿子是这城里他唯一的亲戚，可老汉不能去，儿子刚刚要了二孩，又新开了店，经济挺紧巴。

　　"要不你把亲戚电话号告诉我！"

　　看这架势，不赔钱，老汉是走不成了。

　　"我都这把年纪了，脑袋……"老汉很尴尬，一字一字地说。

　　"怎么，老爷子，听你这话，想赖账啊？"

　　老汉急了，瞬间涨红了脸："小伙子，大爷我就不是那赖账的人。"

"那不是赖账的人，你倒掏钱哪！"小伙子不依不饶。

"你看能不能这样，你把家里的地址写给我，等我有了钱，给你送去。"

"老爷子，你耍我呢？快把钱给我，不然咱俩一块儿去交警队！"

"我……我……"

"我什么我！把我这么贵重的车撞了，还想不掏钱！"小伙子一气之下，踹倒了老汉的三轮车，随即就薅起他。

"把老大爷放喽！"这时从对面商店走来一位年轻人。

"放了？那钱你给啊？"小伙子仍不松开老汉。

"怎么回事啊？"

"他把我车撞了！"

"哪辆车啊？"

"就这辆！"小伙子伸手一指。

年轻人看了看这辆车，呵呵一笑："放了吧，我给你钱。"

"哎，这还差不多。"小伙子这才立马松开了老汉。

于是年轻人扶起老汉的三轮车，说："老大爷，你走吧。"

"那么多钱，大爷不能让你一个人掏啊。"陈老汉不胜感激年轻人帮他解了围，可更心存愧疚。

"走吧，大爷，没事。"

陈老汉推起三轮车一步一回头地走了。

"走，跟我取钱去。"年轻人薅了薅小伙子的衣领，然后掏出车钥匙，"嘟嘟"一按，刚刚小伙子手指的这辆车竟然被他打开了，接着他打开车门，把车开走了。

小伙子随即低下了头。

作家简介：李占彬，1985 年生于吉林农安，吉林省作家协会会员。微电影剧本《母女情深》在吉林电视台《家长里短》栏目播出。

心房 刘晋宏

第一章　一拉溪

　　夜色茫茫，奶奶趴在后窗。透过模糊的塑料布，江堤上的路灯，微弱的光洒在土炕上的时候，奶奶搓着皱皱巴巴的手，嘴里念叨着，感觉屋里暖和了。

　　四面透风，用高粱秆绑扎，再抹上泥巴的土墙。还有那在缝隙里可以望见星空的屋顶，如果没有铺在底层的塑料布，可能下雨的时候，就不仅仅是只害怕打雷那么简单了。

　　去年的夏末秋初，土墙还没有干透，我们一家五口就匆匆忙忙地从土城子租的房子里搬了过来。松花江边的泥土棚子，这个冬天就要在这里度过了。

　　每当刮风下雨的时候，我被关在棚子里，躺在土炕上，眼睛直勾勾地望着棚顶，就会想起老家一拉溪。

　　那里有一条清澈的河水，口渴了俯下身子可以直接喝几口，吧嗒吧嗒嘴，还有股清甜的滋味。河岸边是密密实实的柳毛子塘，柳毛子的根须扎在岸边，缠在一起，连成一片，在水里形成了一个个空洞。里面藏着好多鱼，有花泥鳅、白漂子、麦穗，还有扎手的扁担钩子。每到夏季，村里的孩子们就长在这条河里，偶尔捉到一条巴掌大的鲫鱼或者胳膊粗的鲇鱼，会让我们顿时欢呼雀跃。拾来干柴，在河边拢起火堆，架上薄薄的石片，把鱼放在上面，滋滋啦啦地响，不一会儿散发出来的香味，一个劲儿地往鼻子里钻。鱼肉还带着血筋，就已经被争抢着吃光了……

当我躺在棚子里，冻得瑟瑟发抖，脑袋蒙在被窝里的时候，也会想起老家一拉溪。

冬天一到，皑皑白雪覆盖了沟沟壑壑。一拉溪河水也结上了厚厚的冰，上游的堰流冰一层层地蔓延，再一层层地冻结，直到把岸边的柳毛子塘都包裹进去。这里便成了我们的乐园，每个孩子手里都拎着一根木棍，直溜的就是赵云的亮银枪。头上有弯儿的，那就是关公的一把青龙偃月刀。大家分成两伙，挥舞着木棍，噼噼啪啪地大战三百回合。偶尔看到一个驴粪蛋子，或者一个土豆、萝卜，只要是圆的，而且冻透了就好。挥舞着木棍，传来打去，又可以疯上半头晌。

直到棉帽子里的头发都打绺的时候，就在冰面上一躺，呼呼地喘着粗气，一团团浓白的哈气从嘴巴里冲了出来。还没等气喘匀乎，棉裤兜子里，大腿觉得一丝丝地发凉，后背的棉袄逐渐在变硬了。嗷的一声叫唤，大家又蹿了起来，抢起手里的木棍、驴粪蛋子，一个个又被打得四处乱窜。直到筋疲力尽，实在跑不动了，才拖着木棍打着晃回家了。进了门，屋里是温暖的，土炕是温暖的，桌上的饭菜也是温暖的，放在我冻红的脸蛋上，奶奶皱皱巴巴有些僵硬的手也是温暖的。

那个家真好，就在一拉溪河边，碾子沟里最好的一面青瓦房。那是当年永吉县大地主家的房子，我甚至能倒背如流地讲出奶奶重复过无数遍的故事。当年爷爷一个人闯关东来到一拉溪，是碾子沟的大地主收留了他。看到爷爷勤劳踏实，逐渐地吃饭都在一张桌子。后来爷爷成了地主姑舅妹妹的、小叔子家姑娘的女婿，就是跟我现在的奶奶成了一家人。不过日子还是原来的日子，爷爷还是给地主家当长工，出的力反倒比原来更多了。直到一次为了开垦土地，放大树时，让打桦子的树掀掉了半个脑袋。那年，大伯十五岁，爹十一岁。草草埋葬了爷爷，奶奶哭得死去活来。地主有些过意不去，答应来年开春给些土地，还打算给盖一栋房子。这些口头承诺还没来得及兑现，那年春节刚过，土改工作队就没收了地主家所有的家产，包括这栋一面青的瓦房。奶奶去找土改工作队，他们一听地主家长工受到长期压迫和剥削不说，还是给地主家干活的时候惨死，这是个苦大仇深的典型例子，该分的土地一垄也不能少，让昔日受压迫的贫苦阶级，做一回真正的主人。

我家和村子里的另一户贫农张树分这栋房子的正房。说起这个张树，他一脸大麻子，长得有多难看不说，还是个好吃懒做的二遛子。当年连地主家都不愿意雇的懒汉。一天游手好闲，专门偷鸡摸狗。不知道在哪里骗回来个媳妇，媳妇也不是个善茬子，没多久在一拉溪就有了名。破锣嗓子大喇叭，谁家有个大事小情，想要宣传一下，不用再告诉第二个人。大队长和大队会计为了体现高风亮节分到了厢房。搬家那天，奶奶把着厢房门框，说啥也要让出正房，这一让不要紧，张树也不得不被动地让出了房子。张树眼珠子都快气冒了，憋着一肚子的气，没地方撒，看见我们家的人横竖都不顺眼。在一个院子里，奶奶嘱咐大伯和爹惹不起来咱还躲不起吗？没有啥来往，也就井水不犯河水，相安无事了。

我家在厢房住了六年，等大伯和大队长的姑娘成亲那年，大队长一家搬到生产队的果园，大队会计也搬到新盖的房子去了。这栋房子东屋北炕住着大伯和大娘，南炕是奶奶。我就是在西屋的土炕上出生了。虽然，张树独占了那趟厢房，在一个院子住了这些年，还是瞅我们的眼神都不对，大伯成了大队长的姑爷，他们还是顾忌的，没有什么过分的举动。

　　爹是个半拉木匠，还是半拉瓦匠，还是半拉……反正什么都会些，只是不精。收拾犁杖，安个锹、镐、斧子把，做个耙子都不在话下。赶上谁家盖房子，砍个房架子，墙上抹泥巴，他也都能伸得上手。所以在我的印象里，这栋一面青房子的门窗向来都是修理得板板正正的，两个山墙和后墙总是修补得平平整整。灶台、火墙和土炕总是利利索索的，而且阴天压气也从不燎烟呛人。就连房后的茅楼也是榫卯结构的，而且还挡着一块麻袋帘子。比起别人家就地挖个坑，四下走光漏风要讲究多了。

　　后来，大队长老了，大伯就当了大队长。再后来，爹开始不安分了，经常念叨着要去吉林市当工人。

　　一拉溪河边上的柳毛子冒出一个个毛茸茸的毛毛狗的时候，河面上的冰盖随着轰隆隆的响声，大片大片地坍塌。

　　原来安逸的日子，是在爹去一趟吉林回来以后彻底被打破的。只记得爹刚回来时，背着一袋洁白晶莹的大米。爹还说，去吉林就能天天吃上大米饭和白面馒头。我的心思就随着爹的话飘到了远方，吉林应该是一个多么美好的地方。

　　当天晚上大娘还炒了几个菜，焖上一锅大米饭。当然大伯家的大哥秀柱、二哥秀梁、姐姐秀双、我哥秀山还有我都不能上桌子。我们盛上香喷喷的大米饭，泡上酱油，再来一勺荤油。我急不可耐地塞嘴里一大口，又赶紧吐了出来，伸出了发红的舌头，不住地张大嘴巴哈着气。

就在这时听见东屋哗啦一声。

"哥！你这是干啥？"

爹气呼呼的声音，震得窗框嗡嗡响。大伯脾气大，我知道，但是当着奶奶的面，掀桌子还是第一次。不一会儿，听见奶奶拖着长音的哭声："哎呀……这是不管我了，我一把屎一把尿地拉扯你们哥儿俩……哎呀！我的娘啊！这还掀桌子，我也不活了，早死早利索，没有用了……"要是手里没有端着这碗香喷喷的米饭，这个时候我一定会赶紧用手捂住耳朵，我最害怕这往心里钻的哭声。这时候听见爹说："娘，你这是干啥……我到哪你就跟着我……大哥你今天说啥都没有用，吉林我是去定了……"爹说到这，气呼呼地出了门，一回手，咣当！门被重重地关上了。

这时，外面有几个人影在晃动。凑过来看热闹的邻居低声嘀咕着，纳闷原本和气的一家人怎么突然闹得这么厉害呢？一张麻子脸在窗前一晃就不见了。我的心里说不出的滋味，就像有根鱼刺卡在嗓子里，吞也吞不下去，吐又吐不出来。听着争吵声音越来越大，脑袋都涨大了，嗡嗡地响，就像摔在冰面上，而且是后脑勺着地的感觉。

我们几个大气都不敢出，你看看我，我看看你。觉得端在手里的饭碗就像一个盛着火炭的火盆，手被烫得生疼。可是散发出来的香味一个劲儿地往鼻子里钻，又舍不得放下，咕嘟、咕嘟吞咽着口水。大伯家的两个哥哥和姐姐放下饭碗悄悄地回了东屋，跟大娘收拾一地破碎的盘碗，小心翼翼的，生怕弄出响动再惹他爹生气。我头一低，抡起筷子正要往嘴里划拉饭。

"秀武，别吃了，奶奶和娘都哭了……"哥在西屋门口喊我了。

　　"嗯……"我答应着，放下饭碗，又回头恋恋不舍地瞅了几眼才进了西屋。

　　接下来的几天里，爹和大伯没有再说话。娘默默地收拾着东西，爹捆扎好了行李。

　　寂静的夜还很深沉，我突然被扯着腿拎出了温暖的被窝，光着身子拽到了院子里。去吉林享福的美梦也被无情地撕碎了。两只手停在那里，一时不知是捂住透着凉风的裤裆，还是去揉惺忪的眼睛，竟然不知道放在哪里好了。房子东面燃烧的火苗伸着长长的舌头，舔舐着原本黑苍苍的天空。我的脸和半个天空都被大火映得通红。屯子里的人陆续赶来，一拉溪河里的水，被装进脸盆、猪食桶、水筲里慌乱地传递着，最终泼在肆虐的火苗上。等东面天空由红变白的时候，火终于被扑灭了，天也渐渐亮了。疲惫的人们叹息着，拍拍大伯和爹的肩膀，安慰一下一直在哭的奶奶，陆续回家了。人群里我看到了邻居张树，在他的那张麻子脸上我看到了一丝不易察觉的冷笑。再看看这栋房子，整个房盖和东边的门窗都烧光了，大伯家屋里的东西也所剩无几了。爹看着大伯，想说点儿什么，却被剧烈的咳嗽淹没了。大伯斜了一眼爹，哼了一声，转身就带着一家人去了村果园他的岳父家了。

　　我在奶奶的怀里，听着她一声高、一声低的哭声。本想用手堵住耳朵，可是奶奶皱皱巴巴有点儿僵硬的手，死死地搂着我的胳膊，虽然奶奶搂着我就不那么冷了，但是这哭声从耳朵灌进去，又一直钻进我的心里。我的头好像涨大了一圈，我的心里堵得满满的，好像即使是一丝风都别想再吹进去。

　　爹把捆扎好的行李放在一边，拎起家什，上了房顶。等房子彻底修好了，原来的一面青瓦房，如今变成了一面青草房。奶奶、娘、哥和我都坐上了租来的马车。爹站在院门口，大伯来了，他跟奶奶说："娘，别去了，跟我在家吧！"奶奶摇摇头，大伯斜着眼睛看了一眼我爹，嘴里还是哼了一声，扭头走进了院子。我坐在奶奶的怀里，使劲抽出两只手，随时准备放在耳朵上，可是这次奶奶竟然没有哭。

第二章　松花江

一行南飞的大雁从头顶掠过。夕阳把松花江的粼粼波光、岸边的垂柳，还有天上散碎的云彩，染上了颜色。从一朵朵万寿菊，变成了一个个古铜钟，渐渐地就像烧过了火的木炭。

我躺在高粱秆堆上，望着渐暗的天空发呆。不争气的肚子又咕噜噜地叫唤了。梦里的吉林可不是现在的样子，应该是宽敞的大瓦房，明亮的玻璃窗，雪白的墙，光滑的水泥地……

最近爹兜里应该是空了，其实我不知道爹还有没有钱。一连几天只是喝着见不到几颗米粒的菜粥，灌到肚子里，几泡尿过后，肚皮就贴到了脊梁骨。

房东昨晚又把爹叫到外面去说话，爹回来就一头栽倒在炕上，一句话也不说。奶奶的哭泣愈发频繁了，我似乎也渐渐习惯了奶奶往心里钻的哭声。要命的是娘也跟着掉眼泪，让人心酸酸的，不是个滋味。

操着不同地方口音的人来打听有没有空房子，让房东坚定了撵走我们的决心。

天还没亮，爹就去打零工，晚上回来就到松花江边。爹在靠近江堤的下边平整了一块场地，埋上几根桩子，又去不远的田地里捡来高粱秆。哥来帮忙，我也跟在屁股后面凑热闹。哥把一捆捆的高粱秆递给爹，再用铁丝勒紧。哥把和好的泥巴撮给爹，再用泥抹子，抹在高粱秆上。

我在江边摔够了泥娃娃，再把一个个团好的黄泥球晾晒在河滩上，爹给我做的弹弓子，射不远石子，泥球干了以后，就成了最佳的子弹。

把手中的高粱秆剥了皮，做了一个眼镜戴在鼻子上。若是有盒火柴就好了，奶奶教我做的跳蚤就会随着烧断的高粱秆皮，腾地一下跳得老高。躺在高粱秆堆上面，望着太阳落山的方向，山那边应该就是一拉溪老家。因为我记住了，来吉林的时候我们迎着初升的太阳，如今，我只能望着渐远的落日，想起老家一拉溪了。

这个时候正是收获的季节。生产队的场院就成了我们嬉戏的乐园，深褐的黄豆、金黄的玉米、深红的高粱、粉红的萝卜、翠绿的白菜……我们就在这堆堆垛垛之间捉迷藏。疯累了，就在窝棚旁边点起火，烧黄豆，啃萝卜，听看场院的老爷爷讲故事。"山那边啊！有个吉林乌拉城，想当年清太祖努尔哈赤来乌拉部和布占泰争叶赫部的美女东哥。这个东哥美得比得上落雁的王昭君，胜得过沉鱼的西施，赛得过羞花的杨玉环，美得过闭月的貂蝉……努尔哈赤就站在松花江边，只见他手里的鞭子一挥……"

松花江边的棚子盖好了，就在那个浓雾弥漫的早上，我们搬家了。路边湿漉漉的野草打湿了我的鞋子，江堤上的柳树垂下的枝条滴着露水。奶奶皱皱巴巴有点儿僵硬的手牵着我，我也挽着奶奶，做她的拐棍。爹扛着捆扎好的行李，走在最前面，哥哥紧紧地跟在后面，举起两只手奋力地托着爹背上重的行李。由于看不见路，步履变得踉踉跄跄的。娘端着饭锅跟在后面，不时地提醒着哥哥。奶奶嘴里念叨着："搬新家，好运到，入金窝，福星照……"

爹放下行李折返回来，小心翼翼地扶着奶奶下了江堤。来到棚子跟前，奶奶的念叨骤然停止了。不一会儿，又变成了往心里钻的哭声。棚子的土墙湿漉漉的，墙上泥土的裂缝露出的高粱叶子是湿漉漉的，棚子盖也是湿漉漉的。窗户上蒙着塑料布，聚集的雾水淌下一道道的痕迹，就像一溜溜流下来的眼泪。我甩开奶奶的手，跑向江滩，晾晒的黄泥球还是湿漉漉的。回过头看看，就在松花江的岸边，这个还没有干透的棚子前，一家人站在那里发呆。

江堤上的路灯准时亮起来的时候，奶奶趴在后窗，搓着皱皱巴巴的手，念叨着，感觉暖和了。我盼着爹早点儿回来，如果运气好，爹会像变戏法一样，从兜里掏出一个或者半块白面馒头。无论多少，爹都会分成四块，娘一块、我一块，最大的那一块一定是奶奶的，拖着地笼子回来的哥哥也能分一块。娘找来搪瓷盆，倒出来几条还在乱蹦的鲫鱼。

奶奶自言自语地念叨着："哎！还是一拉溪老家好啊！起码，还有个像样的窝。"紧接着就听见娘的叹息声，端过来一碗野菜苞米面糊糊，爹接过来呼呼几口就吞咽了下去。一头躺在土炕上，不一会儿就打起了呼噜。我和哥哥趁着江堤上的路灯还没有熄灭，借着透过后窗的灯光，收拾那几条鲫鱼，明早它们就成了我们一家美味的早餐。

深冬的晚上，风刮得昏天黑地，感觉整个棚子都在摇晃。紧接着雪下了几天几夜。棚子的横梁、立柱、檩条都咯吱吱地响。爹早早地起来，搂掉棚子上的积雪，土墙外面堆上了厚厚的积雪，减缓了顺着墙缝直接灌进屋里的寒风。虽然土墙里塞上捡来的稻草，又钉了一层在工地捡来的纸壳，即使火炉的炉盖烧得通红，土炕也烧得烙屁股，可是脑袋露在外面，还是觉得冻耳朵。奶奶的被窝里是温暖的，我不时地伸出脑瓜，盯着火炉上的马勺，里面熬着的一锅白砂糖，咕噜噜地冒着玉米粒和黄豆粒那样大的泡泡，渐渐地变得细碎了。

"他爹，这糖应该是熬差不多了。"娘冲着外面喊了一声。

爹答应着，跑进来，摘下棉手闷子，伸手抓起一双筷子，直接插进马勺里，在翻滚的冒着泡的糖水里挑起了一段长长的糖丝。娘递过来半舀子凉水，爹把两根筷子轻轻一分，伸进凉水里，马上拿出来，只见两根筷子之间形成了一个透明的、薄薄的糖片。当两根筷子轻轻一合的时候，咔嚓一下糖片脆生生地折断了。随着爹喊了一声"好了"，娘已经递过来串好的山楂。爹放下筷子，把马勺挪到火炉的一边，马勺稍微倾斜，冒着高粱粒和小米粒那样细碎泡泡的糖浆已经由白色变成了淡黄色。只见爹捏着竹签把山楂贴着翻滚的糖浆，再轻轻地一捻，整个糖葫芦蘸上了一层糖浆。一挥手，啪的一声摔在事先准备好的浸过冷水的光滑的木板上，再顺势一拽，一个糖翅就出现在糖葫芦的上面。随着此起彼伏的啪啪声，不一会儿糖葫芦就都蘸完了。哥哥把一根根带着漂亮糖翅的糖葫芦从木板上拽下来，再小心翼翼地插在门外的草靶子上。我的眼睛只是盯着锅里剩下的那点儿已经变成黄褐色的糖浆上，爹在木板上放几根短竹签，端起马勺将锅里剩下的糖浆分别浇在上面，过了一会儿，等糖浆凝固了，捏起竹签轻轻地活动几下，一片片的糖片就掀了起来。当然，我能分到一片，先给奶奶尝尝，奶奶用手掰下一小块放在嘴里，眯着眼睛很享受地吧嗒着嘴。

爹蘸的糖葫芦，酸甜酥脆不粘牙，糖挂得均匀，糖翅又长。

头一次蘸的糖葫芦能把牙粘掉，还有几次糖熬好了，并不粘牙，可是山楂上尽是些没有融化的糖粒子在里面，爹说，那叫翻砂了。蘸不好的糖葫芦，当然不好卖，就成了我的口福，看着爹紧皱的眉头，我虽然嘴里吃着糖葫芦，心里美滋滋的，但是也得想办法把脸沉下来，愣是装出一副不开心的样子。板来板去，脸有些僵硬，抓起几根糖葫芦撒着欢儿就往外面跑。

不过这样的好日子没有持续几天，爹很快找到了窍门。糖葫芦越蘸越好，哎！允许我吃的机会也越来越少了。

吃过早饭，爹扛着糖葫芦去了土城子街里。哥哥背着袋子又去捡煤核去了，娘把洗过的山楂一个个地割出口子，奶奶用竹签子抠山楂核。我是不会老老实实地闷在这个棚子里的，穿上棉乌拉鞋，戴上狗皮帽，套上棉手闷子，噌一下就冲了出去，消失在皑皑白雪之中。

这一段松花江水冬天是不结冰的，岸边一群绿头野鸭，红红的爪子，站在洁白的雪地里梳洗打扮，交头接耳。我捡起一颗石子，奋力地扔了过去，顿时野鸭被惊得扬起翅膀，扑棱棱地闯进了平静的江里。

一片宽阔的江湾，水流平缓，夜里蒸腾的雾气飘散着，遇到冷空气就逐渐凝结在岸边垂柳的枝条上，一串串的玉树琼花洁白晶莹。就连雪地里露出头的，不起眼的蒿草，如今也被包装得上了档次。阳光出来了，反射着七彩的光，就像是一串串、一丛丛、一簇簇的奇珍异宝。

我很自在，就像一只高飞的野鸭拥有一片天空般自在，就像一条畅游的鱼儿拥有一湾松花江水般自在。我可以尽情地喊叫，可以放肆地打着滚，可以毫不吝惜地扰乱一大片洁白又平缓的雪地。疯累了，我的自在渐渐地就变成了一种空落落的孤独。直挺挺地躺在雪地上，羡慕蓝天上的白云自由自在地飘荡。再看看江堤上的垂柳，挂满单纯的雾凇，我的心事却是道不出地复杂。肚子又咕咕叫了，我只是盼着爹早点儿回来，糖葫芦卖得好，兴许我能吃到香喷喷的白面馒头或者香甜的糖三角。

第三章　土城子

天阴得厉害，乌云就像一座大山，铺天盖地地压在棚子上。江堤上的路灯还是准时亮了，这次竟然没能透过窗户上蒙着浓浓水汽的塑料布。奶奶趴在窗户边努力地向外张望着，路灯就像一个朦胧的亮点，若不是阴天，会让人误认为是一只掉队的萤火虫，或许是一颗挂在遥远天际的星星。

不一会儿，豆大的雨点砸在窗户的塑料布上啪啪地响。虽然窗户上的水汽被冲掉了，可是路灯的光却更模糊了，隐隐约约的，就像一碗玉米面糊糊晾在那里。

呼呼作响的风，吹得塑料布鼓进来一个大包，我赶紧离开后窗，躲进奶奶的怀里，"娘，快点儿上蜡烛吧！我害怕！"

奶奶一边用皱皱巴巴有些僵硬的手抚摸我的脑袋，嘴里念叨着："哎！这大风大雨的，秀武他爹怎么还不回来呢！"

话音刚落，吭当一声，门开了，娘刚刚点着的蜡烛一下子又熄灭了。等重新点燃蜡烛的时候，爹已经脱下雨衣，在崭新的翻毛皮工具兜里掏出一个油纸包，三下两下撕开以后，竟然是一只金黄冒着油的烧鸡。

"我有正式工作了，九一公司招工，我报了木工，今天现场试一试，班长说我还是块料，把名报上了……"借着烛光，我看到爹平时紧锁的眉头也舒展开了，布满了络腮胡子的嘴角，向上翘着，快要和浓黑的眉毛连在一起了。

"哎！太好了，终于熬出头了！"奶奶一下来了精神，接过娘递过来的烧鸡腿，先凑到鼻子跟前闻了闻，闭上眼睛，不住地点着头，再放到嘴边慢慢地啃着。

"娘，等我开工资咱就搬土城子住，今年冬天也不用在这儿遭罪了。先租个房子，以后公司还给分房子呢！"爹说到这儿，长长地舒了一口气。

奶奶的笑声原来也往心里钻，我能感觉到奶奶的兴奋。我的心里那么舒坦，就像我泡在一拉溪河里，清爽爽、暖洋洋的。

夜已经深了，雨水哗哗地倾泻下来，拍打着棚子。雨下了多久，我已经浑然不觉了，因为在梦里，我们一家住上了宽敞的大瓦房，明亮的玻璃窗、雪白的墙、光滑的水泥地……这样的梦我想一直做下去，不愿意醒来。

不知道睡了多久，我被咔嚓一个炸雷震醒了，紧接着一道闪电在窗前划过，轰隆隆一串闷雷滚过天际。雨就像用盆盛着泼到棚子上一样。狂风吹得江堤上的柳树嗷嗷地怪叫，我觉得棚子就像我的两条腿一样不住地颤抖。我把头蒙在被窝里，又听见奶奶那往心里钻的哭声。赶紧把头伸出来，看见爹已经穿上雨衣，刚刚闪开门缝，冷风呼地一下扯开了房门。顿时，墙上挂着的柳条盖帘和水舀子、炉子边的水桶、锅台上的饭盆……噼里啪啦地掉落一地。窗户上的塑料布都奋力地凸向外面，随时都有撕开的可能。爹一步跨了出去，用力把门关上，屋里顿时消停下来。窗户上的塑料布呼地一下又鼓了起来，湿漉漉地撞到了我的头上，我赶紧钻进了被窝。

哐当一声，门又打开了，地上的水桶、饭盆、水舀子、柳条盖帘又噼里啪啦地活跃起来了。

"快收拾东西，赶紧上江堤，水就要漫上来了……"爹使劲拉上房门，可是屋里再也没有平静下来。娘慌乱地拽上两条被子，哥哥拎起两个水桶，我愣在那里一时还没有缓过神来，奶奶皱巴巴的手把我拽出了被窝。等我胡乱套上衣服，水已经进了屋地。爹把雨衣披在奶奶身上，背起奶奶，抢起另外一条胳膊，用力一夹，我就到了爹的腋下。他咣当一脚踹开房门，冲了出去。一家人跌跌撞撞地爬上了江堤。这时，借着一道闪电的光亮，我看到水已经淹到了塑料布做成的窗户了。我在爹的腋下被勒得喘不过气来，挣扎着想要挣脱，可是爹的胳膊把我夹得更紧了。

雨水哗哗地倾泻着，我觉得整个人都浸在黑墨水里，什么也看不到，又憋得透不过气，简直就要窒息了。就在这时一道撕裂天际的刺眼的闪电，晃得我勉强睁开眼睛，只见浸在江水里的棚子，被一个漩涡忽悠一下就卷走了。闷雷轰隆隆地滚过来，震得我的心都哆嗦。爹打了个激灵，夹着我的胳膊又用力地勒了一下。我仰起头，望着漆黑一片的天空，我张嘴想要咒骂，雨水瞬间灌满了我的嘴巴和鼻腔。"咳咳咳……"我一阵咳嗽，赶紧闭上嘴巴。

就这样晕乎乎的不知道摇晃了多久，在一个屋檐下，爹终于把我放下来。我张开大嘴，好半天才哇的一声大哭起来。奶奶一把将我搂在怀里，用皱巴巴有点儿僵硬的手抚摸着我湿漉漉的脑袋。往心里钻的哭声，从耳朵钻进去，塞满了我的胸腔，憋得我简直就要窒息。娘拍打着我的后背，哥牵着我的手摇晃着。

屋里的灯亮了，一趟房的灯也陆续亮了。

"让不让睡觉了，五更半夜地号……"我觉得这个破锣嗓子怎么那样熟悉呢？

这趟房子，东头窗户最大那间房子的门被打开了，一道光柱射了过来。

"你们这是？下这么大的雨，这是怎么了？"

"我们江边的棚子淹了，没有地方去。"爹迎了过去。

我的眼睛迎着光柱，一时什么也看不清。

"还有老人和孩子，快进屋吧！"

奶奶牵着我，跌跌撞撞地进了屋。我揉揉眼睛，才看清楚，这屋里怎么和我梦见的房子一样呢！明亮的玻璃窗、雪白的墙、光滑的水泥地……

带我们进屋的和蔼老人，是这个院子的主人，他答应收留我们住下。我不用掐自己，也知道这并不是做梦，因为我接过一杯热水，烫得手生疼，幸好奶奶及时抢了过去，要不非扔了不可。

陆续进屋看热闹的租户里，我竟然看到了张树那张麻子脸，我使劲揉揉眼睛，想要再仔细辨认一下，一晃怎么又不见了呢？我的心一下子就揪了起来，想起来那场烧毁了一拉溪老家那栋房子的大火。我顿时惶恐起来，即使睡梦里突然坠落到深渊，就连亲眼见到棚子被洪水一下子卷走的时候，都没有如此的惶恐。

我的担心还是在第二天早上得到了应验。房东原本和蔼的脸就像善变的天气。我身上的衣服还是潮乎乎的，喝过房东拉着脸子送来的一盆稀粥，我们一家不得不离开这个院子。

天空的乌云还是没有消散，一直翻滚着向东而去。奶奶没有哭，抬起皱巴巴的手，指着挂在东边天空的那道彩虹。嘴里念叨着："东虹日头，西虹雨，天总有晴的时候。"我抬起头看看，似乎觉得乌云变得稀薄了，离我们的头顶也越来越远了。

第四章　工棚子

毒辣辣的太阳，把工地上的物件晒得烫手。

我从工棚子旁边的那个家逃了出来，即使躲到闷热的水泥库房里眯一会儿，也比那个与工棚子用板子隔开的家强多了。

　　工棚子里汗臭浓烈，还有辛辣的老旱烟。中午休息，从捂了半天的鞋里解放出来的，能把人熏个倒仰的臭脚丫子，尤其让人受不了。顺着木板的缝隙蔓延过来的气味，简直就是一股毒气。满嘴、满鼻孔，都是一个味道。就连拿在手里的二合一发面馒头，还有凑到嘴边的大头菜汤，也都成了一个味道。

　　哎！一拉溪那个家真好，这样的大热天，躺在铺着芦苇席子的炕上，敞开前后窗户，一阵阵凉风习习吹来，别提多惬意了。顺着北炕，翻过后窗。菜园子里的黄瓜架，随手揪两根鲜嫩的黄瓜，用手撸掉上面的小刺和顶花，轻轻地咬上一口，咔嚓、咔嚓地脆响，一股股清香从嘴里散发出来，再钻进鼻孔里，顿觉清凉了好多。

　　叮叮当当……吱吱嘎嘎……工地上嘈杂的声音，灌满耳朵，耳孔就像塞上了棉球。最要命的是夜里振动棒嗡嗡嗡、嗡嗡嗡的声音。睁着眼睛感觉离你挺遥远，就像一群炸了营的马蜂。你闭着眼睛它就在你的耳朵边，就像一群准备随时下嘴叮咬的蚊子，搅得你心烦意乱。还有那该死的电锯，遇上难锯的硬杂木，更是撕心裂肺地尖叫，就像锥子一样，从耳朵眼一直扎进脑子里。

　　奶奶很忙，把弯曲的钉子捡回来，再用榔头敲直。娘也很忙，食堂里有刷不完的碗筷。哥一大早就去上学了，而我在相对安全的地方——闷热的水泥库里打着盹。

　　我的额头渗出了汗珠，怎么觉得躺在江边的那个棚子里了！炎炎夏日里虽然棚子潮乎乎的，只要清凉的、带着水草的清新味道的风顺着掀开的塑料布，轻抚着我的额头，顿时浑身都清爽了。即使酷寒的冬季会让我瑟瑟发抖，只要雪夜没有一丝风，躺在土炕上就能听见雪花飘落的声音，沙沙的、簌簌的……

四周竟然如此地安静，我们一家住上了宽敞的砖瓦房，明亮的玻璃窗、雪白的墙、光滑的水泥地……

"加把劲……嘿呀……"我抹了一把嘴角的哈喇子，一骨碌爬起来，震撼有力的号子震得水泥库房上的灰珠珠一串串地往下掉。只看见一个个房架被稳稳地安上了高墙。我不由得拍手欢呼雀跃起来，因为爹说过，那栋房子建好以后，其中有一栋就是单位分给我们家的房子。

我突然感觉从未有过地舒坦。在工地里嘈杂的声响之中，找到了一片安静的那种舒坦；在臭气熏天的工棚子里，闻到了一股清香的那种舒坦；从无处安身，到躺在窗明几净大房子里的炕上打滚儿的那种舒坦。

"出事了……有人从房顶掉下来了……快去看看吧！"整个工地似乎一下子安静下来。

从人群的缝隙里，我看到了爹苍白的脸，紧闭着的眼睛，腮帮子两边绷得紧紧的两块疙瘩。救护车拉着长笛，就像在代替爹呻吟，一路"哎哟……哎哟……"。

车走远了。人群渐渐散了，只有我呆呆地站在那里，叮叮当当、吱吱嘎嘎的声音里掺进了奶奶往心里钻的哭声。

好在爹并没有生命危险，胸椎和脚踝压缩性骨折，至少三个月才能下地。一家人吃的、用的不必发愁，公司都考虑到了。只是原定给我们家的两间屋子，其中一间分给了新来的工友。

这样一来，两家共用走廊、厨房和厕所。不管怎么样，总算告别了塞满鼻孔的毒气味和灌满耳朵的刺进脑子的嘈杂。搬家的那一天，隔壁的房门敞开着，我竟然看到了那张最不愿意看到的麻子脸。难道那个张树竟然成了我们的邻居？

"谁那么缺德，门口堆这些破烂，还有没有人要了……"破锣嗓子就像撕裤裆的声音一样，彻底证实了最坏的结果。

爹躺在炕上，一动不能动。娘出去看看，还没等说出一句完整的话，就被劈头盖脸地一顿臭骂。那骂声就像锤子不断地砸在我的头上，我觉得胸腔有股热流，涌到脖子上，又灌满了整个脑袋。顿时，眼睛模糊，头一阵阵地发晕。我抓起炕沿上准备钉窗帘的斧子，奶奶从炕上爬起来，还没来得及反应过来，我已经冲了出去。

"小兔崽子，还他娘反了你了，给我砍个试试！来，朝这里砍！"麻子脸离我越来越近，一股烂鱼臭虾的气味，从张树的嘴里喷出来，顿时呛得我眼泪差点儿没掉出来。眨眼的工夫，一双铁钳子一样的大手已经抓住了斧子。只是稍一用力，我的手掌一酸，斧子已经到了张树的手里。只见他慢慢地把斧子举了起来，我觉得刚才还涨涨的脑袋，竟然一下子就像泄了气的皮球，吓得赶紧闭上了眼睛。就在这时，娘扑了过来，两只手死死地抓住他的手腕。

"啊！"的一声尖叫，竟然从就像吃了大粪一样的嘴里发出来的，有点儿让人纳闷。一块砖头从张树的头上滑落下来，棱角上似乎还粘着一缕头发和血迹。张树的麻子脸一下子变得酱紫，眼珠子瞪得像两个铃铛。就在娘一愣神的时候，他奋力地挣脱了娘的手，往身后猛地一挥。"噗"一声闷响，一个人影从张树的身后一头栽倒了。

我的眼前就像腾起一片红色的幔帐，一下子把我罩住了，我伸出两只手奋力撕扯，但是没有丝毫的作用。慌乱之中，我揉揉眼睛，使劲睁大，再睁大……我的手上、身上竟然全是血。我赶紧使劲揉搓着眼睛，一屁股坐在了地上，终于看清了，血是从哥

059

的脖子上喷溅出来的。

救护车没有拉响呻吟一样的长笛，拉走了蒙着白布的哥哥。警察带走张树的时候，那张麻子脸苍白得就像新房子的墙壁，那张冒着臭气的嘴巴，一直张着，张得大大的……

第五章　新吉林

一转眼二十年过去了。我接爹的班，成家，生孩子。

化建公司分给我的家属楼，公司大楼后面的新吉林小区，在三楼的一套房子。一进门就是客厅和厨房，两边各有一个卧室。从土城子和爹娘一起住的平房，搬到这个新家，我的心一直在翻腾。

奶奶走了，在大伯接她回到一拉溪的第三天，瞪着眼睛，咽下了最后一口气。奶奶从张罗回老家开始就不怎么吃饭了，大伯接到信尽快赶来了。我陪奶奶回到了一拉溪，却再也没有找到那条清澈的一拉溪河，昔日的柳毛子塘早已不见踪迹，两岸都是不规则的乱石……

一面青老屋，还在那里。屋脊已经坍塌了，残垣断壁上长满了蒿草……让我留恋的一拉溪老家，只能停留在美好的回忆里了。

我站在阳台上，透过宽大的玻璃窗，望着马路上穿梭的车流。车灯渐渐地汇成一条河，流淌着，交汇着，让我想起了一拉溪老家。想起一面青的老屋，还有那条清澈的一拉溪河，想起了松花江边的棚子……想起了逝去的哥哥，就应该在这条河的尽头吧！

抬起头望向点点繁星的夜空。突然觉得自己竟然那样地心酸，那是一颗流星悄然离去的心酸，一只掉队的野鸭在泥潭里挣扎的心酸，一个人的梦里再也找不到归宿的心酸。

爹和娘不愿意离开土城子，他们说哥哥还在那间屋子里。尽管每次听到这里，我的后背都簌簌地冒着冷风，我还是硬着头皮点点头。

爹娘不愿意搬过来的原因还有一个。他们听说张树在监狱里得了半身不遂，无期徒刑改判了，最近放出来好像也住在新吉林这边。

咚咚咚……"救命啊！快救救我家老太婆吧！"门外的声音竟然那样的熟悉。

打开房门的那一刻，我怔在那里半天没有动弹。妻子从我身边挤过去，扶起了瘫坐在门口的老头子。那张麻子脸上多出了一道道深深的褶皱，就像一块破烂的抹布。浑浊的眼珠在浮肿耷拉的眼皮缝里，可怜兮兮地注视着我。

"帮我叫救护车吧！老太婆不行了，我的半个身子不好使……"

妻子摇晃着我的胳膊，"怎么了，快去打电话呀！"

"喂！是吉化总医院吗！请来新吉林化建家属楼，11 号楼 3 单元 301，有个重病的人需要抢救……"

作者简介：刘晋宏，本名刘永红，1976 年出生于吉林省蛟河市农村。吉林省作家协会会员，吉林市作家协会副主席，龙潭区政协委员。出版古体诗词集《浅品人生》，散文随笔集《冰溜花》，长篇小说《我们农民工》《四海店》，纪实文学《宏江这十年》，文集《火蝴蝶》。

花开时节　孙淑英

盛夏，又是一个花开时节。

马晓峰望见自己的责任田里开满了白色、蓝色、紫色的土豆花，心里五味杂陈，既高兴又茫然。高兴的是今年的土豆又丰收了；茫然的是，到了秋天价格就很难说了。如果价格不好，一家人的日子还是会捉襟见肘的。春节过后由于疫情原因，他没能出去打工，没有额外的收入。儿子今年就要高考了，以儿子的成绩考个重点大学肯定没问题。上大学的费用可不是仨瓜俩枣就能解决得了的，得赶快多挣点儿钱哪，两口子晚上睡不着觉翻来覆去地合计着。

媳妇小梅说："咱这疙瘩儿①生产的土豆粉条子可是不错呀，远近闻名，你看咱这土质好，种出的土豆又甜又面，口感还好。生产的粉条子色泽洁白、晶莹透明、柔韧滋润、鲜香可口。哎，你看我说着说着，广告词都出来了。"小梅兴奋地拍了晓峰一巴掌，"咱俩应该拉点儿粉条子出去闯闯市场，你看咋样？"

---

① 疙瘩儿：东北方言，地方。

晓峰说："行，听你的，试试吧。"

他说完看了一下手表，快十二点了。"睡吧，明天早点儿起，去买车。"

他翻了个身，把灯熄了。

第二天，两口子起了个大早，骑上摩托车到镇上，又转乘大巴去了省城。到车展转了又转，晓峰相中了货轿两用车，货箱够大又气派，一看价钱六万多。身上只有三万五，这是家里的全部积蓄了，怎么办？晓峰直挠脑瓜皮儿，脑袋里快速搜索着谁能借给他钱，好哥们儿大林倒是有俩钱，可他惧内当不起家，不行。要不问问大海吧，电话接通后他才知道，大海的父亲正住院呢，他根本就没敢提借钱的茬儿。一时他急得脑瓜子冒出白毛汗，也没想出辙来。

这时，小梅提起大学生村官李密，那小伙子人实在，平时说话唠嗑不耍滑腔。给他打个电话问问，兴许能有办法，借不着钱他俩可就白来一趟了。

晓峰心里忐忑着拨通了李密的电话，说明了情况。

李密爽快地说："晓峰哥，我兜里肯定没有那么多钱，但你先别着急啊，等我一会儿，我立刻想办法给你筹钱。像你这样能自谋职业的人，村里应该给予支持的。"听了这话，晓峰的心里如同久旱逢甘露般畅快。过了半个多小时，晓峰就收到了李密微信转账的三万元，李密留言说："这个钱是村委会成员凑的，你先花着，等挣了钱再还给大家，祝峰哥好运。"

晓峰拿着手机的手都颤抖了，眼圈也红了。心里说："李密书记，我一定不辜负你的期望，你等着，我必须干出点儿名堂来，尽快把大伙儿的钱还上。"

晓峰两口子开回了货车，直接到镇上的粉条加工厂，装了满满一大车圆粉、二细粉、菜粉、汤粉、粉丝、带子粉、马莲粉、火锅粉丝、风味粉条、水晶粉皮等两大系列十多个品种。给老板交了一些定金，其余全部赊账。都是本镇上的人，晓峰的为人，老板们也都放心。

小梅回了趟家安排一下，把家里的钥匙交给隔壁本家二大爷保管，所有事宜都交给他老人家处理。儿子高中住校，也没有什么牵挂的，两口子就一心扑到买卖上了。

凌晨四点多他们来到春城的早市上，各家的摊位早已摆好，一排排一溜溜，根本就没有他们落脚的地方。徘徊了好一会儿，他们才在市场的末端停下车。他们挂出"三青山"牌粉条的商标，小梅使出浑身解数招揽顾客，"南来的，北往的，走过路过不要错过，长岭县三青山牌粉条有着两百多年的悠久历史，以洁白、清香、耐炖、风味独特而远近闻名。不信您可以少买一点儿尝尝，如果我的粉条不筋道不好吃，回锅化条，腻乎了，我包退，明天我还在这里等着大家。"不一会儿，走过来一个老太太停在他们的车前。"丫头，你说的那么好，那我先买半斤尝尝，如果好，明天就多买点儿。"

"好嘞，大姨，我先给您拿一绺，您回家就炖上。这一绺粉条我就白送您了。咱们也是有缘分，您第一个来到我摊前，照顾我生意，我感谢您哪。"

老太太留下钱，小梅又把钱塞回到老人的兜里。"大姨，这点儿粉条不算什么，就当晚辈孝敬您的啦。"说完，小梅又抽出一绺粉条塞到老人的兜子里。老人千恩万谢地走了。

又过来几个零星的买主，也都不多买，称个一斤二斤的就走了，都说回家尝尝，好吃回头再买。

早市散了，一算账才卖了四十多元钱。去掉两口子的饭钱、汽车耗费的油钱，一分没挣还赔了。两口子心情低落。

晓峰他们吃完了饭，把车停在一个僻静的地方休息。别看昨夜一宿没睡好觉，俩人在车上眯着，可谁都没睡着，心里堆着愁云哪。小梅打破沉寂："唉，你说咱的粉条这么好为啥卖不动呢？"

"你说呢？"晓峰把话题甩回来。

"我说吧，咱头一次来，顾客对咱的货不了解，不敢多买也属正常。这么半天我就琢磨着，怎样才能打开销路。我想咱们应该买个煤气罐，现场煮粉条，备点儿佐料，让顾客免费品尝。咱的粉条好吃，他们吃好了肯定就能多买的。你说行不行？"

晓峰眼睛一亮有了精神头，说："那就试试吧，干事业就不能怕麻烦。我媳妇是小鸡不撒尿，有一定的道道儿啊！"晓峰在小梅的鼻子上轻轻刮了一下。"去你的，没个正形。"小梅娇嗔地说。

他们开着车就去买煤气罐，又买了酱油、香油、十三香、碗筷等调味料和用品。

第二天早市上，他们把粉条煮好，拌上佐料，在长条凳子上摆满了一碗碗晶莹透亮的粉条。翠绿的香菜和小葱撒在粉条上边，配上香油、辣椒碎等，香气扑鼻。

小梅用清脆甜美的声音吆喝着："免费吃，免费尝，我说好不算好，大家眼光才是好。我说妙不算妙，大家一尝就知道。不骗乡亲不撒谎，合格产品才出厂。"

来往的行人不由自主地停下脚步，端起小碗三口两口就吃光了。大家边吃边说："这粉条该说不说是真好吃啊，又筋道，又滑溜，不信你们也尝尝，太好吃了！"吃的人不由自主地就分享出去了。

吃完的人，没有一个不买的。"给我称十斤。""我要五斤吧。""我要二十斤。"有一个饭店老板一下子就买了五十斤，昨天的那个老太太也领来一帮院里的老姐妹，大伙儿都没少买。小梅给每一个顾客都送了一张名片，方便以后联系。顿时，小摊上的生意红火起来了。尽管小两口儿忙得汗流浃背，可是心里高兴。早市结束后，一算账卖了两千多元。两口子心里从没有过的幸福感油然而生。

又一天早市开始了，一个膀大腰圆、胳膊上文着刺青的四十多岁的男人迈着方步过来。"听说你的粉条卖得不错呀，给我来几斤尝尝。"小梅赶忙伺候着，过完秤打好包装，"大哥您拿好喽，您的粉条一共是三十一元五角，您就给三十得了。"

"呀哈，我今早出门忘带钱了，手机也落家了，明早给你行不？"刺青男解释着。

小梅说："我又不认识你不赊账的。"

"哎哟喂，不认识我没关系，你可以打听一下啊，这条街上有几个不认识我强哥的。乡下妹子没见过世面，今早哥心情不错，不跟你一般见识。"

小梅气不过，拽住粉条不撒手。晓峰见势不妙，赶忙来打圆场："大哥，乡下人不懂规矩，您别跟她一般见识。粉条您拿好了，啥时候想吃，啥时来拿就成。"

刺青男胳肢窝夹着粉条子，骂骂咧咧，趿拉着拖鞋一步三晃走出了市场。

小梅没好声地呲嗒①晓峰："亏你还是个老爷们儿，孬货。就任由他欺负，连个屁都不敢放，就你这样的还活着干啥。"晓峰

---

① 呲嗒：东北方言，斥责。

也不搭话，继续卖他的粉条子。

过了一会儿，又来一个中年汉子，买了一捆粉条子就走了。没一会儿又把粉条子拿回来，吵吵巴伙 ①："你这老板不地道、黑心肠，往粉条捆里掺假。"来人从粉条捆里拽出一绺子黑褐色的粉条子，"你得陪我损失，要不然我不走了，我看你还咋卖货。"两口子心里"咯噔"一下，马上就明白是咋回事了。

晓峰说："大哥您也别吵吵了，我给你全额退款。我们不在这儿卖了，行吧。"

他们收拾完东西刚要开车走，就有一个三十多岁的女人拿着名片找上来了。"唉，大哥，这咋还要走哇？我是来买你的粉条子的，赶快停下车，我有事跟你商量。"

"大哥，你这三青山牌的粉条子，可是真好吃呀，昨天我表姐在你这儿买的我吃着了，就拿着你的名片找来。我是开饭店的，每天都需要很大的量，我就在你这儿订货了，需要多少我就给你打电话，能给我送货不？"

"行，肯定送货上门，并且价钱还能给你优惠。"

"优不优惠都好说，你们也不容易。那咱们就这么定了，现在你就给我送过去二百斤吧。"

早晨的阳光，冲破层层云雾，放射出万道霞光。晓峰两口子开车载着那女人，迎着朝阳走去。

作者简介：孙淑英，女，1960 年出生。吉林省作家协会会员，长春市文学社团理事，双阳区作家协会理事。《春风文艺》签约作家。2017 年获第二十六届"东丽杯"梁斌小说优秀奖。2018 年获长春市群众艺术馆举办的第七届诗歌、散文、小说大赛一等奖。

---

① 吵吵巴伙：东北方言，大声地吵嚷。

扶贫在路上　王丽英

现如今，人们的生活已达到小康。回想起前些年的扶贫工作，总有那么几件事，让张文斌难忘。

"南岗村吉星公路剪彩仪式现在开始！"张文斌刚说完主持词，兜里电话连续震动了好几次。直到他宣布"请县委书记×××等领导上台剪彩"，电话仍然在震动。他忙躲到后台，掏出电话。十多个未接来电，都是一个号码打来的，可能有急事。他忙回过去。

"喂，您好！""您好，我是市中心医院医生，您是张文斌书记吧？您爱人和女儿出车祸了，请您马上来医院。"

张文斌的头"嗡"地大了一倍，耳朵"嗡嗡"直响，眼前一黑，差点儿晕倒。他忙扶着墙稳住身子，转身看着手拿剪刀剪断红绸带的领导们，又看看台下成百上千热情鼓掌的农民兄弟。

张文斌咽下眼中的泪水，大步上前和各位领导握手，用铿锵有力的声音说："同志们，精准扶贫，是我们每位党员干部的责任和使命，不落一村，不落一户，在致富奔小康的路上，我们大家永远在一起！"

现场沸腾了，雷鸣般的掌声和欢呼声连成一片。张文斌送走领导们，急匆匆来到村委会办公室，拎起挎包，边跑边叫植保：“小刘，帮我开车去趟医院！”

轿车飞速行驶在公路上。张文斌焦急地问：“能不能再快点儿？”小刘说：“咱们再快就要超速了。”

小刘快速旋转方向盘问：“书记，出这么大事，咋不叫我早点儿走呢？”

张文斌泪眼模糊，“你知道咱们这条路能修成，有多艰难吗？咱们苦干那么长时间，总算熬出头了，我怎么忍心给大家添堵啊！”

小刘噘起嘴，“那也得分啥事呀。平时您不眠不休拼命也就算了，遇到这事还……”

张文斌打断小刘，“这条路是咱们村脱贫致富的命脉，就算搭上我这条命，都值！”

小刘热泪盈眶，“书记，别人不知道，我还不知道吗？您为了这条路东奔西走，求爷爷告奶奶，起早贪黑，风餐露宿。您受的委屈比窦娥还屈，您吃的苦比黄连还苦，就差搭上命了。我要是您，早不干了。您有工作，有业绩，图个啥呀？”

张文斌长叹口气，“唉！这不都熬过来了嘛。”说话间，轿车驶进医院。张文斌下车直奔手术室。护士把他拦在门外，“里边正在手术，请您在外边等。”

张文斌焦急地来回转圈，一会儿扒门缝看看，一会儿踮起脚尖往里张望，但啥都看不到，脸上的汗水和泪水一起流淌。

三个小时后，手术室的门开了，医生走出来。张文斌忙迎上前问：“医生，我爱人和女儿怎么样？”

医生摘下口罩说：“没有生命危险，轻微骨折，手术很成功。”

张文斌给医生深深鞠了一躬，"谢谢您了！"

医生微笑，"不客气，观察两个小时就可以回病房了。"

张文斌忙不迭地说："谢谢！谢谢！"

这时，兜里的电话响。张文斌抹把汗水，接起县委书记电话，"喂，王书记，您好！"

"听说你爱人和女儿出车祸了，严重不？"

"谢谢书记关心，不严重，只是轻微骨折。"

"那就好，我给你放假，你好好照顾家人啊！就当休息了。刚才省里来电话，肯定了你驻村扶贫工作的成绩，尤其是修路的事。省里非常重视，特意提出表扬！过段时间，省里要开表彰大会，表彰你们这些工作在一线、能吃苦耐劳的功臣。"

"谢谢领导的关心和信任……"

三周后，张文斌妻子李小冉和女儿张萌萌出院，张文斌上下楼搬东西、买菜、做饭，忙得不亦乐乎。

躺在床上的李小冉跟张文斌说："这回得辛苦你了，伤筋动骨一百天，我们娘儿俩还得两个多月才能干活儿。"

张文斌说："应该的，这点儿辛苦算什么，比起我驻村蹲点要好千百倍。"张萌萌插话："你看我爸，就说实话，这说明在咱家，他就没遭过罪。这回，得让他尝尝伺候人的滋味……"

三个月后的中午，在厨房做饭的李小冉接完电话喊："老张，楼下有快递，你帮我取一下呗！"

张文斌起身问："谁的快递呀？"李小冉回答："除了你宝贝女儿的零食，还谁有快递。"

在沙发上玩儿手机的张萌萌撒娇："老妈，您还能再管严一点儿吗？等我上大学了，看您还能够着管不。老爸，谢谢您老人家代劳，爱你哦！"

张文斌拿着快递上楼，激动地说："这哪是什么零食啊，是来的录取通知书！"

张萌萌一跃而起，抢过张文斌手里的快递，三下两下拆开，"妈，真是录取通知书！我没骗您吧，说这几天到，还真挺快的。"

李小冉从厨房走出来，"复旦早就等着迎接你呢！"

张文斌愣在那里，"原来你们早就知道了，咋不告诉我？"

李小冉说："你女儿前几天就在网上查到了，不让说，要给你一个惊喜。"

张萌萌笑嘻嘻地说："也是给老爸的惩戒。您要是回来陪我考试，说不定我能考上清华呢！"

张文斌连连点头："是，爸该罚，这是你给爸爸最大的惊喜！我闺女真厉害。爸爸当年的梦想就是复旦，没想到这个梦，你替我圆了，我好开心！"

说语间，张文斌的手机响，他接起电话。

"王书记，您好！"

"文斌呀，你爱人和孩子恢复得怎么样了？"

"谢谢书记关心，她们恢复得挺好。"

"那就好！我今天接到省里电话，这个月底，省里开表彰大会，你代表驻村的扶贫书记发言，得好好准备，千万不能掉链子。你可是代表咱们全县去的。"

"书记放心，我一定好好准备，决不辜负领导和大家的信任。"

李小冉听后，高兴地说："看来咱们家的后福来了，双喜临门，我要多做几个菜，庆祝庆祝。"

秋日，阳光殷实。省委宣传部会议大厅，座无虚席。前排的驻村书记们胸前都戴着大红花，张文斌代表全县驻村书记发言，介绍扶贫经验，会场上不时响起雷鸣般的掌声……

　　作者简介：王丽英，中国寓言文学研究会会员，吉林省作家协会会员，扶余市作协副主席。先后在《散文选刊》《小说月刊》《微型小说选刊》等省内外几十家文学期刊发表作品数百篇。获奖佳作入选《中国当代闪小说精品集》《中国闪小说书系》等。出版《王丽英小小说集》。

偏方 *杨继廷*

在一个小乡村，李文是个阴阳先生。

他有一个偏方，专治胳膊腿疼和头疼。凡是来买药的，必须熟人介绍才卖，不是熟人介绍来的一律不卖；而且只卖两丸，一丸五十元，多一丸也不卖。卖完之后告诉病人：

"吃了这两丸药，见轻就见轻，不见轻你就到正规医院看去，千万别耽误了病情。"

病人吃完药后，百分之八十以上当时都见效。李文在当地小有名气，每年都能收入万元以上。

一远方朋友想得到此秘方，隔三岔五就来找李文喝顿酒。李文说："宁舍十服药，不舍一服方。"

后来，一次喝酒喝多了，李文还是把秘方的制作方法告诉了他朋友。

李文说："此偏方，必须用草甸子上的马粪或驴粪。晒干后用缸碴子把药备了，然后用马尾箩过了，筛成细面儿备用。治胳膊腿疼的每丸药里放两粒双氯灭痛，碾碎制作蜜丸，治头痛的用同样方法放两粒镇痛片。一定要注意，千万不要卖一个人超过两丸，不然良心过意不去。马粪是下色的，药是治病的。"说完，李文就睡着了，不一会儿就打起了呼噜……

作者简介：杨继廷，吉林省双辽市人，文学爱好者。

赵阿姨的福 袁振和

一

这几天，一位素不相识的阿姨突然对孔丽很热情，这让孔丽有点儿多疑。阿姨说她是三楼东门儿的，姓赵，孔丽问赵阿姨是不是有什么话要说，赵阿姨不自觉地红了脸，说："也没有什么大事儿，就是想问一下你家那老头儿呢？"赵阿姨的话一下给孔丽问住了，她说："我们家就我和爱人，没有老头儿啊。"赵阿姨脸更红了，说就是前些日子那个！孔丽想了想说是春天时候吗？赵阿姨说是的。孔丽笑着说："那是我公公，这都快五一了，他早就回去了，怎么了？"

赵阿姨说："那个人怪好的，我每次放门口的垃圾他都给捎下去。"孔丽说："嗨，我公公那个人就那样，他不是光给你捎，别人家放门口的他也会帮忙扔掉。刚开始来时还扫楼道，后来我告诉他楼道有打扫卫生的他才不扫了。"

赵阿姨看着孔丽说得很亲切，就问老头儿家里人都来了吗？

075

孔丽说："就我公公自己来的，我婆婆在我小姑子三岁的时候就去世了。"孔丽说完又对阿姨说别放在心上，她公公那人可好了，很实在。赵阿姨说想说点儿感激的话，结果一直看不见人影了。孔丽说她公公回家种地去了，那些日子是她爱人生病了公公才来的。说完话孔丽就进楼了。赵阿姨有点儿失望，她看了看孔丽刚停下的那辆白色小轿车，也要进楼时电话响了，是她好姐妹康美荣打来的。康美荣在电话里问她怎么样，赵阿姨有点儿沮丧地说："本来想得挺好，可是就说不出口。"康美荣说："赵丽颖，让我说你啥好呢？"

赵阿姨叫赵丽颖。她对孔丽公公是有一点儿了解的，在她瞄到是孔丽公公给她捎垃圾后就有了好感，一天就和孔丽公公说话了。通过接触觉得这个人挺好，但是最初只是印象不错而已。可是最近康美荣说现在农村好，城里人都往农村跑。康美荣说农村才是根，赵阿姨觉得康美荣说的有道理。她突然也有了去农村的想法，于是孔丽的公公就钻到她脑子里。她后悔没管孔丽公公要个电话。她最近一直想和孔丽要她公公的电话，但是又觉得唐突，憋了几天也没有好意思说出口。这回七绕八绕的还是没有说。

二

第二天孔丽刚把车停好，赵阿姨就笑眯眯地从小区榆树墙处走出来。赵阿姨说："这都好几天了怕你笑话，就想找你要你公公的电话号，始终没磨开面子，昨天看你着急我就没说。"孔丽心里一阵疑惑，这么好的一个阿姨，要一个农村老头儿的电话干什么？孔丽收住笑容问："是不是我公公做了什么不好的事？"赵阿姨觉得孔丽误会了，赶忙着急地说不是不是，接着赵阿姨讲了自己的想法。

赵阿姨六十岁了，在县粮站退休的。因为不能生育结婚几年就离婚了，之后也一直没找。可是好姐妹康美荣最近找了一个老头儿，两个人特别好。康美荣劝她也找个伴儿，然后两家到农村弄点儿地租个房子，在农村养老。赵阿姨对孔丽说："你公公那个人太好了，我就突然有了这个想法。你们也别担心，我自己每月有几千块退休金，也有存款，不会成为你们的累赘。"

赵阿姨说到这，孔丽把车门打开让赵阿姨上车好好聊。赵阿姨和孔丽坐到车子后排座位上。孔丽对赵阿姨说："您误会了，其实我们对我公公的这个事也没少操心。"孔丽的公公叫张来福，有一个儿子一个女儿。孔丽婆婆在生完女儿的第三年就因为心脏病去世了。年轻时张来福怕自己的一双儿女受气，没给他们找后妈。两个孩子大了，儿子考了师范学校，女儿考了外地一所大学，毕业后在那里工作成家。按理他也该找个伴儿了，可他还是不找。他说虽然农村生活好了，也有养老金，但要是有个天灾病业的还会给儿女增加负担。他说找个老伴儿，要是人家有病和老了能不管吗？孔丽说："我们也非常希望给我公公找个伴儿。现在农村可好了，要是我公公再有个您这样的伴儿相互照顾那就更好了。我公公这辈子太不容易了，我们都希望他老了能享享福。古语说得好，'满堂儿女不如半路夫妻'。"

赵阿姨说："我昨晚一夜没怎么睡觉，还担心你们晚辈反对呢。"孔丽说高兴还来不及呢！她让赵阿姨记一下手机号，赵阿姨输到手机里却说完了完了，拨出去了，还好对方没接。孔丽说等过后她给公公打个电话吧，一般陌生电话他不接。

三

赵阿姨拿到张来福电话号如获至宝地回到楼上，想平复一下心情再给孔丽公公打电话，但是怎么也平静不下来。她从来没有这样过，想想还不好意思。她想还是先打电话给康美荣吧，把要来电话号的事儿告诉她。康美荣也是粮站的，她俩可谓同病相怜。康美荣的老公曾经是粮站的副站长，出轨了粮站的小姑娘。康美荣从此恨透了男人，但是不知什么时候却爱上了一个总看她扭秧歌的老任。两个老人如胶似漆的。康美荣鼓动赵阿姨，让她也赶紧找个伴儿。康美荣比赵阿姨大，下过乡，她说农村可好了，空气新鲜，山泉水甜，还有山野菜，想吃什么都没有污染。康美荣把农村描绘得简直就是人间仙境。赵阿姨虽然没在农村生活过，但是她也觉得养老还是农村比较好。康美荣说了很多，她才把那个帮她扔垃圾的孔丽公公说出来，结果康美荣起了催化剂的作用，一直追着让她和孔丽公公联系。康美荣有她的想法，要是赵阿姨嫁给张来福起码她们也有落脚的地方了。康美荣说农村吃什么可方便了，这边放桌子，那边到园子掐把葱叶揪几个小辣椒就赶趟。康美荣的描述更让赵阿姨心驰神往。赵阿姨告诉康美荣电话号码要来了，康美荣就催促她赶紧打电话，赵阿姨说她还有点儿心慌。

康美荣就笑她说："哎呀，丽颖，你是十八呀还是十九啊，抓紧时间吧，我等你好消息！"电话挂了，赵阿姨把窗帘拉上，开着灯坐在沙发上，看着张来福的号码，又深深地吸了口气。她鼓起勇气把电话拨了出去，结果对方在通话中。赵阿姨希望电话接通又害怕接通，可是真的没有接通后她又有一种失落感。过了五分钟对方还在通话中，赵阿姨忽然间又有个想法，是不是人家有人啊？这时她恨怨起自己来，觉得自己太拖拉。在她胡乱思想的时候，康美荣的电话打来了，问她打电话没有，赵阿姨说打了，对方通话中。康美荣说接着打，还给赵阿姨出主意说："别拐弯抹角的。"赵阿姨说："他儿媳妇应该已经和他说过这件事了。"通话间赵阿姨听到电话里老任说亲爱的饭好了，康美荣的这个老头子总这样称呼康美荣。

赵阿姨和康美荣通完电话，又打给张来福，结果还是通话中。她把手机放到茶几上，看着卧室的门，透过后窗可以看到外面大街上的彩虹门五颜六色的灯光交替着，她想张来福在和谁打电话呢？不知过了多久，门咚咚咚响了。赵阿姨家除了看水表的和康美荣一般不会有人来。她从沙发上站起来走到门口，从猫眼往外边看边问谁啊，"是我。"赵阿姨也看清了，是孔丽。她急忙打开门，孔丽端着一盘子饺子进来。赵阿姨急忙接过饺子说她都吃完饭了。孔丽进门并没有往里走，她说她回家就给她公公打电话了，一边打电话一边煮的冻饺子，刚和公公通完电话。听到这赵阿姨悬着的心放下了。孔丽又说她公公同意了。正说着，赵阿姨茶几上的电话响了。赵阿姨急忙过去拿起来，然后冲孔丽激动地说："是你公公的。"孔丽做个告辞的手势走了。

四

赵阿姨站起来甜甜地说："您好，哪位？"赵阿姨当然是明知故问，脸上还浮现出得意的窃笑。但是，这种笑随着交流很快就消失了。孔丽公公报出自己的名字，就说有两个未接电话才打过来的，并没有提他儿媳给他打电话的事儿。赵阿姨以为是张来福知道是她了才特意给她回的电话，看来是自作多情了。她有点儿小小的失望。然而更失望的还在后面。赵阿姨说了她打电话想打听一下去农村养老的事儿。张来福这才说刚刚小丽给他打电话说了。赵阿姨心想孔丽和老公公的话还是一致的。张来福说:"你这个人挺好,小丽也说了你的意思,可是农村不适合城里人,这里种地风吹日晒的,哪有城里住楼房享福!"张来福给赵阿姨泼了一盆冷水,言外之意就是不欢迎赵阿姨去,这让赵阿姨有点儿伤自尊。原以为自己这么好的条件张来福会乐马高旺[1]的。

赵阿姨说她不是去种地,自己有存款有退休金,就是想在农村养老。并说她一个姐妹当过知青,下过乡喜欢农村那种环境。可这个张来福是一根筋,就说农村那条件不好。赵阿姨很是无奈地挂了电话,像泄了气的皮球一样进了卧室躺在床上。赵阿姨想,孔丽都说了,她公公同意了,怎么电话里又这样说呢?躺了一会儿,她又给康美荣拨去电话,让她更伤心的是,对方电话已关机。她失落地看了一眼墙上的钟想,刚黑天就关机了?

赵阿姨思索了一会儿,起身来到厨房,把装饺子的碗倒出来,用水刷干净,拿着钥匙和碗上了六楼。

孔丽对赵阿姨还是很喜欢的,赵阿姨慈祥和善,公公只是下楼帮她捎垃圾她还记在心上了。孔丽很高兴地认为自己公公同意了,她哪知道公公电话里却和赵阿姨那样说。孔丽安慰赵阿姨说,公公完全是为赵阿姨考虑的,他一定也很矛盾。她公公总是替别人着想。每次她们回公公家,公公就给他们做好吃的,园子里的杏熟了就会摘一盆给孔丽吃,像照顾小孩儿一样照顾他们。孔丽说回去一定好好做公公的工作。

---

[1] 乐马高旺:东北方言,非常高兴的样子。

五

赵阿姨失眠了。第二天一早，她还没有起床，康美荣就把电话打过来了。赵阿姨就取笑康美荣天还没黑就关机，康美荣也不回避，说："等到时候看你的。"赵阿姨说："不能像你似的。"然后赵阿姨就把打电话的过程还有去孔丽家的事儿都说了。康美荣说："这就是好事多磨。吃完早饭我和老任去你家。"赵阿姨不想让他们来，她很讨厌那个人，每次康美荣带着那个老头子来，那老家伙的目光就像秋天里的蜻蜓，在赵阿姨脸上和胸前上下翻飞，有时竟像二齿钩子一样。吃完早饭，康美荣就带她亲爱的——那个脑袋像被一圈树包围的秃山一样的老任来了。也不怪老任见到赵阿姨目光乱叨，因为康美荣和赵阿姨一比，确实有些干瘪和嶙峋。康美荣模样可以，但是黄瘦，而且比赵阿姨老很多。老任叫赵阿姨时总叫丽颖丽颖的。康美荣先进了里屋，老任在换拖鞋时，不知是有意还是无意的，手碰到了要关门的赵阿姨的手。老任说："丽颖，什么样个人啊值得你这样神魂颠倒？"赵阿姨没有回话儿，她对老任碰到她的手太反感了。这时康美荣在里屋说："俺俩刚才在路上还说，要不咱们去他那儿看看，考察考察，顺带串个门，他不能不接待吧？然后让俺家老任和他唠唠。"赵阿姨说："人家那可是正经人。"

赵阿姨突然阴阳怪气的一句话，让康美荣有点儿摸不着头脑。赵阿姨连杯水也没给倒。老任站了一会儿对康美荣说："咱们走吧！"康美荣愣愣地看了一眼赵阿姨说："丽颖，是不是我们感情太好刺激到你了？"赵阿姨脸色很难看，说只是自己心情不好。

康美荣觉得赵阿姨有问题，回家后就给她打电话。赵阿姨不知道老任在不在旁边，当然不能把老任碰她手的事说出来，于是就编个理由说，她突然感觉心情不好，特别烦躁。康美荣说："你是不是更年期还没过呢？"然后压低声音说，"赶紧去找那个农村老头儿就好了。你没看见我都新鲜了，以前也整天烦躁，要不咋能扭秧歌呢？"赵阿姨哼哈答应着，并没有说什么。对比老任，她更觉得张来福好了。

手机里康美荣问："丽颖你在听吗？"赵阿姨在想，她对张来福有强烈想法还是从康美荣一个月前请她吃饭开始的。那回康美荣突然给赵阿姨打电话，说："有人请你吃饭。"赵阿姨问谁，康美荣说等见面就知道了。原来要请吃饭的是老任。那时老任和康美荣在一起有一段时间了，只是没有告诉赵阿姨。后来老任知道康美荣有个好姐妹，就说请赵阿姨一起吃个饭。那次吃饭，赵阿姨受刺激了，两个都快七十岁的人了，在一起还那么黏糊。吃饭时老任虽然不时把菜用筷子送到康美荣嘴里，但眼睛却盯着赵阿姨。康美荣人老珠黄，赵阿姨丰满有余。吃完饭康美荣悄声对赵阿姨说赶紧找一个吧，然后去农村。赵阿姨虽然没言语，张来福却闪进她脑子里。后来康美荣一直说去农村养老，赵阿姨就和康美荣说了张来福的事，结果康美荣就上心了，追赵阿姨和张来福联系。回忆到这，赵阿姨想起来还和康美荣通话呢，等她看手机时，康美荣早已经挂电话了。

六

又到了孔丽下班的时间，赵阿姨在窗前看着那辆白色的轿车开进小区来，然后在第三个用白色油漆画好的长方形停车位停下。孔丽穿着粉色的上衣，脖子上围着白色纱巾从车上下来。赵阿姨那次看见张来福从这个车上下来还是春头的事儿，当时还有孔丽的对象。赵阿姨没事就喜欢在窗前看看外面，今天她是特意在看孔丽，因为孔丽就是希望，她很想从孔丽那听到好消息。孔丽关好车门，脚步很快就进了单元门。她似乎感觉到孔丽一定会上她家来似的，从窗前走回到客厅坐到沙发上，在这里可以听到楼道里上楼的声音。以前她没有注意过，现在她就想听到那皮鞋和地面的撞击声。不一会儿，果然响起了敲门声，她急忙起身把门打开。

孔丽换了拖鞋，脸上还带着喜悦。看来她还不想一时半会儿就走，她问赵阿姨："晚上吃什么？我买的馇条吃吗？"这时赵阿姨才注意到孔丽手里除了一个兜子外，还有一个方便袋子，里面装着苞米面馇条。这是石城当地的小吃，很好吃。赵阿姨赶紧接过来说好啊，她也愿意吃这个馇条，随后到厨房把馇条放进盆里。孔丽说："我们五一放假回黄河村公公家，上山采野菜，公公让你也去。"赵阿姨没有马上回答。

孔丽说，按理有些话该自己老公和他爸爸说，只是自己老公不善于交流，从结婚开始家里的事儿都是她和公公说。公公原先不找老伴儿怕给儿女增加负担，现在又怕赵阿姨受委屈，在农村待一天两天行，很新鲜。可是要在农村生活，那可不是吹糖人儿。孔丽说待够了就回城里住几天，他们城里也有房子。最后公公还是被孔丽说服了。孔丽对赵阿姨说："您和我公公一年比一年岁数大了，彼此有个照应我们真的很放心，我们会拿您当亲妈一样。"赵阿姨说："我也会拿你们当我的亲生儿女一样！"

晚上，孔丽的公公给赵阿姨打电话了，不巧的是赵阿姨在卫生间洗澡。等她洗完澡走进客厅拿起手机看时，有几个未接电话都是"福"，她存电话的时候就存的"福"字。赵阿姨很激动，因为有过一次热脸贴冷屁股，她想一会儿还会打过来，于是她换好睡衣钻到被窝里等着。虽然天气暖和了，但是晚上屋子里还是有些凉。手机响了，是"福"。张来福说："小丽又打电话了，她说的对，我还有啥拿捏的？他们五一回来，我想让你也一起来，我会好好待你的。"

七

赵阿姨定下来五一要去张来福家，她要自己买几件衣服，也给张来福买两套内衣和外衣。于是她来到县百货，正当她给张来福买内衣时，有人拍了她一下。赵阿姨回头一看是康美荣，赵阿姨惊讶地问康美荣怎么在这儿，康美荣说老任去一个老客户那儿随礼去了，她没事出来溜达看见赵阿姨上百货就偷偷跟来了，看赵阿姨在干什么。康美荣说完问赵阿姨最近为什么对她那么冷淡，赵阿姨这回见老任没在跟前，就把老任摸她手和用那种眼神看她的事儿说了。赵阿姨说咱们是多少年的姐妹了，可别上了老任的当。康美荣说不能吧，赵阿姨说如果不是好姐妹，这事儿她不会说的。同时赵阿姨把五一要去张来福那儿的事也告诉康美荣。康美荣说："太好了，这回我们也有落脚地了。"赵阿姨说："还不得感谢你天天给我洗脑，不过你说的对，还是农村踏实。"康美荣神秘地笑了一下说还有那个……康美荣嘴里说着笑话，可心里却想着老任。她让赵阿姨先挑着衣服，她去趟卫生间。康美荣赶紧走到另一头给老任打电话，结果是电话已关机，一连打了几次都是，康美荣一下乱了。

赵阿姨买完衣服，找到神魂不定的康美荣问她怎么了，康美荣似乎才回过神来，她还是比赵阿姨有城府，没有告诉赵阿姨，就像当初她都和老任好挺长时间才告诉赵阿姨。赵阿姨比较实在，她让康美荣和她去买外衣，她问康美荣男人穿什么颜色的衣服好看，康美荣心神不定地说这都夏天了，还是浅色的好些。康美荣说完又说农村浅色的不禁脏。赵阿姨看着心神不宁的康美荣说是不是自己刚才的话影响到了她，说只是提醒她一下。康美荣说不会的，她稳了稳自己的情绪，说自己身体不舒服就不陪着赵阿姨买东西了。赵阿姨信以为真，她说她要陪康美荣去医院，康美荣说没事儿。赵阿姨说要不给老任打个电话吧，康美荣说一会儿看看，她让赵阿姨先忙去吧。

赵阿姨沉浸在幸福之中，人就怪，张来福越说农村条件不好时，就越激起了赵阿姨的好奇。一切准备就绪，她恨不得立刻跑到黄河村。赵阿姨没有去过山里农村，对农村的印象都是康美荣说的。康美荣说将来农村养老一定是趋势，即使不出门人家院子大，吃的东西也充足，平时还可以到外面山上地里去走。城里的生活就有点儿乏味，整天像圈在鸡笼子里似的。赵阿姨在电话里也和张来福说了，就是再不好她也能待下去。他们打电话的次数明显增多，电话的时间也明显增长，说话的方式也不那样拘束。每次都说早点儿睡吧，但是每次又都不舍得挂断。赵阿姨有时想笑，笑张来福也笑自己，六十多岁的人了，怎么还和年轻时一样？

八

五一孩子们都各有安排，所以只有孔丽两口子和赵阿姨去黄河村。赵阿姨多年没有出过县城，她觉得一切都很新奇。尤其是到了进黄河村的山路，她被深深地迷住了。四周初绿的群山，山上除了乍绿的树木还有一簇簇的杏树花、樱树花，山顶的石崖上也开着一片片红色的花，赵阿姨当然不认识。孔丽让老公慢点儿开车，她告诉赵阿姨那是杜鹃花，也叫石蹦子花。赵阿姨早就陶醉了，尤其路边野鸡和百鸟的叫声，更是让赵阿姨心旷神怡。孔丽老公张军不善言语，他看见一只特别鲜艳的公野鸡在路边，故意把车停下来，他对赵阿姨说这就是野鸡。赵阿姨和孔丽坐在后面，她从开着的车窗用手去哄那野鸡，野鸡似乎不怕她。孔丽说等到家就多了。不远处看见了黄河村子，都是清一色整齐的瓦房，有的房上还冒着炊烟。村外大片新种完的土地，也有地里还有零散的劳作的男女。村东是一座水库大坝。

村口，中等身材的张来福顶着一头黑发，穿着一身褐色休闲装，满脸喜悦地朝车子迎过来。赵阿姨一眼就认出了她的福。车子停下，张来福拉开车门坐到副驾驶的位置上，他先问了一句赵阿姨来了？赵阿姨答应一声说这儿太好了。张来福说待惯了真挺好的。孔丽笑着说："我爸就怕你受委屈。"赵阿姨笑了一下说："开始我可都当真了。"一向不说话的张军说："俺爷儿俩一样，灶王爷上天有一说一。"赵阿姨脸上掩饰不住内心的喜悦，说要不是这样还走不到一块儿。当车子在村西头一个大院子停住时，张来福说到家了，他下车急忙给赵阿姨开门，然后扶着赵阿姨下车。

张来福家的院子很大，三间坐北朝南的瓦房。东侧是一趟仓房、鸡架、狗窝之类，西面就是有树有地的大园子，园子一直通向西侧的小山包，然后连着远山。园子和山包上都有开得正艳的杏树花和李了树花。房后是很多高大的杨树，杨树上有喜鹊窝和衔草垒窝的喜鹊。这里不时地能听到野鸡、布谷鸟、家雀儿、小燕子们和院子里刚下完蛋的母鸡争先恐后的叫声。蓝天白云加上青山绿水让赵阿姨眉飞色舞。赵阿姨和张来福、孔丽还有张军拎着大包小包进了院子。张军拎着一个大包在后面走，赵阿姨左边是孔丽，右边是张来福。赵阿姨一身乳白色的女装加上她丰硕得身子显得格外抢眼。她红润的脸上挂着发自内心的欢喜。她说的最多的就是这儿多好啊，真没想到。孔丽一旁溜缝儿地说等他们退休了也回来一起生活。赵阿姨说："你们才多点儿岁数，那时我和你爸都八九十了。"孔丽说："那不正好嘛，我们侍奉爸妈……"

孔丽说完问张来福说爸是不是，张来福指了一下赵阿姨，孔丽对赵阿姨说："今天我就叫妈。"赵阿姨笑着真的答应了，说："我真是有福气！"

2022 年 5 月 13 日

作者简介：袁振和，吉林省磐石市农民，吉林市作家协会会员。曾发表短篇小说、散文、电影剧本等，近年在中国作家网发表长篇小说《同母异路》《逐梦》和中篇小说《提拔》《蒲公英》及多个短篇小说。

中篇小说

守清口　翟妍

1

　　榆村的杨有四已经是七十冒高的人了，身体还硬朗得像个小伙子。他的一个儿子和一个闺女都不在榆村住了，庄稼地里的活儿他指不上他们了，从春天撒种，到秋天收割，他都一个人忙活。好在，秋天收粮食时，早已经不用人去掰苞米了，村书记会拉拢个收割机过来，一个村子的地，只消花个三五天，就全收完了。就算还要弄些柴火烧，杨有四自己赶着驴车是完全可以胜任的，别人家用三天弄回一冬天的烧柴，杨有四干上半个月，照样不会在冬天里挨冻。

　　往年，杨有四家的柴垛从来没高过他们家的屋顶，可今年不一样，杨有四愣是用毛驴车多干了五六天，把柴垛弄成小山样的，在自家门前堆了长长一垛。因为，他听了杜青山的话，养了一头牛，那些柴火，是要一半用来过冬、一半用来喂牲口的。

　　杜青山也是奔七十的人了，他这一辈子，最得意两件事，一个是喝茶，一个是和杨有四打恋恋①。在他还很小时，他就跟杨有四很唠得来，上学一起往学校跑，下学一起在村子里疯，还非要跟杨有四拜把子，跟人家说，不能同年同日生，但愿同年同日死。杨有四听了哈哈笑，说那样杜青山就亏大了。

反正，把兄弟就是那么拜下来了，吵也吵过，闹也闹过，风风雨雨一辈子，都没挣巴出榆村，只要能逮到机会就往一起凑。杜青山爱喝茶，杨有四去蹭水，尤其是冬天，炕沿儿底下支个铁炉子，烧得通红通红的，两个人围着一坐，往炉子上架个烧水壶，一把茶叶丢进去，浓酽酽的茶水咕嘟咕嘟直翻花，你一碗我一碗就喝起来了，要是白天，能喝出一身汗，要是晚上，能把天喝亮喽。年轻那会儿，喝茶的工夫，嘴上是不能闲着的，吸溜一口，要讲讲东家长西家短的，说张家的媳妇好看，李家的婆娘不会过日子什么的。到如今，他们老了，年轻时总爱挂在嘴上的俏皮的大闺女小媳妇，也老得不成样子了，他们就很少再谈论起她们，他们更愿意说说他们的儿女。他们的儿女都在远方。

杜青山的闺女在县城里卖猪肉，隔三岔五会让通村的大客车捎回几斤猪后丘来。吃肉那几天，杜青山的气色和神情都变得特别好，总是用前门牙咬着一根笤帚棍儿，老早把茶水沏好。等杨有四一进门，就打着饱嗝跟杨有四说，这把年纪了，天天吃肉哪受得了，多亏这茶叶刮肠油。

茶是上好的普洱，是杜青山的儿子丰海拿回来的。杨有四听杜青山说过，那茶叶很贵，就那一饼子，能换他五袋大米，他儿子光一在县上的一个机关单位当科长，也喝不起值五袋大米的茶饼子。可人家杜青山的儿子丰海不一样，人家丰海是榆村最有出

① 打恋恋：东北方言，频繁地接触或往来。

息的人，脑袋好使，从小是个左撇子，人家都讲，左撇子天生脑袋瓜灵活。丰海一出生时，杨有四就说，天苍饱满，地阁方圆，是个福禄命，非官即富。可倒是真借他的吉言了，杜青山家的丰海，虽然高中一毕业就做了推销员，却越干越上手，在一家农药公司坐上了销售经理的位子，一年能挣一百多万。早在丰海才二十出头时，杜青山有意和杨有四结亲家，想把杨有四的闺女娶来给丰海当媳妇，可杨有四不干，杜青山问杨有四为啥，杨有四始终没说。后来，丰海混得花钱如流水了，杜青山有事没事就编排杨有四几句，说当初杨家丫头要是跟了他家丰海，哪至于到现在还按垄沟子找豆包？杨有四咧嘴一笑，总当耳旁风。

杨有四和杜青山在一块儿，除了泡茶饼子，还邀约着一起去放牛。本来，养牛是杜青山的喜好，因为他的儿女上学时的学费，全是靠他养牛赚回来的。到现在，孩子们已经不朝他要钱花了，他还是把牛当成稀罕宝，伺候得像祖宗一样。夏天，刮风也好，下雨也好，都要赶出去吃青草，他说边吃边消化食，牛才高兴。冬天，吃了野地里的枯草叶子，夜里还要喂饲料，都是些豆饼呀、苞米面呀、谷糠呀啥的，他说只有这样，牛才能上膘，大雪来时，牛才不冷。

成天跟杜青山泡在一起的缘故，杨有四从杜青山那里学到不少养牛的高招，又架不住杜青山的撺掇，说反正家里外头，出来进去，就他一个人，还不如也整头牛，天天一起放，是个伴儿。杨有四就也买了一头养着，和杜青山的牛掺在一块儿。白天，一起去放牛，夜晚把牛圈进杜青山家的牛棚子里，杜青山喂牛，杨有四也跟着喂牛。

2

杨有四不管跟谁提起杜青山，都说那是他老磕头的。他特别在意那份磕头的情义，总觉得，和他那几个亲哥哥比起来，杜青山更像他的兄弟。

这话怎么说呢？倒不是因为天天能从杜青山那里蹭到茶水喝，是杜青山在别的事上，也是从来不落过的。就拿过生日这件事来说吧，杨有四自己是从来不记得的，他们都挨过六十六以后，只要一进七月的门，杜青山就把皇历里标着二十三的那一页给折起来，等到那天时，杜青山就让老伴儿炝几个小菜，煮一碗鸡蛋，再把杨有四一叫，俩人喝小酒。杜青山倒不会矫情着说啥生日快乐的话，但总会说："老太太吃咸盐，一年不如一年喽。明年这个日子，咱俩还得喝。"杨有四说："喝。"总是一高兴就喝多了。

再往后，杨有四和杜青山都把心思花在了牛身上，那酒就不在杜青山家里头喝了。杜青山带着酒，和杨有四在草原上喝，捡几块干牛粪，拢一堆火，在火堆里烧鸡蛋，烧土豆，烧从河里网上来的鱼，吃饱喝足，就势往草地上一倒，呼呼就睡上一大觉。夏天嘛，河水也丰，青草也茂，牛吃饱了，会跟他们一起睡觉。

冬天就不是那么回事儿了。牛的嘴也是挑剔得很呢，吃头不好，它们就在草原上走，不停地走，寻找好草头。杨有四和杜青山怕它们走丢，就得跟着，冷了手，抄着袖子走，冷了脚，使劲跺几下，再想点个牛粪堆烤烤火，牛总是不肯给他们时间。有那么一段日子，杨有四跟不上牛了，就跟杜青山说："老胳膊老腿儿了，走不起了，再这么下去，牛没咋样，放牛的没了。"杜青山说："这你就不懂了，我们说是放牛，其实就是在放自己。要是没了这牛，咱们这把老骨头，就只剩下吃饱了溜墙根的份儿了，那和坐吃等死有啥区别？"杨有四觉得杜青山的话有道理，再跟牛后头走时，就不那么抱怨了。

榆村开始用机械收庄稼这几年，杨有四和杜青山放牛省劲儿多了。那些机械收走粮食之后，顺带把秸秆也粉碎了，都扬在庄稼地里，厚厚一层，明年犁铧一翻，盖在土下，说是能肥地。那样，在春天没来之前，杨有四和杜青山就把牛赶到地里，溜茬子，说给牛溜茬子，最愿上膘。可倒是，半个冬天下来，还能省下家里不少饲料呢。只要不下雪就好，大雪要是把那些秸秆给捂上了，神仙都扒不出来。所以，每天晚上把牛圈好，杨有四和杜青山都要听天气预报，先听中央的，再听省里的，后听地方的。万一要是有错过的时候，那就看天，没风没浪星星亮，未来三天，杨有四和杜青山都会心情大好，要是哪天看见天上突然长毛了，乌七八黑阴成一片，他们俩的心会立马悬起来。讲真，牛要是不好过，他俩也不好过。

当然，天气预报和眼睛都有不好使的时候，那样，杨有四和杜青山就像偏得了什么好处似的，把牛赶进一片地里，让牛痛快地捡着里头的好东西吃。他俩呢，就近找个树林子，往护林沟里一猫，身上身下填满树叶子草末子，用腰间的麻绳把羊皮袄使劲一勒，便开始有一搭没一搭扯闲嗑。杨有四一开口总要来一句老磕头的，说："老磕头的，你说这辈子，我跟自己老伴儿在一块儿待的时间，都没有咱俩在一起的工夫多。"

杜青山眼睛盯着远处的牛笑，指着一头带白鼻梁的黑牛说："你看我那黑妞，肚子滚圆，能不能是怀了双棒儿？"杨有四说："两个，你杜青山不得美出鼻涕泡？"杜青山说："牲口也有长得好看长得丑的，你发现没？"杨有四说："可不是吗？我咋看你家那憨媳妇，咋觉得它像李二花。"杜青山笑得差点儿背过气，笑够了，眼泪淌了一脸，说："骨头八成都烂了，你还放不下？"杨有四就眯起眼睛，不吱声了。杜青山在树叶子围成的窝里翻个身，说："我这憨媳妇可比李二花好看。"

杜青山的牛都是有名字的。黑牛带白鼻梁的，叫黑妞。白色带黄花的，叫二浪，是杜青山觉得那牛特能臭美，夏天在河边喝水，总要对着河里的影子撒一阵子欢儿。那头黑白花的，长得肩宽体胖，只知道吃，会不停地吃，没饥没饱样的，杜青山觉得像个傻婆娘，就叫它憨媳妇。憨媳妇半个月前刚生下一头小牛，倒是鬼灵精怪的，杜青山稀罕得要命，怕牛冷着，到了晚上就抱到屋子里养，还跟杨有四说，恨不得搂在被窝里，像搂大孙子似的。杨有四就呛他，说他别大孙子长大孙子短的，这牛长大，还换钱不？杜青山说，那就不换钱嘛。

杨有四拿眼瞥他，心想，哪有养牲口不卖的道理？再说了，拿着牛犊当孙子叫，要是让儿子听见还好办，倘若到了儿媳妇耳朵里，还不吃不了兜着走。你想嘛，好说不好听，外人还当人家不让你看孙子呢。这话杨有四没跟杜青山说，毕竟，榆村人是真的都见不到孙子几面的，有啥法子呢？要上学嘛，要补课嘛，要跟城里的娃娃一样嘛。杨有四的孙子都十五六了，见了自己，还不如见了他家门口卖油炸糕的亲。杨有四心里一翻腾出这些，就真的没法儿说杜青山了，就由着杜青山叫去了。

可杜青山养的那头憨媳妇，虽然能吃能喝，像个馋老婆样的，奶水却不怎么好。那小牛一到吃奶的时候，跪在憨媳妇的屁股后，衔着奶头，左拱一下右拱一下，就是填不饱肚子，急得杜青山都快把自己的血放出来给小牛喝了。

也是巧了，就在杜青山张罗着要去河对岸的镇上买牛奶喂小牛时，杨有四的母牛下犊子了，可那牛犊子一生下来就是个死胎，杜青山赶紧把那胞衣上的血抹在自家小牛的身上，让杨有四的母牛认下了它，就像喂自己的孩子样的，把自己的奶水，毫无保留地给了杜青山的"大孙子"。

那小牛一吃杨有四那头母牛的奶，杜青山就说，他那大孙子真是扛上，又把黄小辫儿的奶给造了。黄小辫儿这名字，是杜青山给杨有四家的母牛起的，因为那母牛角的下面，有两缕又细又长的黄毛，就像大姑娘长长的小辫儿一样。

杜青山一那样说，杨有四就笑。他和杜青山一样，稀罕那小牛稀罕得要命，也当成孙子了，吆喝一声大孙子，那小牛就哞哞跑过来，蹭蹭杜青山，舔舔杨有四，惹人喜欢。

3

杨有四把柴火一拉完，天就刹冷了，好像昨儿个还穿着秋衣秋裤，睡了一夜再醒来，就得翻箱倒柜，找棉裤棉袄了。走在路上，满坡的树上，叶子不知道是哪天变黄的，也不知道是哪天落完的，反正，都成了光杆司令，在风里瑟瑟抖着，也被冻着了样的。杨有四披着羊皮袄，去收割完的庄稼地里找杜青山。这段时间，杨有四一直忙着弄柴火这件大事，都是杜青山在放牛。亏得是地里的秸秆叶子铺得厚，牛吃起来，会老老实实待上一天，杜青山不用跟在后头颠颠跑，往阳沟里一眯，倒也累不着。可杨有四心里还是惦记着，过意不去，毕竟，杜青山也是一把老骨头了。

大平原上就这点好，庄稼一摞片儿，拿眼睛一瞅，眼神地道的话，望出去个十里八里不成问题。杨有四一出村，抬着一只手往额头上一罩，就看见西北坡隐隐有几头牛的影子。他朝那个方向走去。

为抄近道，杨有四要穿过一片坟场，从有榆村那天开始，榆村人祖祖辈辈，但凡死去，就都葬在这片坟场里。说实话，这坟场被没膝的荒草淹没了，榆村人每天来来回回从旁边的小路走，很少歪过头朝这边看一眼，杨有四也很少看，逢年过节来烧纸，都让他儿子来，儿子隔得再远，过年还是要回来的。榆村人的儿子，都是要到过年才回来的。

杨有四快走了几步，也不知怎么了，不觉间竟扫了那些土包包一眼，想着地底下的祖宗们论资排辈躺下去的尸骨，突然心慌，觉得再这么排下去，说不定哪天，自己就也被装进一个匣子里，成一捧灰土了。正寻思着，树上腾然飞起的几只喜鹊吓他一跳，他就立住脚，朝那几只喜鹊说："老子还以为是乌鸦呢。"喜鹊嘛，因为沾一个喜字，活得就比乌鸦得宠些，杨有四心里不由舒畅几分。他继续朝前走，发现自家的坟地竟是紧挨着杜家的，抿着嘴笑开了，想，死了以后，和老磕头的还能做邻居，一起喝小酒。又一琢磨，这念头不好，便呸呸呸吐三口，大步离开了。

出了坟场，牛的影子就近了，杨有四看见杜青山的"大孙子"在野地里撒欢儿，就奔那小牛犊子走去。待靠近时，发现杜青山正歪在阳沟里，衔着根草棍打鼾鼾，杨有四把树叶子踩得唰唰响，杜青山竟然没醒。

杨有四没叫杜青山，挨着他坐下去，从羊皮袄的口袋里摸出个小酒壶，拧开盖子，往杜青山的鼻子跟前凑，杜青山一骨碌坐起来，夺过酒壶就闷一口。杨有四说："就知道这个好使。"又从口袋里掏出一包花生豆给他，说："明儿个你歇歇，我跟几天。"杜青山说："要歇你歇，我在这阳沟里眯着，舒坦着呢。"杨有四说:"我看你不是在这儿眯着舒坦,是看着你那'大孙子'活蹦乱跳的才舒坦。"

杜青山笑,说:"不就跟伺候孩子是一样吗?看着它出生,看着它一点儿一点儿长,哪天长大了,它妈说不要它了,就一准不要它了,它再想吃口奶,它妈会往死里顶它的,让人心疼呢。咱人就做不到,咱人不管自己的娃娃长到多大,走到哪儿,都搁在心里揪着。"杨有四说:"你那娃娃和我那娃娃,都出息着呢,咱不揪着。"杜青山说:"是,出息着呢。"他们继续喝酒。

喝到日头爷儿①偏向西半坡了,杜青山的舌头开始在嘴里打摽儿,问杨有四说:"老磕头的,你说咱俩一辈子投脾气儿,你当初为啥就不同意把闺女嫁给我家丰海呢?"杨有四说:"你真要听?"杜青山说:"要听,要不心里老惦记着。"

牛那东西,到这个时候,就开始往家转悠,等转悠到家门口,天正好黑了。杨有四和杜青山也站起身,你挽我,我靠着你,跟在牛后头,一步一步往榆村挪。又走到那片坟场时,杨有四趴在杜青山的耳朵边说:"你家丰海,不是孝顺儿呢。"杜青山说:"瞎扯,我丰海有那些钱,咋能不是孝顺儿呢?"

杨有四腿一软,坐在一个坟包包上,说:"我儿也不孝顺。老话讲,父母在,不远游,可现在这后生,都游得远呢。"杜青山也随着杨有四倒下去,说:"人嘛,只要我们活得比上辈有出息,下辈比我们更能耐些就好了。这些后生,我们知道他们好,就行了。"杨有四说:"到家吧,咱接着喝。"杜青山拽他不起了,便点上一根早就圈好的旱烟筒子,吧嗒吧嗒抽起来。

坐在那坟头上,是看得见榆村的。榆村静得要命。除了屋顶

---

① 日头爷儿:东北方言,太阳。

上的烟囱，徐徐往天上冒着白烟，那村子，和这坟场一样静。只不过，这坟场里住着的，是死了的人，而榆村呢，住着的，是快要死了的人。

杜青山抬手指指村子正中间那条路，东高西低，高的他们叫高岗，低的他们叫下坡。他说："老磕头的，还记得吗，就在那个高岗下坡的地方，小时候，咱俩骑着葵花秆子，一口气能跑到河边边上。我们还教过我们的儿子也那样耍。"杨有四说："那些杂种可不听咱们的呢。小时候不听，长大了更不听。还不如李二花了，一辈子不生不养，死了倒不挂碍。"杨有四把胳膊一抬，手搭在一块墓碑上，上面刻着的，正是李二花之墓。

榆村人死了，没几个能立得起墓碑的，李二花那墓碑，是杨有四给立的，杜青山记得特别清楚。

李二花也是嫁了男人的，只是那男人比李二花早走了两年，临闭眼前，最舍不下的，就是李二花。他说自己对不住这女人呀，过了五十多年，没生出个一儿半女，其实是他的毛病，却瞒了李二花一辈子，李二花为此总是抬不起头来，在那男人面前，更是服帖百顺的。她男人临死前才说出这话，杨有四对着那吞下最后一口阳气儿的身子，还是擂了两拳，要不是李二花拦着，他会把那死人打出尿来的。

那男人走了，李二花没哭，只是跟杨有四说："我死了，没人埋了。"杨有四啥也没说，可那话，就像个铁坠坠，一直挂在他的心坎上。到了李二花病得不起时，杨有四不好去看她，就打发杜青山的老伴儿去。李二花跟杜青山的老伴儿说："年轻那会儿，要是顶住我爹的骂，我就是杨有四的媳妇了。"

杜青山的老伴儿把这句话带给杨有四了，杨有四听完，哭得不行，第二天去镇子上，买了一块石料，用毛驴车拉到家，一板一眼凿起来。他可不是石匠出身，凿出来的字都是歪歪扭扭的，花了两天的工夫，弄好了，绑在后背上，背去给李二花看，说："上面的字好看不？"李二花没多大力气了，眯着眼看半天，问："上面凿的啥？"杨有四说："李二花之墓。"李二花把眼一闭，笑着走了。

就冲李二花那事儿，杜青山一直敬着杨有四是个爷们儿。他觉得，在这个世上，再没有任何，能比让一个人笑着死去更重要的了。

4

牛比杨有四和杜青山先一步到家了。杨有四和杜青山是好不容易才从坟场里挪出来的，进到榆村时，杜青山拉着杨有四说："你别回家了，冷锅冷灶，不如咱俩接着喝酒。喝了酒，哪哪都热乎。"

杨有四就跟着杜青山去了。

往天，饮牛这活儿都是杨有四和杜青山一起干的，可杜青山一到家，就往炕上一躺，睡得叫也叫不醒。杨有四就一个人开始饮牛。

水槽子就在井台上，井台上竖着根水管子，推一下电闸，水就流出来了，是杨有四找电工给杜青山安的，说提水太费劲，安上电闸水泵，能省把子力气。人上了年纪，力气特别金贵，想多消费一点儿，拿钱都买不来。

杨有四把电闸一推，水哗哗往水槽子淌，牛闻着水声过来，正咕咚咕咚喝着，一个人进到院子里来了。杨有四抬眼一看，是丰海，就问他："离过年还早，你咋回来了呢？"丰海冲他一笑，叫了一声叔，让他饮了牛，进屋慢慢唠。

　　牛喝饱了，杨有四往牛圈里扔几捆秸秆，把牛圈好。在门口掸掸身上的灰土，觉出肚子空了，开门进去，见杜青山的老伴儿已把桌子摆好，正从锅里一样一样往出端菜。盘中有肉，桌上有酒，丰海招呼他坐下喝，他也没客气，就凑上去，端起酒杯，奉承丰海说："你小子能，将来还有大钱赚。"杜青山在炕上说梦话，嚷嚷着："黄小辫儿奶好，我大孙子长胖了。"丰海听了，问谁是黄小辫儿，杨有四没吱声。

　　饭吃到一半，外头有人喊，说是买牛的，要找丰海。杨有四便撂下饭碗，先一步跑出去了，问人家买啥牛？丰海紧跟着出来了，跟杨有四说："叔，你给指指，哪几头是我家的？"杨有四愣住了，问丰海为啥要卖牛，丰海说："手丫子一拉撒，老爷子都花不完，那么大年纪了，该和我进城享福了。"杨有四问："杜青山同意了？"丰海说："小时候我听他的，现在他听我的，哪容得他同意不同意的。"

　　杨有四一听，火冒三丈，往外轰那买牛的，说走走走，牛主还没同意呢，咋能说卖就卖？丰海说："叔，你和我家老爷子一样，都老糊涂了，没事贴贴墙根多好，整天跟在牛屁股后颠颠，再把自己颠出毛病了，哪头大，哪头小？"杨有四说："丰海呀，在这榆村，可轮不到你教训我。"丰海说："那我卖我家的牛，你别管。"杨有四肺管子快气炸了，回头见杜青山老伴儿披件厚袄，站在一旁看热闹，便说："你看傻了？去叫杜青山来。"

　　杨有四这么一喊，杜青山的老伴儿慌溜回去叫杜青山。

　　杜青山还躺在炕上睡觉，老了，酒力也不胜，总是沾上就五迷三道的，反正，有杨有四在，他对他的牛，一百个放心。杜青山的老伴儿摇着杜青山说："丰海要卖你的牛了，你还有心思

102

睡？"杜青山哑巴哑巴嘴说："不卖，跟老磕头的喝酒。"杜青山的老伴儿说快去看看吧，杨有四拦不住了。杜青山说不卖不卖，喝酒喝酒。杜青山的老伴儿急得直跳脚，说："喝死你，卖了才好。卖了，我就跟丰海进城。"

　　杜青山的老伴儿到底也没叫醒杜青山，杨有四就眼看着杜青山的牛全都被半截子车拉走了，牛圈里，只剩下他那头黄小辫儿还在，冲着远去的汽车哞哞乱叫，要把那小牛叫回来样的。可不管小牛怎么回应，怎么挣扎，它就是跳不出那道围在车上的铁栅栏，随着汽车越走越远了。黄小辫儿急了，冲出牛圈，跟在汽车的后头一边叫一边追，杨有四看得撕心裂肺的，好不容易把黄小辫儿撵回来，重新圈进牛棚里，黄小辫儿却站也不是，卧也不是，来回转着圈，整整折腾一夜。

　　到了第二天，黄小辫儿那两只原本就巨大的奶子，像是快要胀破的气球，撑得两条后腿都不能向前移步了。

5

　　照理说，人上了年纪，是不赖被窝的，可杜青山有些头疼，就缩在被子里不肯起来，吆喝丰海过来，问："过年还早，你回来做啥？"丰海说："要了老二，你和我妈去了，帮着伺候孙子。"杜青山嗷一声炸了，说："那我的牛咋办？你的楼房里，能装下我的牛？"丰海说："爸你真会说笑，楼房咋能装牛呢？"杜青山说："那我不去，我就和我的牛在一块儿。"丰海来脾气了，说："去不去由不得你了，牛，我给卖了。"杜青山慌了，从被窝里钻出来，穿衣穿袄，一边系腰带，一边伸着脚去找鞋，一只刚刚穿好，另一只还趿拉着，一口痰啐在丰海的脚边，就跑出去了。到牛圈一看，牛圈是空的，自己的牛不在，杨有四的牛也不在，他想，准是杨有四赶着牛去溜茬子了，便朝西北坡去了。

杜青山还没走到村口，丰海便追上来，说："你急三火四想要干啥嘛？"他把一沓子钱掏出来，在杜青山面前抖抖，"死心了吧。卖牛的钱。"杜青山一下子瘫下去，依着一棵老榆树，把手伸进口袋掏半天，掏出一个烟口袋，慢慢卷烟，哆哆嗦嗦点着，吧嗒吧嗒抽起来，问："是养茬儿还是杀茬儿？"

丰海也蹲下去，说养茬儿。旱烟太呛，丰海咳了一声，杜青山侧一下身子，让烟雾朝着另一个方向刮，说："小牛没了黄小辫儿的奶，活不成。"丰海说："都卖了，你管它死活。"杜青山说："我拿那小牛是当大孙子养的。"丰海嗓门一下高了，说："这回给你真孙子了，你还惦记牛做啥？"杜青山把头低下去，觉得和丰海讲不通，说："你回吧，我在这待一会儿。"丰海说："那你别待太久，回城的车票我都买好了。"杜青山说："那你就赶紧回。"丰海说："不是我自己回，是你和我妈都得跟我回。"杜青山抬起头，愣眉愣眼看丰海，冷飕飕一笑，说："我生的我养的，倒不如杨有四看得准。"丰海问："杨有四看准啥了？"杜青山说："他看准你不是个孝顺儿呢。"丰海又要发火，有个放羊的凑过来，跟杜青山说："你命真好，要和儿子享清福去了。"丰海就堆起笑，甩着步子走了。

杜青山从老榆树底下爬起来，问放羊的看没看见杨有四，放羊的朝西北坡指，说早上就见了，人蔫耷得很。杜青山朝那边望，想去找他，走了几步，突然又想，见了杨有四说啥呢？说自己要走了？说再也不能跟他一起放牛了？说老磕头的以后还想蹭水喝就进城去？这些，都太扯淡了，就像丰海卖了他的牛一样不靠谱。杜青山看了看放羊的，跟人家说："看到我老磕头的，帮我带句话给他，就说小牛没了黄小辫儿活不了。"

　　杜青山闷着头回家去了。他老伴儿已经换上了新衣裳，收拾了一个简单的包裹，准备和丰海出发了。他老伴儿说这牛一卖，喘气的就剩他们俩了，所以，大门一锁，二门一关，走到哪儿，哪儿就是家了。杜青山厌恶他老伴儿的话，觉得这天下再大，家却只能有一个。俗话说得好，金窝银窝不如自己的草窝，还不就是这么个理儿吗？他觉得他老伴儿也是有年岁的人了，不该跟村里那些小年轻的一样，说要离开榆村，恨不得蹦高高，就好像外面能捡到金子样的。所以，那些小年轻，说走就走了，走得连点儿念想也没有。杜青山可不敢那么义无反顾，他总是放心不下，屋前屋后踅摸着，铁叉二齿子，都经管起来，塞进仓房里，心里想着，万一在城里过得不舒坦，回来还都用得上。走到他那小山样的柴垛跟前时，觉得万一下大雪了，杨有四就不用出去放牛了，他俩的柴垛加起来，黄小辫儿坐堂吃一个冬天，都绰绰有余呢。

　　杜青山一磨蹭，丰海就在后头催，说火车可是不等人的，再不走，就要耽误了。杜青山觉得丰海像个催命鬼，想骂他，可还是憋回去了，这一回，他连该骂啥，都想不起来了。锁上大门时，把钥匙拿在手里，掂了又掂，还是给杨有四打了一个电话，那头一接起，他这边就有些哽咽了，说："老磕头的，钥匙我就塞在大门门口的砖头下，这是我的老窝，老窝不能没，你可得帮我照顾好。"

　　电话一挂，杜青山转身出了院子，跟在丰海的后头，往村外走。榆村的房屋不多了，那些闲置的，要么塌毁了，要么扒去了，仅剩的，看上去稀稀落落，早都没了规矩，杜青山要出村子，得从他家走到村尾，才能绕到大道上去。这是能出村的唯一一条大道。榆村人是听说杜青山要走了，都三三两两沿路站着，说这一走，不知几时才能回来了，一把年纪了，过了今天没明天，还能不能见得到，也不好说了。

这话落到杜青山耳朵里，让他有些凄惶，他老伴儿倒是满心得意，敢情自己成了首长呢，手臂一挥一挥的，冲着大伙嚷嚷："以后进城，都给我打电话，我让丰海请大伙下馆子。"他们就那么一路招呼着，走到了村子尽头。那些站在路两旁的人，到底说了些啥，杜青山通通没记住，他的心思总往别处飘，到了村口那棵老榆跟前时，他恍似看到了杨有四，就喊："老磕头的，你也来送我呀？"他老伴儿和丰海都回头看他，说："哪有杨有四？"他这才看清，那老榆底下，只是一抹光秃秃的影子。

杜青山和他老伴儿，跟着丰海去坐动车，他们紧赶慢赶，总算还来得及。上了车，对着座号，丰海把他们安置好，就左一个电话右一个电话打开了。杜青山听不懂丰海嘴里那些话，就好像他不是中国人样的。他靠着车窗，看着窗外，觉得火车离自己熟悉的土地越来越远了，他的心却还留在榆村，他跟他老伴儿说："天就快黑下去了，杨有四回到家时，再没人喝茶了，心里会咋个滋味呢？这老磕头的，一起蹦跶一辈子，老了老了，还来了一场生离死别。"他老伴儿先前那首长范儿也不见了，叹着气说："可不就是生离死别吗？这把年纪了，明天是啥样，谁都不好说。"

到了城里点上路灯的时候，老两口才到丰海家。他们不是和丰海一起住，他儿给他们备了新房，弄得他和他老伴儿像刚结婚样的，到处都富丽堂皇。杜青山一进去，坐也不是，站也不是，总觉得是在梦里，还是个挺怕人的梦。他跟他老伴儿说："这以后咋过日子嘛，脚都踩不实呢。"他老伴儿低头一看，是脚上的拖鞋，暄呼呼的，也感觉高血压就要犯了，便往床边上一坐，说："敢情把咱俩往这一丢，那不就和蹲牢狱一样吗？"

杜青山没吱声，他看看墙上的挂钟，闭了灯，见外头还亮着，说："这时间，和咱榆村的对得上？"

6

杜青山这一走，杨有四的日子全乱了。白天，放牛的时候，他躺在阳沟里，转身叫一声老磕头的，才发现身边是空的。到了天黑，再想找个喝茶聊天的人，看看杜青山的窗口，连盏灯光也没有了。到了圈牛的时候，他总想把黄小辫儿圈回自家的院子，可黄小辫儿死活就是不回，见天发疯似的往杜青山家的牛圈里跑，一到了那儿，就冲着天叫，冲着地叫，叫得嗓子都嘶哑了。杨有四听了，心都快碎了。

尤其是黄小辫儿的奶子，肿胀得越来越厉害，害得黄小辫儿已经趴不下去了，走起路来，像个跛子似的。杜青山听放羊的说，可以用奶抽子天天抽牛奶，那样，黄小辫儿就不那么疼了，叫声会少些。杨有四就照着放羊的说的做了，可黄小辫儿还是叫。直到有一天，它再也叫不出惊天动地的声音来了，就连牛圈也不肯出，往旮旯儿里一躲，一串一串往下淌眼泪，弄得眼睛蒙上了一层眼屎，路也看不清了。

杨有四请了兽医给黄小辫儿看病、打针、吃药、上眼药水，可只要它恢复那么一分力气，就又要不停地叫，反反复复，闹得好像这世上再好的药，都不能让黄小辫儿消停下来。说不定啥时候，它会突然想起杜青山的那只小牛来，就东一头西一下撞着，冲着冰塘的方向，一遍一遍呼唤。放羊的说："药不管用，那是上

107

火了，心病还得心药医。"

这下，杨有四明白了，抄起手机给杜青山打电话，跟杜青山说："你问问丰海，把牛卖给谁了？"杜青山说："问那干啥？"杨有四说："没了你那大孙子，我这黄小辫儿快活不成了。"杜青山一听，赶紧撂下杨有四的电话打给丰海，又给杨有四打回来，说："牛让丰海卖给河对岸镇子里一家姓赵的了。"杨有四说："好，明天我就去找那姓赵的，把小牛买回来。"

第二天，杨有四一起炕，发现竟下了雪，外面白茫茫一片，不管是草原河流，还是庄稼地和屋顶，都铺天盖地地白起来了。荒野里一个人影也没有，羊影牛影都不见了，连麻雀都钻进了柴垛里，任枯叶子被风抖得哗哗响，它们吓得直哆嗦，可还是不肯飞出来。杨有四没想到冬雪来得这么早，还看上去一下就要好几天的样子，让他有些猝不及防。

这样的日子，牛是放不出去了，就算把牛赶出去，也是难以觅食。往年，遇到这样的天，牛都是坐堂吃料的，大雪下几天，在家吃几天，等到大雪晴了，杨有四就和杜青山一人拿一个铁叉子，把地里的庄稼杆从雪里翻腾出来，让牛跟在后头吃。今年，杨有四不用挨那份累了，他和杜青山的柴火，那么高的两垛，他的牛，一个冬天也吃不完。他打算先让他的牛吃杜青山的柴垛，反正，那柴垛就在杜青山的院子里，牛吃起来更方便些。

于是，杨有四穿好了羊皮袄，拎了鞭子往杜青山家走。他还想，把牛往杜青山的柴垛一放，冒着雪也该去河对岸一趟，找找那姓赵的人家，早些把小牛买回来，早些了了黄小辫儿的心愿。那样，黄小辫儿能快点儿好些。

雪没了脚脖，走起来深一下浅一下的，磕磕绊绊。杜青山还以为这样的天没人出来呢，出了院子才发现，路上的雪，都被人和牛羊踏平了。那些脚印，一直延伸到杜青山家。杨有四一到那门口就愣住了，大门虽然关着，门上的锁却已没了踪影，杜青山的柴垛四周，围着大大小小的牲口，本来应该消消停停的院子，热闹得像个动物世界，有几只山羊，都跳到屋顶上去了。杨有四气得冲着那些羊呀牛呀马呀的一阵乱吼："谁让你们进来的？谁让你们进来的？"边喊边摇着鞭子往外轰着那些牲口。突然，杜青山的屋门开了，从里面探出几颗脑袋，抄着袖子说："老杜，你咋呼啥？"杨有四吓了一跳，还以为只是院子里进了牲口，哪承想还进了人，便说："你们咋还进到人家的屋子里去了？我老磕头的临走前把这柴垛交给我了，房子的钥匙还在我手里呢。"

杨有四从门缝挤进去，看见铁锅已经烧得通红，也不知是谁带了猪耳朵和下酒菜，那几个人坐在锅台边旁，对着一个酒瓶子，正你一口我一口喝得欢。杨有四说："你们这是要干啥呀？我老磕头的要是在城里住不下去了，还会回来的。"

那几个人笑，说老杨糊涂了，人家跟儿子享福去了，谁还稀罕回来？说他不就是看着人家杜青山的柴垛大，想留着给自个儿喂牛吗？说有四呀，咱可都是走一步掉一块了，可不能捡了便宜吃独食。杨有四直跺脚，说："不是那个事儿嘛。柴垛牲口吃了也就吃了，可房子不能给人家败祸，房子是根，根要是损了，我老磕头的就再也回不来了。"那几个人脸上都憋着笑，却不再搭理杨有四，闷不吭声抄起酒瓶子，喝一口，传下去，又喝一口，又传下去，轮了整整一圈，仿佛杨有四不存在似的。杨有四就那么定定看着他们。

正僵持着，杨有四的手机响了，是杜青山打来的，问他黄小辫儿好没好些。杨有四对着电话半天没说话，杜青山问他咋不吱声，他鼻子一酸，说："你干啥要走呢？"这一问，杜青山的声音也颤了，说："我的老窝都还好？"杨有四看看那几个在他院子里放牲口的，说："好着呢。"就挂了电话。

大伙哈哈笑，还以为杨有四是给他们打马虎眼呢，杨有四却往前凑凑，一把抄起酒瓶子，啪嚓一下摔在地上，说："都滚！都滚！我老磕头的在时，这院子是个啥样，他走了，这院子就还是个啥样。明儿个都别来！"

这一露脾气，大伙就不饶了，七嘴八舌数落杨有四，说扯呢，这大雪，是要捂一冬的，不来这儿，去哪儿？杨有四说："爱去哪儿去哪儿，反正有我杨有四在，你们谁都别想糟践我老磕头的老窝。"

杨有四到底是把那些人都赶走了，怕他们还会折回来，就日日夜夜在杜青山的门前守着，连黄小辫儿也顾不得了。

大雪下了好几天，杨有四守了好几天。到了雪停的时候，黄小辫儿已经一天更比一天佝偻了，给它灌药，给它洗眼睛，咋也不见好。这让杨有四很难过，决定立马过冰一趟，把杜青山卖掉那小牛买回来，不然，黄小辫儿怕是真活不成了。

杨有四就出发了。

7

从榆村到河对岸的镇上，十几里的冰面，一眼望不到头，隐约能看见对岸的炊烟，徐徐往天上飞。房屋全都被大雪捂上了，冰面也被大雪捂上了，足足有一尺厚的雪，杨有四走起来特别费劲，迈一下脚，就要使出半身力气。还没走到河中央，他的狗皮帽子上、胡子上、眉毛上就都挂了白霜，他跟旷野里的树一样，都变成了雾凇。杨有四想，变成雾凇也不怕，只要不变成冰坨坨，就是爬，也要爬到对岸去，无论如何，是要找到小牛的。杜青山走了，在这榆村，黄小辫儿是他唯一的伴儿了，他不能再失去这个伴儿。

杨有四老伴儿还活着那会儿，他花在他老伴儿身上的心思，都没有花在黄小辫儿身上的心思多。杜青山那时候还笑话他，说他对老伴儿不好，是因为老伴儿不是李二花。那可是杜青山冤枉他了，他也不是不想对老伴儿好，是不管咋对她好，她都觉得他心里是愧疚了，他就赖得理她了，觉得对人好不如对牛好。牛没那些矫情事儿，只要对它好，它就跟你优哉游哉过日子。

杜青山还笑话过杨有四，说他老伴儿没得早，就是杨有四给气死的。杨有四从来不把那话放心上，他觉得，人都是有寿路的，寿路的长短，是自己积福报积来的，咋能别人一气就气死了呢？更何况，杨有四从来不觉得自己气过自己的老伴儿，就算给李二花竖了一块墓碑，他老伴儿死时，他也没亏待她。他用了一样的石料，也给她竖了一块，那上头的字，也是他一锤一凿刻上去的，刻的是"杨有四之妻梁月娘之墓"，比李二花那碑，庄重多了。

一想起这些，杨有四就觉得不那么累了，猛一抬头，发现自己已经走到河中央了。再往前走一段路，杨有四终于到了对岸的镇子。是哪户人家买了杜青山的牛，杨有四除了知道人家姓赵，别的，都不清楚，就沿路打听着。后来，终于有了那牛的下落，杨有四像喝醉酒一样，兴奋起来，奔着人家去了。

那赵家院子很小，牛棚连着房舍，推开大门一进去，就看见小牛从棚子里伸出头来，哞哞叫了两声，眼睛眨呀眨的，有两行泪水，顺着鼻梁往下淌。杨有四上前，拍拍小牛的脑袋，说："大孙子，你还记得我？"

111

那姓赵的听见响动，从屋子里出来，见是杨有四，还认得他，便问："你来做啥。"杨有四说："牛在你这里，不舒心呢。你看，它都哭了。"姓赵的说："哪是哭呀，是那母牛没奶，饿的，早知道这样，我哪能买。"杨有四接着话茬说："那你把小牛卖给我吧，总比在你这儿饿死强。"姓赵的正为这小牛犯愁，听杨有四这样一说，当即就同意了，开了价码，杨有四连口都没还，赶着小牛就走了。

小牛还记得回家的路，一出赵家的院子，便撒着欢儿，扬起一阵阵白色的雪花，在杨有四的前头又是扭屁股又是尥蹶子，径直奔着河边去了。杨有四跟在后头，脚步比来时更轻盈了，陷在雪窠里，好像也没费多大劲，就拔出脚来，又一步一步踩下去，和小牛一前一后上了冰塘。

小牛在前头跑，杨有四在后头哼着二人转，把九腔十八调七十二嗨嗨都唱出来了，跟小牛的哞哞声，一和一和的，一传传出好几里，惹得家中的黄小辫儿都听到了。黄小辫儿突然不安生起来，把杜青山家的大门挤开一道缝儿，硬生生跑出去了，直奔大冰塘。

雪后的傍晚，太阳总是格外红艳，霞光洒下来，一跳一跳的，像雪地里藏了无数眼睛。杨有四唱累了，想吆喝小牛歇一歇，可小牛就是不肯停下来，哞哞叫着，撒着欢儿朝前跑。

看着小牛那股欢实劲儿，杨有四也酿出几分力气来，加快步子追赶小牛。小牛就像个调皮的孩子，跑一阵子，回头看杨有四一眼，又继续朝前跑去。后来，小牛突然不回头看他了，叫声也更加欢悦，杨有四才发现，是黄小辫儿码着他来时的脚印，哞哞叫着跑过来了。小牛看见黄小辫儿，像孩子一样，在大雪覆盖的冰面上蹭着后蹄，跳起美丽的舞蹈，呼应着黄小辫儿的叫声，一点一点靠近黄小辫儿。眼看着它们近了，更近了，杨有四的心却突然一紧，接着，他听到扑通一声空响，小牛就没影子了。

杨有四脑袋顿时嗡一下子，喊着"大孙子大孙子"便扑过去。大雪覆盖的冰面上有一汪清口，他来时从清口旁边路过，脑子里一直胡思乱想，竟然没发现。脚印子还在那清口边上，只要再歪一歪，就踩上清口周围的薄冰了，人一准就掉进去淹死了。

那清口，夏天时，一定是深水区，水流特别急，常常会在冬天到来时也不封冻。淌着的一股清流，像是河流倔强地跟零下三十几度的严寒抗衡着，你让我死，我偏要活成个样子给冬天看似的。

那清口只有脸盆那么大，周围的雪，一半氤氲，一半结了冰碴，冰层很薄，像一张摊开的面饼，小牛前蹄一落上去，冰层碎了一片。河水溢出来，小牛在漩涡里打转儿，很快就要被水流冲走了，杨有四啥也顾不得了，妈呀一声，把狗皮帽子一扔，跳到清口里去了。

清口彻底裂开了，一大块冰又塌陷下去，杨有四在冷水里使了吃奶的劲儿，顶住小牛的屁股，才把它顶到水面上来。可他的羊皮袄湿了，棉裤湿了，棉乌拉鞋里灌满了水，像千斤坠一样往下拖拽着他。他看见水涝涝的小牛站在冰面上瑟瑟发抖，听见小牛冲着冰窟窿里哞哞呼唤。那西北天上的最后一缕红光，在水里变成五光十色的样子，一晕一晕散开了，在清口上一晃一晃的。

……

第二天，榆村人是顺着黄小辫儿的叫声赶来的。他们到达清口时，看见小牛一半冻在雪地掩盖的冰面上，一半露在雪外，成了一个硬坨坨，却依然伸着脖子朝清口张望。

而杨有四的狗皮帽子，就在清口旁边。黄小辫儿嗅嗅小牛，

113

再嗅嗅那狗皮帽子，一声比一声更凄哀地叫着。

作者简介：翟妍，本名翟景华，中国作家协会会员，鲁迅文学院第二十九届高研班学员，吉林省文学院签约作家，白城市作家协会副主席。发表多篇中短篇小说。曾获第六届吉林公木文学奖（吉林文学奖）、第六届"中华宝石"文学奖、吉林省第十三届长白山文艺奖，电影文学剧本《嫩江湾扶贫记》获共青团中央志愿者文学大赛二等奖。著有长篇小说《长河长》、中篇小说集《麦子熟了》、散文集《如果生命可以再度青春》、长篇童书《青云城里的来客》。

诗歌

查干湖 (组诗) 孙玉平

夜宿查干湖

登上钟鼓楼可看到查干湖的全貌
落日中的一些水变成了晚霞
还有一些水在翻滚挣扎

突然把打鱼人看成了妙因寺的喇嘛
穿着红红的袈裟
把桥边静坐的姑娘看成了一朵初开的莲花

月亮升起来，月光美好，又把飞鸟看成了流星
把查干湖看成了一个偌大的银碗
浪花涌动，看成了群鱼

查干湖的早晨

在查干湖，起个早
就能看见成群的水鸟
起得足够早，还能看见湖边舀水的喇嘛

湖面上的雾气
像被游轮锁住了，久久不散

打鱼人的小铁船咣当咣当的
破雾而出，仿佛一幅水墨画
突然活了起来

打鱼人不说话
唱着一首年代久远的渔歌

查干湖的风

在查干湖
把一片荷叶上的水珠
抖落入湖中，就是一次放生
查干湖有着一片又一片的荷叶
为了那些荷叶上的水珠
都可以回到湖水中
我愿风大些，再大些

118

查干湖的风经过妙因寺
便有了慈悲
我仰起头，脸上有迎风而落的泪滴

想着它们很快会变成查干湖的游鱼
想着它们很快会变成查干湖的星辰
我愿风使劲地吹
吹我的眼睛

查干湖的黑颈鹤

在查干湖
遇到一只黑颈鹤
它独自在稀疏的芦苇中单腿伫立

一会儿把长长的喙深入水里
一会儿将两翼微微张开
随即合拢，安静地巡视着四周

瞳孔深处闪动着水与火的媾和之灵
而我知道，它的美和自信
源于查干湖空旷的背景

有那么一瞬间，它喉结蠕动
我猜想，它是不是因为孤寂要发出鸣叫
可是它没有……

最后，它飞走了
像一阵风
从我残弱的内心穿过

在查干湖的落日中

等了好久
才等来落日西垂
此时，风安静下来
湖水驮着晚霞缓缓涌动
多么温情啊

这应该是太阳的另一种燃烧
是查干湖另一种母性的光芒

那小小的黑点儿是几只野鸭，白鹭，还是鹤
带着微光，飞向更远一点儿的苇丛
苇丛中有巢穴吧，一定是的

查干湖也是一个大大的巢，落日
多像一枚透着血丝的蛋……

越来越寂静了
即便你是一个诗人也要让自己静下来
你发出的任何一个词都在冒险
都是一种惊扰

作者简介：孙玉平，吉林省松原市农民。吉林省作家协会会员，鲁迅文学院第二十七届少数民族作家班学员，首届鲁迅文学院吉林作家班学员。作品发表于《诗刊》《民族文学》《诗选刊》《作家》《草原》《滇池》《诗歌月刊》《星星》《儿童文学》《草堂》《扬子江诗刊》等期刊。

三月的浅水湾 (外四首)　张晓英

浅水湾像是从远途
折回的人
抱着一湾静水

蓝天、白云
倒映水面
水草发出嫩芽儿
风儿轻轻的
水畔割干草的女子
素颜
身着蓝底白花的衣裳

一些零星的绿
夹杂在蓬乱的干草中
女子小心地割
生怕碰伤了三月

122

她一会儿躬身
一会儿又慢慢停下

远处的水面
几只野鸭正欢愉戏水
水畔草间
偶尔会惊飞三两只
不知名的水鸟

女子放下手中的干草
湿漉漉的眸光
落在浅水湾
清澈的水面上
……

初夏的小园子

六月初夏
已爬半架的豆角秧
开出一朵朵小紫花
黄瓜结纽了
顶花带刺儿
挂着闪亮的露珠
柴门边儿的花呀草呀
各色的
像一块多彩的画布

园子里边儿
错落有致的几棵果树
叶儿浓密
上面缀满一颗颗
青涩的小果子
几只小鸟在树间跳来跳去
叽叽喳喳
我八十多岁的老母亲
每天都把蜷缩的身影
留在园子里
薅草、打丫、移栽
累了
就坐在小板凳上
撩起衣襟抹一把汗
她有时看花
有时也听鸟鸣
间或用她沙哑的嗓音
喊我两声……

养蜂人的春天

养蜂人的春天
是从夏至开始的

这时的山里
椴树花

一树一树地开了
满山坡的白呀
像一场刚刚落下的雪
可这雪却是香的
十里椴花香啊
召唤着养蜂人
从远道匆匆赶来

一间低矮的木架房
依山临水
养蜂人安营扎寨
升起晨夕炊烟

两排整齐的蜂箱
是养蜂人随行的家当

晨起放蜂
千万只蜜蜂飞向
椴树花海
那声音犹如千军万马出征
大山听得见
路过的阳光和风雨听得见
小溪听得见
放蜂人听得见

傍晚

放蜂人在斜阳下搅蜜
归来的蜜蜂"嗡嗡嗡"地
围绕在身边儿
那健硕的身躯随着手臂在动
肌肉凸起
与身后的大山
构成一幅
天、山、人和一的画面

养蜂人最难挨的要数夜晚
空寂中偶尔会听见鸟兽的叫声
一声长一声短
养蜂人半生颠簸
家留在远方
爱也留在远方
养蜂人的心
有时就像被黑掏空的大山
空对一轮月亮
抑或是满天星光
……

花儿静静开

夏天是宁静的
柴门边
角瓜秧伸出长长的蔓儿

一个个瓜纽儿顶着拧嘴的心事
你的目光那么深
落在
季节的生长里
像一条路
而暑气蒸腾
我多想内心的等待
是一缕清凉
这个夏天
我仍然不敢确信
会不会
还有蝴蝶迷失在花开的路上
我轻轻地捋着瓜蔓儿
让花开
沿着心仪的方向
……

波澜是虚构的

二月微寒
偶有雪花零星飘落
仿佛远方的消息

渡口的船
在一片干枯的苇草里搁浅

好久不问去处
一个人习惯了深居简出

二月
被风声翻阅、隐匿
像一部不可深懂的秘籍

我近乎半睡半醒
身体里的桨
划不开往昔的海水
波澜是虚构的
我无法成为旅居之人
在某处
与旧事相逢

二月的灯笼
在晓风里摇曳
忽明忽暗
恍若半生

迂回
二月不语
不指望春天有多近
独守时间的老钟
任凭那一片片雪花
越飘越轻

作者简介：张晓英，吉林省蛟河市河南街保家村农民。吉林省作家协会会员。作品散见于《诗刊》《星星》《诗潮》《作家》等期刊，有诗歌作品入选《中国诗歌年选》等选本。

春天 (组诗)　张丽英

三月里的春风

此刻
风一路向南
遗忘了所有的悲伤
给万物颁发勋章
而且
凡是北上的事物都被它一一抓了回来
即使常年在北坡
在一个反义词里生长的冰凌花
也被它命名为雪地里的王
头顶皇冠和诗意的美名
在自己的一亩三分地上隆重出场
并弹奏一曲曲相思

再往北，就是那条河了
唱着不远不近的歌
唯有青山
不管在左还是在右
都哗啦啦一起笑出了声
而我
则需要一场更大的春风才能回来
需要它一点点擦亮我心中的小月亮
其实
春风和月光一样
同是"一件迷人的乐器"

早春

阳光似乎被时间洗过了
比昨天新了一些
心情被年洗过了
也新了一些
风也新了些
掉头开始弹唱一首告别
此时
所有掠过眼眸的
都像有了新的主题
万物也都在骨头上定了性扎了根
只等春光大面积倾泻而下
早春

仿佛一首诗
正在给每一个字穿上裙子
重新出发

二月

提着年剩余的心事
过独木桥
而初春
早已把一切都准备好
只等万物倾斜
第一个喊出来的一定还是炊烟
是家乡的炊烟
接着是鸟鸣、河流与木棉花
它们绕过哲学
在二月的后花园里盛开
只一小朵
就完成了岁月的转化
其实
二月，更像是藏在心中的一盏烛火
月华如水的时候
它们便一起流淌并开出花来

春天

春天的一切都是借来的
在它什么都没有做之前
就借来春风为它鼓掌
于是
太阳矮下来
把自己当成一粒种子借给大地
而木棉花、油菜花、迎春花、樱花、杏花等
则是时间借给它的华服
偶尔会邀来雪花
把人间的沟壑填平
而春雨
是云朵借给春天的弓弩
只有泥土和秧苗
才是它自己的弹药和武器
其实
春天和我们的肉身一样
都是借来的
只不过春天是岁月借给它的一支画笔
像画眉鸟儿
叫一次，风景就变化一次
而我们
唱一次少一次
每一次变化都饱含喜悦的泪水

作者简介：张丽英，吉林省作家协会会员，吉林省第三届中青年作家培训班学员。部分作品发表在《诗刊》《作家》《诗歌月刊》《中国女诗人》《中国劳动保障报》《西藏法制报》等报刊。荣获"2016年第一届吉林省十大农民作家""2015年吉林十大影响力女诗人"等称号。出版诗集《渡》。

田垄上的新歌 (组诗)　高森林

秋之声

秋蛉在深夜的鸣叫
一声声里多少人难以入眠
秋风吹兮
那些在风中挺立的有风度的事物
有怎样的气节

一只鸿雁
奋力飞向夕阳
翅膀发出沧桑的声音
那个唱着秋风歌的老人
嗓子里布满沙哑

那个失意的游子
一腔的悲怆
随着落叶被秋风吹走

山坡上祖先的坟茔
静静地压住尘世的喧嚣

乡村吟

在乡村要体验慢
苔藓慢慢地爬上台阶
老牛慢慢地一口一口咀嚼时光
果蔬在慢慢地修炼本心的味道

一个白发老汉
慢慢地吐着烟圈
往事慢慢地浮出来
在他的眼角
拱出泪水

傍晚，我慢慢地喝着茶
看水塘里的小鱼游动
夕阳慢慢落下
草木的清香
氤氲的水汽
悄悄落在我的身上

回乡记

很容易触发自己感情的地方
很容易找到自己根脉的地方

乡愁和老屋缠在一起
树和篱笆都是自己的亲人

土墙的隙缝里
还存留着童年喊过的声音

破损的老屋
像一位浑身是病的老乡

一阵咳嗽
咳出体内的风霜寒苦
咳出乡村的声声无奈

那些闪光的珍贵

在乡村朴素的事物里
藏着更多的珍珠

春雨润泽的田垄
春风吹开的花蕾
月光下宁静的村庄

秋霜下傲放的菊花

夕阳下炊烟升起
蹲在墙角，李老伯的微笑
那个多次跌倒
又爬起来的小男孩
一个独处的人
在默默写下生活的真谛

这些珍贵
出现在日常的生活中
让发现者的双眼里
充满深深的敬意和爱意

作者简介：高森林，吉林省作家协会会员，吉林省新诗学会会员，吉林省企业家文艺家联合会驻会作家，吉林市作家协会理事，吉林市诗歌委员会常务理事，永吉县作家协会副秘书长。参加2016年吉林省中青年作家高研班。作品散见于《诗刊》《星星》《诗潮》《作家》《诗歌月刊》等期刊，2015年出版诗集《泥乡土魂》。作品曾获2016年全国鲁藜诗歌奖。2016年荣获"吉林省十大农民作家"称号，2020年荣获"全国百姓学习之星"称号。

听 (外四首) 华生

闭上眼睛，静静听
这忽远忽近的声音，会误导你，此时
屋外下着的一定是中雨
每到这个时候，蛹都会在茧壳里
制造出一场场小雨或中雨，即将出现的大雨
是它们破茧成蝶的日子，躺在
保种室的床上，听它们忘我地倾诉
迷迷糊糊时，父亲走了进来
我惊愕，你是怎么过来的
父亲笑了笑，没有说话
这几年父亲来我梦里的次数越来越少了，只有
这个时候，才会出现
我对他思念的通道，已经被各种思念挤得越来越窄
像独木桥
窗外的雪，丝毫没有影响心情

你喋喋不休地说，我认认真真地听
我们就用这种抒情的方式，完成
彼此的对话，悄悄地
你告诉我，四月的风一到
就要吹落柞树上顽固的僵硬老叶，说这话时
我看见，你偷偷地掩住泄露天机的嘴巴
一脸的坏笑
跌落中，酱色的红
半山坡惊慌失措的表情

左边

无论是和娘，还是妻子女儿
还是三五好友，只要是和他们走在一起
我都会走在他们的左边
他们没问，我也没有告诉他们为什么
木讷的男人，不会把爱挂在嘴上
挂在嘴边的爱，不等于甜蜜
道路永远宽阔不过车辆，
总能让多虑的人在恐惧中
放大想象
只要出行，我就会走在他们的左边
当危险的嘴巴，张开的瞬间
我的奋力一搏，会让他们多出
一线逃生的机会
一个患有严重焦虑症的人，他的大脑

140

车轮般旋转，左脑提前放大苦难
右脑提前承受痛苦

三舅

再一次，燃起寻找三舅的想法
是在观看电影《长津湖》时，那里的每一个人物
伍万里，余从戎，雷爹，我都想叫
他们一声三舅
我想三舅，一定也是和他们一样的英雄
三舅的故事，我是从姥姥和娘的嘴里
零零碎碎，听到的
都是小时候的事，当兵以后的事
连姥姥也不知道，等三舅被送回来时
他的模样，长成了
挂在门旁的一块小木牌
整场我的眼泪都在眼圈里打转，它们
像是被什么追赶着，再往前一步
就会掉下来
从电影院出来，往家走的路上
恰巧，我看到落日
好大好大，血红血红的，滚落山后
像三舅眼里，像我眼里那颗
再也控制不住的泪

在妈妈眼里报纸不是用来读的

把黄豆炜熟，捣碎
放在桌上，一边揉一边拍打
做出青砖大小的形状，妈妈左看看
右看看，不断地修补
直到脸上浮出满意的涟漪，仿佛欣赏
过年时剪出的窗花
随手，从书架上拿起几张报纸
认真地包起来，那是前几天
刚刚寄给我的报样，上边有我的诗歌
看着我有些异样的表情
妈妈忙问，你有用
我笑着，摇摇头
妈妈转过身，又重新包起来
一边包一边说，要是你姥姥活着
看到这些报纸，一定高兴坏了
就不会为当年没钱买纸糊棚
急得直哭，妈妈的话
像大师泼出的墨，勾勒出一个裹着小脚的女人
长满核桃般皱纹的脸上，流淌出
两行贫穷的山泉

我是蚕

父亲说，夫妻要是相爱
会长出夫妻相，一次给养蚕人讲课
谈到对蚕的爱，我们对蚕的爱也是相互的
你要对它有足够的好，它才会
给你足够好的回报，这是
我在三十几年的养蚕中，总结出来的
爱在这里，突然广泛起来
从人与人，向植物向生灵延伸
泛滥到万物之中，像眼前冒出的新绿
拧开嘴的嫩芽，满脸敬畏
兴致正高时，有人开开门
一丝阳光，从门缝
斜着照了进来，落在我刚刚剃光的头上
摇头晃脑的样子，像新鲜的蚕蛹
这一刻，正好被六一看见
写进他的散文里，说我长得
越来越像蚕蛹

作者简介：华生，本名张德军，1964年生，吉林省永吉县人。中国诗歌学会会员，吉林省作家协会会员。有诗发表在《诗刊》《诗选刊》《作家》《山东诗人》《参花》《天津文学》等期刊，有作品入选《吉林省作家作品选》《中国乡村诗选编》。

亏空
——写给母亲 (外一首) 毕英芬

从窗户投进的光
随着她的身影躲来躲去
她不自觉地趴在阳台上
静静地望着远山
山色是草绿还是金黄
都不在目光之中
忽而
几朵漂泊不定的云闯入视线

这个琳琅满目的家形同虚设
走进每一个房间都空空的
藏在身体的寂寥
挤都挤不出来

砧板上放着一段藕
不知道今年的荷花花期会不会延误
那个雨中看花的少女
已不再是少女
践行用母爱去反哺母亲的亏空

救赎
——写给爱人

我的左肩上是火
能够点燃顽石的火
不知道能不能孕育出一树梨花
右肩上是雪
九曲辽河带来的一场雪
能够掩盖遐思的雪

天上时常有月光
据说月光下回家的路是一条线
那条线存在我的视野里
却模模糊糊
而且无限延长
不清楚什么时候
能抖到线的尽头

都说铁匠的手艺很不错

能焊接一切残缺不全
也能切割一切乱绪如麻
为什么你不肯打开那道枷锁
你的一笑熄灭了火
一句问候融化了雪
长此以往
不明来路的轻松
开始噬毒

燕子又裁出柳树的飘摇与妩媚
新草探出头来张望满树桃花
花又开了
顺便看看
还有多少能够记起
那些曾经浮香的朝和暮

月亮已经开始偏西
落叶不耐烦地翻了个身
心中埋怨耳朵的灵敏
上苍判定这是痴
我自判定这就是罪恶
信而游离在天与地之间渡劫
在冰与火中救赎

作者简介：毕英芬，中华诗词学会会员，吉林省民间文艺家协会会员，松原市作家协会会员。作品散见报刊和网络，偶有获奖。

146

小时候的山坡（外二首）　贾林森

不敢快跑
怕残枝的断裂声
打断蝈蝈们畅所欲言

蹑手蹑脚
还是能听到草茎倒下的声音
也能听到呼吸
有一种紧张

蝈蝈笼子里
蹦跳着我的收获
山坡上的乐趣
孩子们把视线拉到不远处
垂钓又一片此起彼伏

暮色

光被远山收入怀里
直至像类似盖头的浮云
被一点一点染红

我看见父亲在林中拉长一条小路
把背后的树影致远
才有缝隙里的炊烟
在风中断断续续

光线在眼里越来越暗
山被父亲走出轮廓
模糊在家的方向
也清晰在母亲的忙碌里

山另一面的阳光或许正浓
而这边的暮色慢慢收紧
看见朦胧的月被枝叶隐去身形
草茎上的斑驳
想着能不能说出几点疑惑

母亲拧开月光
照亮我这只归巢的鸟
虽然我小心地挪动脚步
生怕暮色的梦里

那些星光被我踩碎

目送三月

三月，走了很远的一段路
才把惊蛰和春分唤醒
唤醒东北
春的暮和晨
一种软
让正午的阳光可以闻到

次第铺开
积雪含泪告别残留的冬季
有些依依不舍
归鸟忙碌
穿行柳条的缝隙间
守候呼之欲出的芽尖

母亲转过身
顺手摇动一条小河
没几下就把三月荡成弯弯曲曲
欢快而充满活力
许多暖
在指尖感受温度

孩子们跑进桃林

用笑声只抚摸了一下
桃花就一朵追着一朵
捧出春色满园
让激情四月
来不及喊出预备
家乡的绿就已经开始

作者简介：贾林森，吉林省作家协会会员，吉林省第五届中青年作家班学员，长春市作家协会理事，长春市文学社团协会理事，长春市双阳区作家协会秘书长。2019 年，有三首诗歌入选江西高一《语文读本》。

我的关东我的风情（外一首）

姜彦伟

春天醒了

夜也醒了

鸡鸣吹灭了满天星星

小莺脆晓

绿了

远山的回声

人间烟火也醒了

抖落梦里遥远的风

家家大门打开

诠释村庄的宁静

海棠依旧

咿呀着手心儿里的晨风

炊烟点亮了简单的日子

黎明滋润着杏花、桃花、蝴蝶的爱情

红红的灶火
燃烧着酸甜苦辣咸
把五味研磨成风花雪月
与世无争

篱上，牵牛花的微香
打开太阳五彩斑斓的世界
听见
露珠跌落的声音
瞬间打破世俗的局限
在每一片叶纵横的脉络里
血液奔腾
孩子和牛们
在犁铧行耕生命的痕迹中
穿越阳光的结界
记录从远古吹来春秋的笛声
庄稼拔节
五谷丰盈
打湿的布鞋
踏响泥土的厚重
一声呼唤
明亮了花头巾下的眼睛
大碗酒大块肉
关东男人的誓言
掷地有声
田头的野花

草滩上的牧歌
酒杯里的笑啊
醉了这方水土这方人
最淳朴最浓厚的风情

母亲，今日清明

今天是清明
云很低
我知道
那是清明的泪水
阴郁了整个乡村和城池
母亲，那阴郁的饱满里
一定有我和弟弟妹妹们的悲泣

我还知道
你一定不舍离去
我们的思念里
遗留着你慈爱的注视
无论走多远
也走不出你的怀抱
我能听见你心动的声音
爱抚和虚寒
都是那么的真实

母亲，今日清明

我的叩拜
不能跪倒你的坟前
那一抔新土
只能添在我的手心里
手心里
我依然能看见
你在昏暗的油灯下纳着鞋底
那个针线笸箩
还有你为我准备的嫁衣
妹妹的蝴蝶结
弟弟帽子上的五角星
是你坐在轿子里的红盖头
你用一把剪刀
精彩着我们童年的记忆

母亲，今日清明
我打开十字路口的关卡
祈求着上苍
让我寄去所有的问候
希望有一场雨
希望能摘得花瓣上的露滴
希望你拿一丝风来回应
希望你再次走进我梦里

母亲，今日清明
这不是你的节日

这是亲人们最能接近你
最能感知到你
的方式
从来未曾离开的念想
在心里

　　作者简介：姜彦伟，德惠市边岗乡后湾屯农民。中华诗词学会会员，德惠市作家协会会员，德惠诗社理事。有作品在《文风》《中华诗词》《绿池》《作家周刊》《长白山诗词》等刊物发表。

秋之韵 (组诗) 解荣德

秋叶怀想

秋雨绵绵的晚上
我蜷缩在被子里像落在地上的叶子一样
那些遗落在光阴深处的旧时光
像风中摇曳的干花失去了最初的芳华依然绽放
小山村的老房子封存着过往
闲置的石磨曾咽下了多少儿时的渴望
红瓦下的土墙藏不住岁月的风霜
仓房里的老挂钟布满蜘蛛网
父亲用旧的扁担研磨出木质的光亮
记录着养家的责任和担当
吹着柳条做的哨子
看着糊在墙上的报纸是记忆中最美的珍藏
抽屉里的一叠书信沉睡的模样

发黄的信纸上清晰的字里行间青葱岁月在流淌

晚秋

漂浮在水中的落叶
沐浴着阳光的波纹微笑着远去
站在岸上的好友
映在石上的影子亲密着时光
铺满落叶的小路蜿蜒着距离
岩缝中流出的山泉水欢快地谱着曲
岭上的白桦树醉了天际
夕阳映照下的红果让人痴迷
山崖上的迎客松绽放着情意
摇曳在风中的枯花是秋最精致那一笔
秋霜染尽了秋的美丽
秋水缠绵了一季别离
做一尾游弋在水中的鱼
在秋阳的环抱里沉沉地睡去

秋思

在一缕月色中徜徉
秋虫的曲调里有些许沧桑
拾一枚落叶品味秋的凉
一缕秋风送来花的清香
一首歌单曲循环着过往

成熟的果实是秋的华章
星星在天边闪闪发亮
水中的月亮随波轻漾
寂静的小山村在夜色中安详
栏下的老牛咀嚼着时光
煮菊一盏在秋夜把温暖送上
几行诗在不眠夜悄悄地绽放

秋瑟

在一首曲子里流浪
淡淡茶香将日子熨烫
闭上眼听秋雨敲窗
尘封的往事在脑海中回放
一生要历经多少风雨的滋养
才能在迷雾中燃起希望
秋菊在秋风中悄悄绽放
火红的秋叶醉了山岗
一个人要隐藏多少忧伤
才能含着泪把微笑送上
秋叶唯美了秋的诗行
成熟的果实是秋的渴望
一颗心要珍藏多少情意
才能在感恩中老去
几颗星一弯月把秋夜点亮
一支笔书几行思念在飞翔

作者简介：解荣德，白山市作家协会会员。有诗歌、散文等作品发表于多个网络平台及报刊。

昔忆 （外一首）李广兰

又回到了久别的故居
这里是我成长的地方
童年的往事
小伙伴们的嬉笑声
点点滴滴浮现眼前
往日漆黑的大门已破旧
门边的李树花已凋零
歪歪扭扭的窗棂上
玻璃已残缺不堪
小院里荒草凄凄
唯有那把被遗忘的老吉他
布满了灰尘
依然挂在黑黑的墙上
久久地沉默着
似乎在等待着主人的抚慰

恍惚间仿佛又看到
当年那个忧郁的少年
弹琴唱歌的样子

窗户下面的木板凳
已经被荒草掩盖
父亲每天傍晚收工回来
都会坐在上面歇息
换掉沾满泥土的鞋子
卷上一袋老旱烟
吧嗒吧嗒地抽着
那旱烟的味道
弥漫了整个小院
如今却再也寻不到
父亲的身影
我禁不住围着小院
转了又转，踩了又踩
似乎要把这荒草踩得粉碎
可此时心中的荒草
却不可遏制地疯长起来

大雪中的记忆

昨夜，纷飞的大雪
像一只只拥挤的蝴蝶
在冷风中飞舞着

扑打我记忆的窗

那道矮矮的篱笆墙

只留下一抹浅浅的影子

任斑驳的岁月

侵占了童年的小屋

白白的屋顶

高高的木烟囱

似在述说

远方游子

久别的思念

暖暖的火炉上

一把老水壶

正冒着热气

吱吱地响着

父亲依旧穿着那身洗得发白的蓝衣黑裤

坐在火炉旁

撕下一页老师打满红勾勾的作业本

卷起老旱烟

一袋接一袋地抽着

时而看看窗外

轻轻地叹息……

作者简介：李广兰，本名李光兰，1969 年出生，吉林省临江市人。白山市作家协会会员。有作品散见于《黄海文学》《长白山日报》《陕西党校报》《甘肃农民日报》《天津日报》等报刊。

长白山是抒情的山 (组诗)

刘凤杰

雄伟长白山

你从第三纪末喷溢而出
释放雄性的宽广
澎湃着比人类还古老
倔强的思想
把自己搁置在松涛密林之中
与天地立命
迎着北方冰寒风雪
把世界物种的基因收入囊中

你以天池为心
将母性的柔情用水表达

铺展绿色浪漫
白色是你不变的深情
不咸山是你的小名
《山海经》做证
我知道从远古到今天
你经历了翻天覆地的苦痛与挣扎
断裂与抬升，内心在燃烧
在磨难中孕育生命
才把这辉煌雄奇的壮举呈现

长白寓意

天造地设
多像一对倾心恋人，一起走向高远
长白山抬起高傲的头颅
开山造势
拥吻天池，涂抹碧湖湛蓝
他们以湖泊、河流、瀑布、温泉的走姿步态
释放永久爱情

你看簇拥天池的十六峰
多像他们勇敢无畏的儿子
而从他们体内奔涌出来的
松花江、图们江、鸭绿江
是他们出嫁的女儿
分枝散叶，流向远方，最终归向大海

体内流淌着他们的骨血
以母性的光辉哺育大地

每一块石头见证他们亘古的誓言
每一场雪花又把这誓言极力渲染
长白山：长相守，到白头

长白山是抒情的山

你是有情之山
你是有爱之地
深沉内敛，体内隐藏巨大的能量
龙潭海眼，只需一泓天池把脉
让你沉静，在四季更替中呈现斑斓
动植物为你站岗放哨
长白瀑布为你击鼓捶腰
三江放歌
内心的火焰化为外物，触摸有感

女娲补天只留下一处缺
济世益民，演绎牛郎渡与织女峰七夕神话
大荒山、青埂峰、通灵宝玉合在一起
成就《红楼梦》鸿蒙开篇
所有的石头都是故事的起源
火山喷发，熔炼出天地精华
长白山，仓颉造的每一个字仿佛都在为你起心动念

在漫长岁月里抒情

长白瀑布

这地久绵长的水流
这天长缱绻的发舞
山水相依
日夜不息涌动爱的音符
银光闪闪，六十八米高的深情落地
雷鸣震天，奔跑出二道白河
转至松花江的水流
在白腰雨燕低回声中抒情
在杜香与唢呐芹的目光里歌唱
于是乌头鸟、鸳鸯、绿头鸭找到了归宿
谢过天池的供养
谢过长白山的抚慰
你终将闪耀自己的光辉
流出自己的水流
松花江
一条浪漫多情的江

长白山天池

站在山顶，触摸天空
阳光明媚时才可以揭开她的面纱
你用湖蓝、藏蓝、海蓝

点睛长白，与天空对视
母性的天池蕴藏爱
尽管隐藏在群山深处
海碗盛雪、盛碧、盛晶莹的蓝宝石
三百七十三米深的内心
只有在北方敞亮，打开缺口
用水流激活长白山脉
流出深山峡谷
以飞瀑越崖的恢宏气势
做猛浪狂奔，吞吐日月神光
流泻千里
给长白山以热烈的回响

原发《长白诗世界》2020 年第 24 辑

作者简介：刘凤杰，中国诗歌学会会员，吉林省新诗学会理事。有作品发表于《诗刊》《星星·诗歌原创》《诗选刊》《散文诗》等期刊。曾获"夏青杯"首届全国朗诵文本大赛入围奖、四川理塘·第二届仓央嘉措诗歌节大赛三等奖、首届"中医药杯"华语诗歌大赛三等奖、吉林省总工会"抗击疫情·劳动闪亮"征文大赛二等奖等。

立春 （外三首） 刘晓东

打碎坚冰，放出体内流水
沉疴随即烟消云散
一切明媚，向暖而生

春风不厌人间
那么多虚度的光阴，就此打住
马蹄声将要踏出十里桃花

草根也是神圣之物
春幡挂起后
酒里的旧词正发新芽

泥土供出白雪
白雪已藏不住玄机，父辈说
应该原谅这个世界，并与寒凉和解

清明

我开始给您写信
信里，写满长风、春水
繁花一年一度
我的字，也将一个个跌落
像失去爹娘的孩子
随那些取悦松林的阳光一起
和您重逢

请原谅，今年今日
我无法带着杏花酒去看您
偶尔，一朵白桃花赶过来看我
像极了您的欲言又止
而我，分明听得心一痛再痛

我只能一遍一遍
靠想象缝补众多裂痕
有些裂痕，是您操持的往事
慈爱的笑容，细碎的叮咛
那么温柔，从不会惊动任何一场风雨
提前落下
在又一个夜晚来临之前
我想和您一起：
"看！这人间烟火……"

怀念夏天

被秋天押解着，我的目光
从枝丫间愈发稀疏的枯叶开始
向寒凉深处，索问你的去向

秋风浩荡，谁想过杳无音信
是故事的开始，还是故事的结束
这一切，是宿命还是轮回

现在，我只能在你离去的空缺里
放一盏霜一样白的月光，用来弥补
那行诗里丢失的色彩和温度

每当和你嬉戏的日子被唤作怀念时
我都会选择和落日对坐
那里是你的故乡，我心里有我的故乡

秋事

青山一个侧身
路就径直走到小村怀里
坡上的高粱唱红了脸
坡下的玉米，腰挂彩缨作和

在这里，随处都能遇见秋天的美

无论榛蘑、蒜辫、土豆干儿
还是豆角丝、茄皮子
都敌不过墙头那串红辣椒耀眼
这些，被婶子大娘掺进日子
放在秋阳下，晾晒成大堆大堆的笑声

更多时候，老黄牛翻出旧时光
一遍一遍咀嚼，现在
已经没有它用武之地了
只是，每当老父亲看向那些冒烟的铁家伙时
它也会停下嘴，或沉思，或回头望

作者简介：刘晓东，吉林省长春市双阳区山河街道隆兴村西山屯人。

土地，我无边的心灵的宿地（外三首） 刘晓燕

秋天的故事已进入高潮
土地的章节里
每一个句子都是金黄
每一个词都走向远方
每一个字都散溢着暗香

稻浪粼粼，阳光闪闪，镰声霍霍
遥远的村子里
秋风奏出农人的音乐
土地啊，我无边的心灵的宿地
我确信我的信仰和思想
此时与你靠得更近

如一件贴身的衬衣和血液融为一体
如宽宏的手掌传达给我的真谛
如永世的黄金的思想在大地和天空照临
如飞翔的翅膀沾满的沧桑和茁壮
如灯笼般的诗歌送来的幸福和吉祥

土地，我无边的心灵的宿地
我在你的血液里酿造玉米大豆高粱稻谷
在你的黑发茬上，甚至褐色的肉里
种蔬菜瓜果牛羊，以及鸡吠花朵
我们赤诚相见，以心换心，唇齿相依

土地，我无边的心灵的宿地
你让我拥有了骨头和梦
你让我忘记了大旱大涝忘记了灾难
忘记了命运中咒语般的部分

土地，我无边的心灵的宿地
黑夜中我要怀抱着你的芳香入眠
我也要枕着你的光荣睡去
明天早上，在冉冉升起的红日中
我定会看到有无数双手有无数面
插遍土地信仰的旗帜

月光下的村庄

这让人安静又爱喜的白月光，像极了雪
像极了银，像极了云，像极了羊群
起初也只是白、亮，接着是白亮
最后不知不觉，愈发像乳汁

猫儿醉了，脚步歪歪斜斜
顺着篱笆墙根，漫步
草木醉了，像我十八岁姐姐的模样
表情恬静，淡淡

一地拥挤的虫声，禁不住诱惑，喝着月光的乳汁
愈发纵情起来，把夜唱得越来越辽阔
藤蔓跳上栅栏，爬上柴垛
妄图把萤火虫的红灯笼吹灭

夜愈发沉得如旧时光，如记忆
摇篮曲摇得也愈发明亮、动人
菜园里的青菜，村庄外的庄稼
万物都竖起耳朵

只有村庄越来越摇摆，倾斜
还有那些被灌醉的花、蝶

还有那些经不起月光的手抚摸的
一会儿工夫，便都睡在自己响亮的鼾声里

稻辞

秋光寥廓
八万里云天宛若颂辞
纷纷聚拢到富顺这块土地
聚拢到一块块相割又相连的稻田上

最诚实的秋天替它们打开内心，敞开怀抱
心是田，田是心，是彼此命脉所系
是大地之源，是天空之岸，是生活之根基
更是我们农业民族的一首祈祷辞

千千万万株稻子借着金属的光芒全身披挂
大地尽带黄金甲
这光灿夺目的辉煌
这才是华夏的土地孕育的丰富和图腾

谁见过《麦天》收割时红火的场面
谁闻过《阳光的香味》的芳泽醇绵
给我们金子的稻啊
给我们命脉的稻啊

这些哺育人类的粮食

175

这些荡漾着大地纯朴的金色五谷
这些块块田田，这些无边的心灵的宿地
我在你的血液里酿造思想和信仰
也在你的黑发茬上种植沧桑与茁壮

让农业社稷，让骨头和梦
在最软的河流里开花吧
在最硬的石头里扎根吧
我要抱着你的芳香入眠
也要枕着你的光荣睡去

新图谱

一个节气，高擎着五千年的精神炊烟
一个节气，镌刻着千万万儿女
苦难又幸福的胎记

抟土为泥，我的父亲
他不识字
他不晓得汉唐魏晋、吕氏春秋
他也不晓得泥土下还有秦砖汉瓦

我的老父亲，你看他拙朴得多么可爱
你看，他又在这个节气里
埋下新的种子，栽下新的秧苗了
他又向人间描绘了一幅新的图谱

作者简介：刘晓燕，本名刘殿华。吉林省作家协会会员。作品散见《北方文学》《佛山文艺》《诗潮》《诗林》《星火》《辽宁日报》《中国诗歌精粹》报刊。获奖二十余次，出版文集四部。

我可能丢失了故乡 (外二首)

刘忠双

顺着家乡的小河
帆开始摇摆
我像墙头的草
摇摇晃晃　走进
波涛翻滚的大海
站在风口浪尖
我不敢回头

回家的梦
藏在深水区里叫卖
只为
把养我的人养老
把我养的人养大

站在被夜搁浅的船上
凝望身后渡口
我向月亮打听
丢在远方的故乡

母亲拄着拐杖

母亲累了
跋涉不动脚下的泥泞
撑不住向上的托举
放下肩上如山沉重
干枯的身体轻如炊烟
经不住一丝风吹草动
借用拐杖的支点
小心翼翼扶正
摇摇晃晃矮小的身影

母亲老了
饱经风霜的面颊
被时光摩擦的划痕
装满沧桑岁月
层层褶皱
包裹嗷嗷待哺的小嘴
奔淌过汗水
涨满深深的情

母亲拄着拐杖
叩响脚下的乡土
声音穿过父亲的坟茔
连着母亲的目光
凝望远方云彩

夜晚的灯光映照着雪花

一个人站在窗口
守着夜晚那份寂静
灯光数着柔和的雪花
无声的欢喜
留下一地的故事

借一盏灯火
点亮远方的家
在彼此的眸光里
取出火焰
燃烧内心的诉说

在遥远的近处
仿佛故乡走过来
瘦弱的灯光
牵着她的疼痛
在春天的路口
被漂泊的雪花打湿

作者简介：刘忠双，1965 年生，吉林省镇赉县沿江镇西二龙村农民。镇赉县作家协会会员。作品散见于《参花》《绿野》《鹤苑》等。

回忆的底片 （外四首） 吕丽

镜子里，这张不断被
风霜磨损的脸
忽明忽暗

我常常在风中
擦拭乡愁，却
不小心划伤了回忆的底片

我知道，此刻的故乡
秋浓，水浅

村头的老榆树旁
正升腾着一缕缕炊烟

时光的碎屑

她们从笑声里抽出
收藏的刀
挥向我
收获快感

刀柄绣满了花纹
刀刃涂满了蜜色

手起刀落的瞬间
我看到了时光的碎屑，和
飞谢的花魂

这些年，我一直在向生活妥协
向自己挑战

我喜欢在冬季种植雪莲
经常用榆钱打赏春天

此刻，我想停一来

静静地倾听风声
静静地欣赏，那

抽出的刀刃

锈迹斑斑

浪潮

人间安静，而
扑面而来的浪潮
湍急，奔涌

此刻，我成了赏花之人
看洁白的浪
簇拥着馨香的涛声
砸向暗礁

我，第一次领略到了
石破天惊

天平

可怜的香魂
浪漫语嫣后的精灵

只因种植了母爱
牵挂的花期
同岁月一起绵延

娇羞，深沉，柔弱而勇敢

我看着
时光的落叶
凋零
妈妈年轻的脸
沧桑浸染

当我也成了母亲
想把我对孩子无私的爱
高高举过头顶，置换
种下我生命的
来处

怎奈，天平总是倾向一边

思念，让我们如此感伤

很多人，都在
鹊桥上期待
牛郎织女的相聚

而你我，却
天各一方
同沐着人间的风雨

此刻，你在炉火上，烹制着
生活

我在书香里呼吸着
春天的芬芳

月光苍凉
笛声荡漾，一盏盏
远方的灯火
映照着
思念的忧伤

作者简介：吕丽，笔名旅笠，1972 年生，农民。中国诗歌学会会员，华夏精短文学会会员，吉林省新诗协会会员，长春市作家协会会员，公主岭市作家协会会员。作品散见于《永远的紫风铃》《山东诗歌》《精短小说》《春风文艺》等。

烟雨行舟 (外四首) 牛喜娟

已然失忆
便不记得人间正逢四月天
整日守在窗前
我很像落难的蝴蝶
在烟雨楼前独舞
风吹，鸟鸣以及花开
这些响声真切滴入耳洞
以此证明我的存在
同时振醒我混沌的灵魂
窗外，正摆动着青嫩嫩的柳枝
还有小区楼房拐角处
一丛丛隐约可见的花色
这刚好是我梦中要抵达的幻境
一切，极近极远
绝对是这个春天绝美的藏图

谷雨

谷雨，是代表春天
即将退场的最后一个节气
这时候，就算有再多不自由
这一日也让我心生欢喜
预示最美的绽放即将到来
我的心
也会生成一对绿色羽翅
自在，踏实，快乐
飞奔在辽阔而干净的尘间

草木深

对于我，春已远
爱情正埋没在草木中
风一吹
所有的叶子对着我颤动荣耀
我尴尬的是满头秀发
不知何时稀薄，现出丝缕雾白
这转换的速度的确令我慌张
只是我在繁茂的草木面前
选择若无其事
努力让体内所有细胞奔流
从容体会生命源泉的回落和寂静

因此，我不再蹙眉头
顺从着把自己交付出去
任凭时针碾压
忽然，我担心星星出现的夜晚
担心幽长的草木
是不是也在担心我已把
惆怅和枯荣
全部掺入它们之间

写给自己的信

春天流过
大地葱茏起来
我不再忧郁
凝视的眼睛有了虹彩
开始自由跳跃
灰霾散尽
沉睡的细胞开始复活
天空敞开了底蓝色
让我超越界限想去抚摸
炽热而宽阔的胸
像以往消失的爱情重新复现
而且所有触及不到的事物
都已不是泡影
于此，我颤动在初夏的路上

第一次，采撷金色花瓣
以诗的行距写给自己
忽然间，我流下莹莹泪水
亲爱的
这多像清晨的露珠纯净

古街，咖啡馆

日落
一条古街，咖啡馆
在星光和灯光下摇曳
尽显璀璨和温馨
来这里的客人
安适
沉浸在咖啡香中
给忙碌的一日
增添着雅致堂皇的趣味
一首深情的曲子
反复在小屋里旋荡
每个角落渗透着慢热的情调
最是那些年轻的男孩女孩
似一树青枝蔓
芽苞正从"血液和关节处萌生"
亦如纯真爱情
恰好在春天里绽放

作者简介：牛喜娟，四平市铁西区平西乡人。中国诗歌学会会员，吉林省作家协会会员，吉林新诗学会理事，四平市作家协会会员。有小说、散文、现代诗发表在国内报纸杂志，有作品获奖和入选文本。

深秋，一个生命的瓜熟蒂落

潘太杰

落下，不是我的选择
这是宿命，无法拒绝
哪怕这个季节，西风遍野苍凉无措
我想守却依然守不住
枝头这点儿寂寞
没有时间去悲伤感慨
更无须点墨去描摹勾勒
自然是最好的画手
风和雨，霜与露
还有阳光下的点点斑驳
还有谁能调出这么绚烂的颜色

也总有一点点的不舍

为从前保留着那点儿青涩
然而，时光信手一挥便是深秋
那么，落下，向着人间
从容也好，匆匆也罢
什么都不必说
因为秋季成熟了的
不只有果实和田野里的稼禾

当所有的目光投向一片叶子
投向一片火或者一片金色
当脚步被羁绊、被牵引
当梦也被燃烧，抵不住诱惑……
有风做伴，烘托
这一瞬间，我就是一只蝴蝶
就是一个精灵
就是一支盛开的花朵
走过春的浪漫夏的温柔
也走过风雨飘摇的夜
终于学会了飞翔
学会了舞蹈
学会了放飞自我

一切都恰逢时宜
不容错过
给大地一个拥抱
这不是告别

这是一场相逢
一个生命的瓜熟蒂落

作者简介：潘太杰，曾用名潘太玲，1974 年生。吉林省戏剧家协会会员，长春市作家协会会员，第二届长春市百名文艺新秀。作品曾多次获奖。

雪落东北 （组诗） 宋连柱

立冬，故乡雪来乡愁暖

立冬，以一场大雪纷飞隆重登场
在天地之间，蘸一抹雪意
信笔挥洒，故园老屋
倚在村口，把雪花揽在怀里
有心底儿的惊喜
望过来

年迈的父亲依然不肯停歇下来
仔仔细细地将粮食颗粒归仓
秸秆堆满庭院，存储够
一冬的暖，辽阔的田野
空置出来，等待一场

大雪，来住

雪落下的声音，轻轻
像深深的叮咛，是母亲
站在炊烟下唤我
落雪为念，给故乡一个
暖暖的拥抱，片片乡愁
落在母亲的鬓角

在岁月的深处，那个
披雪奔波的怀乡人
一辈子走不完的归途
是通往故乡的路

小雪辞

在忙完秋收之后
一场雨夹雪急急地赶过来

我与父亲默默地坐在村口
一声不响，享受难得的清闲
落雪的声音，被我们听见

雪落下来，携着雨丝
在割倒的玉米地留下的空白里
缓缓地，散落一地的安静

196

小雪凝水成冰，天渐渐冷了
最疼爱我的母亲，仔仔细细地
贮藏蔬菜和过冬的干柴

而雪花的白，开满幸福的村庄
安放在仓房里的锄头和镰刀
与满仓的稻谷叙说又一个丰年

那个在风雪中赶路的人
在我和父亲的目光里
慢慢地，翻过山岗

大雪日

大雪日，田野空旷
趁小东南风吹，两只喜鹊
衔来浅浅的冬意，筑起小小的暖巢

远方有一场大雪，浩浩荡荡地
赶来，村庄敞开大路
迎接思乡游子回家

父亲清扫庭院，邀三两老友
安然端坐，摆一桌龙门阵
煮雪，暖酒，重温往事

197

母亲拨旺乡下红红火火的生活
倚在屋角的白菜翠绿着
鲜鲜的，甜甜的

童话里的小红帽，天真烂漫的孩子
嬉戏着，追逐飞舞的雪花
撒落欢快的笑声

十二月，大雪封山，封不住
金大山的高耸，冬藏万物
藏不住杏树河生命的脉脉律动

冬至，故乡在雪夜中醒来

枕雪而居，我的故乡
在一声声鸡鸣中醒来

老屋透过窗花的灯光
照亮打净了稻谷的庭院
回味秋韵的老黄牛
跑来跑去的犬吠
枝头雀跃的愉悦
还有无边的乡愁
在深夜的尽头
也醒来了

急急赶来的大雪
把故乡裹得严严实实
老而弥坚的父亲
一双大手轻轻扫去
世俗的浮躁
一条宽敞的村路
在他的身后
一点一点地
亮了起来

母亲早起的身影
脚步匆匆，抱薪而归
在落雪知寒的仲冬
在料峭的寒风里
给灶膛添上一把干柴
通红的火苗温暖着故乡
扯起的炊烟弥漫着
乡下新米独有的
甜蜜清香

雪花依然这么浪漫
轻轻洒洒落在肩上
我尽享这自由美好的时光：
蹦蹦跳跳的童声笑语
欢快地走在
求学的路上

大寒，雪花静落迎春来

总有一场雪，赶在腊月里
在越来越浓的乡情里
一步一步地，走来

节令里的故乡，红灯笼高挂
更有难割难舍的亲情
雪花般，一朵一朵飘落

而贴满大红剪纸的老屋
茂盛地袅起年味浓郁的炊烟
弥漫着，黏豆包的糯香

还有，陈年老烧的酒香
醉了思乡游子
每一朵雪花
都蕴藏着春天的消息

作者简介：宋连柱，笔名宋连著，满族，1967 年出生。吉林省作家协会会员，长春市作家协会会员，鲁迅文学院第十五期少数民族作家培训班学员。发表文学和新闻作品三百余篇。

仲春古城 (外三首)　孙海

我虚构很多事情，关于北方，仲春古城
刚提笔写下：折朵桃花，别上羞粉的心事
父亲笑骂，一派胡言
散散落落，满地桃红便冻于荒野

冷。梨花白了三月的头。拄拐的人
踱步于乡间小路。那细碎的慌乱
惊散秃枝上的麻雀和雪鹎，引来整片森林围观

大风从清晨呜咽到第二天清晨，搅扰
耙田人的梦。土地浅融
收拾冬天的潦草，等谷雨、等立夏后
栽种花籽和果实，顺便救活叮咚的小河

沙尘暴铺天盖地从高原刮来

201

太阳迷红了眼。母亲，围着纱巾
站在海浪般翻滚的墙上
唤着，那个写诗儿子的乳名

雨落清明

站在露台上，遥望家的方向
高楼静默，如石碑
压在胸口。北方四月
一切都有了新起色
我想，草丛应该横扫老屋的荒芜
会开些不知名的小花吧
在春风中替我磕头，俯首听你唠叨
有关生活。放不下的心

月
阴晴着闯入梦里。梦里
我时常听见自己在低泣
时常眼睁睁看你因肝腹水鼓胀的肚腩
看你用针刺破浮肿的小腿
清水夹杂浊泪在你脚边淌成了河

祖父，如今这条河映着你的影子
遗落人间。遗落在年复一年的清明
天上没有一片云
可，我的心早被打湿

薪火

我常常梦到肩扛搂耙
稀疏的牙齿，在朝晨里梳理
原野的枯草
在你的脸上，留下一道道抓痕
你亦如从前般少言寡语
把万般宠溺都装在眼中
在风雨之间，擎起一把撑天的伞
有时，你会看我背起荆草
跳过正午的太阳，一步一步翻越沟壑
烟圈，便坐在老屋前的矮凳上
吐不尽落寞和伤感

如今，那把搂耙叹着气，高缚在房梁
掉光的牙齿，仿若从前的你，和将来的我
时光，把至亲的人推向悬崖两端
而多年积攒的薪柴还在
暂且，燎一把春火，灼痛纷飞的思念吧

二人转

锣鼓齐奏，板胡拉开仲春的帷幕
八角手绢飞转。里腕花唱得柔肠寸断
外腕花满台玉润珠圆

两把镶绸折扇，道尽人情冷暖
莫说透。远山脱了瘦骨，旧貌换了新颜
一碗烈酒，醉看杨柳堆烟

小檐年年燕来。独卧嫩柳
破天荒唱回单出头
看春光渐行渐远

生活，好似拉场戏
唱着唱着，就有走散的人

作者简介：孙海，吉林省洮南市蛟流河乡昌盛村人。作品散见于纸刊和网络平台。

在秋风里写诗的女人（外二首）

孙丽荣

秋风，起了
写诗的女人站在秋天的渡口，回望
盛开的花朵，依旧还带着芬芳
一个转身，夏天成了故事

秋意尚浅
写诗的女人独自徘徊在光阴的角落里
凝望，一阕心事
绕着飘飞的青丝听秋风
踮着脚尖，跟季节表白

秋风微凉
回眸间，写诗的女人

把相思写进秋风里
那被风一吹就疼的文字
书写着，已经归来的时光……

晚秋

季节的风，吹过岁月的枝头
在斑驳的秋色里掠过
风中的玫瑰正和秋作别
往事如花，又非花
多少美好在笔下启程又落幕
我们相约的未来
停留在含苞的花蕊里

幽深的季节，喜欢
在一首诗里
读你在月光里的留白
那些读了生疼的文字
被薄凉的风，轻轻一吹
一夜间，就成了一地细碎的回忆

握不住的季节，由绿变黄
一轮秋月也被相思望瘦
繁花落幕后
风起时，把你藏在心间
折一纸流年过往

可否许我一段时光
让我在岁月中，执一缕牵念
墨染沉香

野荷

不知道是谁把你遗忘
在野外一处偏僻的池塘
自顾自地生长
清香伴着夕阳

你不愿意化作佛前的那朵莲
宁愿月下，孤芳自赏
那一湾流水静静地流淌着你的梦
在梦里
你摇曳着一片夜色安详

不必去多想
曾经拥有的时光
那些走远的日子会在某一个时刻
婀娜着你的记忆
馥郁芬芳

有谁能够静静地望着你
试着读懂你的心
你送谁一片荷叶的清凉

还有晚霞里一只红蜻蜓
美丽的翅膀

究竟是谁把你遗忘
在那孤独的地方
你是否还记起,和谁有约
前世今生不相忘
谁赋你缕缕寂寞的相思
你许了谁一池淡淡的墨香

作者简介:孙丽荣,1972 生。长春市作家协会会员,老榆树农民
诗社社员。作品发表于《中国汉诗》《关东诗人》《诗家》《南华报》《海
华都市报》《榆树文化》《榆树人》等报刊。

岁月如歌 (组诗) 王凤立

杂绪

坐在怀旧的意识深处
故乡　我用乡愁塑造泥土的美德
再用民谣摹写水的神韵

一个闪念
在春的蓓蕾中酝酿
春色轻柔
悬于枝头

于是　我试图
模仿你的姿态
静静地摊开自己

毫无遮拦
就像倾泻的月华

随想

透过你的眸子
心愿
泛着朴素的光泽

掠过谁的心窗
抢了岁月的风头

尘世的粗粝
留在烟雨飘摇的
故乡

清风拂弄着阳光
和那些美丽的事物

还有你
苦苦追求的一生

奶奶的身影
在时光裹紧的日子里
闪着琥珀的光芒

枯叶如簪
绕过风韵
插入
红尘的鬓角

回首

忽然的一个悬念
一个动作
或是一个细节
在乡音的润泽中
茁壮成长

每一片情感的叶子
都长出诗的翅膀

那些富足的风韵
塞满尘世的藩篱

中间隔着
旷野的花语和阳光

大朵大朵的过往
从世俗的风骨中凋谢

枕着异地的月光

回味老家的山水

记忆

我对故乡的念想
被一只鸟镶进了瞳孔

再用飞翔的姿势
亲近民俗的淳朴

一些被光阴掩埋的村落
和着尘世间的沧桑
在远山的另一头
张望

此刻，情感的苇草
在乡音的润泽中
愈发苗壮

往事

坐在只属于父亲的南湖
我　很安静

和我一样安静的
还有隔世的父亲和祖母

天上的云
雾开河的水
和我一样

旷野空寂
忙碌的田鼠
也躲进了片刻的宁静里

唯有风
轻扶枯草
还有
尘世间的一些旧事

舒缓的阳光背后
打鱼的父亲
还有手执搬网的刘大潮

他们
坐在记忆的苔藓上

一张网
一张父亲用过的网
如荷花一样

瞬间 支离破碎

作者简介：王凤立，1963 年生，长春市九台区兴隆镇大荒地村农民。吉林省作家协会会员，长春市作家协会会员。作品散见于《吉林日报·东北风》《天池小小说》《小诗界》《流派诗刊》《太阳阁诗刊》《奉天诗刊》《诗人》《诗歌中国》等报刊。作品被《中国乡村诗选编》《中国诗歌年选 2019》《中国网络诗歌年选 2019》《吉林文学作品年选》等收录。著有散文集《月光家园》等。

请允许一枚逗号弯曲地活着（外三首）　王金霞

手指与脚趾，十指相扣
这不是春风点燃了爱情的字眼

请允许我以一枚逗号的样子
隐居在某一阙描写春天的词里
上下两个字，不知道我的真实身份
莫名地憎恨这根弯曲的豆芽
隔阻了它们拥抱的臂膀

把疼痛藏在一个"忍"字的刀刃上
不再锋利地切割回忆
在肋骨上雕坐标。以防
灵魂走失的那一刻

各路神仙能将肉身对号入座
送到母亲的那一缕炊烟上

花朵在谁人的鼻孔里酿香
我的春天瘦弱
仅剩下一扇窗的面积
路过的鸽子
偷偷摘来一粒春光
绑放到我床头的风铃上

原谅

从肝经里涌出来的火苗
平息不了上牙和下牙的战争
与这个阳气上升的节令不和谐的
是后背两条膀胱经守护的那条受伤的经络

一些颜色抢在蜗牛的触角前
爬上二十楼的窗台
柳如烟，花似海
这些人名一样的景致，一次次
举着春天，撞击我的心门
形容词们急不可耐地跳出来
对号入座着相关的事物
此时，灵魂像一只失语的犍
不忍心敲击木鱼不愿说出的来龙去脉

216

角落里那辆一言不发的单车
怀揣着罪恶感，怯怯的眼神望过来

早已原谅
原谅了红绿灯，原谅了斑马线
原谅了那双不听话的鞋子
原谅了那条冰凉的马路
和那块写着标语的警示牌

下一站，或许就是幸福

入夜，那个十字路口失眠了
路灯瞪着惊恐的眼睛。疼痛
把每一条斑马线都拉成猴皮筋
负罪感在上面跳来跳去

她是三月就飞来的蝴蝶
在车前旋转了两圈，再也扇不起翅膀
大椎穴里藏着的家，瞬间咳嗽两声

她也是一条背着井的鱼，腮里藏着乡音
鳞片下藏着炊烟、缆绳和梦想
没黑没白地游在这条街上

此刻
她用三十七度暖着身下的板油路

一只鞋挣脱了她的脚
鞋尖穿过斑马线
……
下一站，或许就是幸福

四月，我被一字团团围住

注定擦肩
这四月的城，不会察觉
一扇窗锁住了我
一张床抱紧了我
一个护腰裹住了我
一阵疼痛缠住了我
一颗泪珠淹没了我
一声呼唤唤醒了我
一贴膏药抚慰了我
一个念想托起了我
一根白发接住了我
一个影子陪伴着我
一杯水，一片药，一盏灯
一角蓝天，一只鸽子，一个窗台
……
一笑一忘一蹉跎
一夜一梦一留白

作者简介：王金霞，笔名留白。吉林省作家协会会员，柳河县作家协会副主席。作品发表在《诗刊》《山东日报》《人民日报·百姓中国周刊》等报刊。出版诗集《山外月》。

一场大雪带来的 (外四首) 王林凤

你并不能确定一场大雪会带来什么
山野、河流、村庄、行走的人被慢慢覆盖
世间仿佛回到原来的样子
既不荒芜，也不期待
时间坐在老式的钟摆上晃动
雪越下越大，灯火越藏越深

如果在那个懵懂无知的年代
你找到我
拉开清晨的窗帘
平原上冒出无数耀眼的星星

大寒

天冷到极致

东辽河成为整个冬天，或者
某个话题的背景
没有新雪落下的时候
我说万物也失去了生机
脚印变得模糊
我们沿着河边兜兜转转
始终没能绕过那条荒废的铁轨
阳光越来越矮，越来越远
骨头越来越陈旧
我们都是迎着落日奔走的人
向前盼有春风，转身
希望还有一个人等在原地

大雪来袭

大雪来袭，裹挟着西风
北方千里之地
大片的空旷被驱逐被流放
草木锋芒挫败，光阴停滞

月光不是刀
你提酒走过的长安
马蹄不在，城门虚掩
白雪皑皑，裹住尘埃

雪还在下

我想
读首关于雪的诗就睡下了
确切地说，我的窗外并非缺少雪意
连续下了几日，这情意足够深厚
白茫茫的辽阔呀
我却只有土地般的荒芜
一定还有什么是无法捕捉的
孤独地站立
失语者失语

顽劣的北风
退回夜晚的角落和树下栖息
大雪还在继续堆砌，一层一层
逐渐掩埋
所有的微茫之物

雪后

夜里敲门的雪
和黎明一起安静下来
落脚于河流山野，遍布黑白之间
我爱上这肃杀之美
阳光那么耀眼，尘世那么白

村庄是人间的另一个出口

一些人进进出出

他们盘好腰绳，舞动长鞭

山林醒了，小兽因此有些惊慌

满山坡的雪开始动荡

他们继续在荒芜中拓路

他们甩出春天的绳索

晨曦中，嗓音那么亮，一串串脚印那么深

作者简介：王林凤，笔名青花雨。中国诗歌学会会员，吉林省作家协会会员。作品发表于《作家》《光明日报》《中国诗歌》《诗歌月刊》《延河》《海燕》《阳光》《岁月》《吉林日报》《中国建材报》等报刊。曾在全国各种诗歌比赛中多次获奖。

庄稼地里长出来的诗句

（组诗）　吴冰

玉米

你以一个柔美的名字
抒写一部坚毅的传奇

你看起来弱不禁风
却挺过了一夜又一夜的狂风暴雨
你的长发飘然成一种婉约
却把身体挺立成一种豪放

你比稻谷更懂得守身如玉
不知花费了多少个不眠之夜
才为自己裹上一层层白纱

可你的丰满依然在月光下展露无遗

娇嫩时，你甘若玉液琼浆
喂养了多少个青黄不接的六月
成熟后，你就是米中的黄金
让关东的黑土地一再升值

从田野回到村庄
这是你渴望已久的归宿
你开始大大方方地
袒露自己丰硕的灵魂

端坐于门前的老爷爷
装上一袋旱烟，袅袅升起的
有欢喜也有忧虑

秋天，因你而一天天丰硕起来
冬天，也因你而开始在雪被下
孕育庄稼人又一年节节升高的期许

小米

是谁给你取的名字
竟然如此地小家碧玉
你真的好小
小到不忍心去碰触你的肌肤

我还真的没有想到
最早的解忧之物
竟源自于你小小的身体

在那个母亲乳房干瘪的年代
你就是哺育童年的乳汁
每一勺晶亮的小米稀粥
都是母亲眼里最美的花语

你何止喂养了塞北
那一溜溜挥镰的庄稼汉
更喂养了江南
那一排排燕语莺声的浣纱女

历史不会忘记
在那个炮火纷飞的年代
你和草鞋、步枪的组合
抒写了一曲曲走向胜利的交响乐

岁月迈过世纪的门槛
你又被赋予了时代的气息
一个刚刚崛起的民族品牌
正以你的名义，创造着新的奇迹

大豆

跟小米相比
你确实算是庞然大物
但跟土豆相比
你的名字不免有点儿虚张声势

你虽然矮小得令人怜悯
却总是棱角分明，风雨不惧
如果主人忘了收割
你就会急不可耐地破壳而出

亲吻亲吻这多情的泥土
抚摸抚摸这恋恋不舍的秋风
看一看那高粱的醉态
望一望那调皮的云朵

把自己发酵成缸中的美食
农民的日子就会更加有滋有味
把自己榨成透明的液体
乡村的岁月就会香飘四季

还是和奶粉结一段因缘吧
这样，就会把晚霞留住
一直到启明星
把一缕缕袅袅的炊烟唤醒

水稻

是羡慕出水芙蓉的天生丽质吗
所以，你才义无反顾地
离开温暖的苗床，把自己嫁给水
嫁给江南的水，嫁给塞北的水
在水中尽情铺展你绿色的釉彩
在水面扬起你十里稻花香

你在我的童年里分蘖
我的童年在你的长势里拔节
一粒粒晶莹如玉的稻米
喂白了多少少女的脸庞
养嫩了多少农妇的肌肤
丰盈了多少炊烟袅袅的日子

你永远不会忘记那个叫袁隆平的人
他一生都在与你朝夕相伴
你在他的注视下扬花抽穗
他在微笑里阅读你的灌浆壮籽
你在纵情的繁殖里，把人类
一面又一面温饱的大旗高高擎起

高粱

你生来就喜欢出人头地

无论立足于高高的山岗

还是扎根于潮湿的洼地

你都要挺直铁一般的腰杆

把目光伸向白云缥缈的高空

炫耀着泥土的芳香和生命的力量

你红红的籽粒紧紧抱成一团

无论有多大的风雨来袭

你都不肯舍掉一颗籽粒

即使你的籽粒被红脸膛的庄稼汉

剥得一干二净，你仍然束起发丝

把厨房里的日子洗刷得纤尘不染

把生米煮成熟饭，大门外

跑过的孩子，纷纷被你的浓香吸引

农家的孩子不分彼此，端起碗

就是一家人。老爷爷用你翠绿的秸秆

编一领大大的席子，土炕上的岁月

就会慢慢在余晖和晚霞里苏醒

原载《时代文艺》2021 年冬季卷

作者简介：吴冰，本名吴凤喜，1966 年生，吉林省梅河口市农民作家。国际汉语作家协会会员，吉林省作家协会会员，吉林省科普作家协会理事。在《梅河口日报》《吉林散文诗》《中华文学》《中国文艺家》《时代作家》《鸭绿江》《中国教师》等报刊发表作品数十万字，并有作品入选《中国诗歌年选》《中国散文诗年选》《中国网络诗歌年选》《吉林文学作品选》等三十余部诗文选集。著有诗集《送你一枚月光》和《冰凌花》。

写给季节 闫云波

立春

漫天的雪花
已经叩响了春的门环
村口的柳枝
也在
二月的风儿里柔软
一双双期盼的目光
把归乡的行程缩短
薄薄的船票啊
承载了幸福的团圆
剪一幅红艳艳的窗花
日子
在立春时香甜

231

浓浓的乡愁
夹裹着淡淡的炊烟
屋墙上的福字
辉映了
爸爸妈妈的笑脸
小年的饺子
迎接了明媚的春天
斟一杯
爷爷的陈酿
我的脚步
和你的相思
一起走向春的欢颜

雨水

爆竹的残屑
如烧红的炭
融化了一个冬天的冰雪
村子里的酒香
温暖了
落寂的田野
越来越近的阳光
正在把春天的景色描写
忙碌了一年的脚步
在这辞旧迎新时停歇
门外的枝头上

是欢快的麻雀
整理一个舒心的微笑
你含情的眸子里
依然是我的世界

冬天渐行渐远
雨水
冲刷着季节的残缺
小村的路
小城的街
依然弥漫着想你的感觉
昨夜的星
明晚的月
依然会心疼我的离别
送一句祝福
留一句相约
雨水时节
你的思念
是我火树银花的世界

谷雨的诱惑

杏花新粉
柳枝婀娜
溢香的垄畦
泛着四月的焦渴

233

一粒粒饱满的种子
被粗糙的手
一次次抚摸
一声声布谷鸟的呼唤
让田野里响起
马达的歌

沥沥的雨滴
敲击着黎明的寂寞
蒲公英的花
招摇着季节的羞涩
一行行飞雁
煽动着谷雨的诱惑
欢快的溪水
涌动着四月的蓬勃
把希望撒进泥土
远方的你
我等待着
把甜蜜收割

夏至

这一天的夜晚
最为绵长
长得让我不敢
进入梦乡

我真的怕我醒来的时候
一个人孤单在
夜的空旷

这一天的白昼
最短
短得让我来不及
打理行囊
掬一捧
江南的梅雨
让日子在遥望中坚强

这一天的夜晚
思念最长
总是把无眠
放在有你的过往
轻摇的柳丝
斑驳了淡淡的星光
摸一摸此刻的炽热
能不能风干
我想你的痴狂

这一天的白昼
满世界都是阳光
我薄薄的影子
总是在我

脚下躲藏
摘一片翠绿的叶子
折叠成信笺
装进几声家里的蛙鸣
让它去陪伴
你一个人的远方

这一天的夜晚
窗外没有星光
屋角的虫鸣
也带着一丝丝潮湿的忧伤
把牵挂弥漫进
潇潇细雨
他乡的小城里
你是不是也把这夏至时节
吟成想我的诗行

立冬

你在
厚重的霜降走来
急迫的脚步
踏着冷静的节拍
漫天大雪
是你的嫁妆
红艳艳的冰糖葫芦

是你带给
这个季节的色彩

你在
落叶的纷飞中走来
远去的雁行
不能感觉你的情怀
老屋的炉膛里
为你燃烧着火热
妈妈的黏豆包
为你的归来喝彩
那河畔的细柳呀
在你的目光中摇摆

你在
小雪的凝望中走来
晶莹的冰层里
孕育着春天的澎湃
没有蝶舞
没有花开
只有轻盈的雪儿
漫舞出盛世未来

作者简介：闫云波，长春市九台区苇子沟街道新开村农民。德惠市作家协会会员，惠风文学训练营学员。有数百首作品发表在报刊和网络平台。作品曾多次在征文活动中获奖。

那是月亮，
最深的遗憾 （外二首） 姚亚英

玻璃窗上，因风摇晃的月亮
让我很着急
佳节在即
真怕它会掉下来，摔个粉碎

秋夜渐寒，多情的蟋蟀
吵嚷千年，无果
忽然想起老屋明媚的天空
想起，尘封已久的诺言

没有先知先觉，经历了
才知道走过的
是风景
还是错误

花儿正艳，月儿向圆
我不说心海又起多少波澜
去年的中秋节，多地都在下雨
那是月亮，最深的遗憾

我和一只毛毛虫

和一只毛毛虫同食树上的樱桃
它吃它的我吃我的
我不知道它有没有发现我
它没动，我哆嗦了一下
继而便起了伤害之心

我拿一根树枝去扒拉
它抽搐着弓起腰身
那样子像是作揖
我顿时手软

其实我并不能完全理直气壮地
去独占这棵树
它比我先到
也许这棵树就是它的家
它在自己家中食宿天经地义
我也不能够确定
那些樱桃到底为谁红

我犹豫不决
每动它一下它便鞠一次躬
哪有这么礼貌的入侵者
我想一定是我错了
羞愧地丢掉树枝

晚上我做了一个奇怪的梦
梦里我也是一只毛毛虫，只是颜色不同

路遇一只小蝴蝶

它太性急了
等不及裙子上的花画完
就从画里飞了出来
一定是前世有约，怕误了花期

飞飞停停，几次三番
萦绕我粉红色连衣裙炫舞
我猜想它不是把我当成花
就是把我看作了蝶

而我只是红尘一过客
赶紧，加快了脚步

作者简介：姚亚英，女，1973 年出生。中国诗歌学会会员，吉林省作家协会会员，老榆树农民诗社社长。作品刊发在《诗刊》《人民日

报》《吉林日报》《参花》《精短小说》《华人歌词》《今天》《长春日报》
等报刊，有作品入选多种文集。出版诗集《跛行》。

太阳照在查干湖上 (外三首)

于俊娟

光芒辉映光芒
热烈拥抱热烈
湖风凛冽
太阳照在查干湖上

此时此刻
美丽属于查干湖
激情诠释查干湖
赞誉盛享查干湖

当头戴狗皮帽子
脚蹬乌拉鞋的鱼把头
高举烈酒昂头而进

北风的咆哮被满腔豪气降服

当牛角号吹响
阳光抚慰每一副面孔
庄严祭拜
醒湖的香魂烛烛传递虔诚
安代舞舞动猎猎旌旗
遥拜铮铮铁骨

当马蹄如鼓踢踏响起
天生在水的鱼
纵身，腾起
万尾鳞光朝圣日光
人心饱满天地祥和
布现光芒万丈

当头鱼身披红彩
以重金一锤定音
八方喜报媒纸纷飞
原始渔猎部落
自远古至今朝
又二十载乘风漠北
远播重洋
……

查干，圣湖

243

镶嵌在松嫩平原的明珠
流光向暖
如幻，如莲

又逢今朝湖事丰满
冰天雪地竖起金字招牌
晨曦渐近
太阳照在查干湖上

期万物以丰饶
敬苍生以为祭
祈长天以厚祉
许大地以恩慈

还原青绿

我看见的，是你笔下叠峰缥缈
我看不见的，是你如痴如醉滴血研墨
我听到的，是美妙音符怡然充盈
我听不到的，是你心音流淌奔涌
所有这些都与霓裳烟花无关
跨越千里江山，应千年时光之约
在一缕春光里
涅槃重生
峨峨发髻如山
缓缓折腰似水

长袖推波流韵
一点点一寸寸把藏胸青绿还原

春天的序章

用爱调浓墨汁
安住悬而又悬的心
每天鼓励自己拓笔开疆
点种饱满的种子

向阳花温暖
宜埋太阳起身的东边
梨花雪儿耐寒居北
桃花烁烁十里向南
正西留给喜站高枝的丁香
中间多点攒些汁泥
包浆净白的莲籽

时刻提醒自己
运笔要轻要稳收笔要利落
这些
只是暂且暂且

当春风十里
当集结号响起
当燕语轩窗

梦里梦外
再严丝合缝的门
也挡不住手拉手的力量
那一刻
繁华是你
锦绣是你

浮生半日

蓝天白云
端映近水
相应连绵于远山
看似脱离烟火
又钩钓着人间烟火
说不太清其究竟
或许那一线垂钓的是解脱

其实，越不明言的
越是真正清楚的
就像那甩出的长线
等鱼等云开还是在等
膨胀的欲念
趁光阴尚好
索性交出肉身
鱼与欲
由他——

作者简介：于俊娟，笔名寒梅傲雪。吉林省作家协会会员，松原市作家协会会员。有作品刊于报纸杂志，有散文、诗歌入选多部文集。

父亲 （组诗） 张银平

父亲的钢笔

这么多年我一直在想
父亲的衣兜上面
如果不留下一个小口
他的钢笔一定是要别在女儿的心头
那件洗得发白的制服以及上面的补丁
所有的漏洞都补上了
唯有上衣兜里插笔的窟窿
总是给体面留着
父亲的儒雅就与一支钢笔有关
父亲看了一眼窗外的天
就离开了我们
天在我的心中就有了墨水的蓝

这么多年
我料定那只钢笔他依然在卡着
父亲用它记录着
另一个世界的悲欢
我去给学生买本
突然想起再给父亲
送去一个笔记本
让他书写对女儿的挂念

墓前

父亲，您那里
是不是已经春暖花开了
透过您墓前的残雪
我分明闻到了花香
此刻，您会不会摘一朵小花
像小时候那样，别在女儿的发间
如果您衣服正单
我就把这堆火点燃
让我看看您青筋凸起的大手
在那边是不是磨出了老茧
姐妹们都来了
带来了一家人的团圆
您还会依稀喊出我们的名字吗
然后慈祥地说
我的女儿们个个都拔尖儿

此刻北风正急
上天用严寒考验着
女儿们对您的亲情
父亲，我们回来了
您会不会跟我们一起回家过年

爹，我给您带来了饺子

爹，这是您生前最爱吃的饺子
饺子里有一棵酸菜的人生
这么多年
我一直以白菜的姿势守望您
那只飘舞在地里的白蝴蝶
就是我写给您的家信
这每年一次来看您
总被我们当成您生前
留给我们的约定
我知道那里的雪
早已经被您扫得干干净净
您总是用这种方式告诉我们
您曾经有一个一尘不染的平生
爹，我们已经摆好了
给您的供品
这是您最爱吃的饺子
每一个弯度都倾向于您
我不想掀开这片雪地的一角

这尘世里的白雪
谁盖上都会睡得很香
今年我们在您的坟前留下脚印
您一定会认出哪个是我的

作者简介：张银平，女，吉林省四平市铁东区叶赫满族镇兴隆村农民。吉林省作家协会会员。有作品散见于报刊及网络平台。

失眠的桃花及其他 （组诗）

赵广梅

桃花失眠

一朵失眠的桃花在南方
一朵失眠的桃花在北方
南方和北方的桃花，总是
各怀心事，各表一枝

今晚，我不问南方的桃花
有没有失眠，只问一直在
我心里的那朵北方的桃花
失眠时，是不是把我挂在
它难眠的睫毛上，辗转反侧

挥泪如雨

长在梦中院落里的桃花啊
春天未到,我就一遍遍
打探你开放的消息,但我
都是在秘密中进行,不露
半点儿消息。北方失眠的
桃花啊!春风还没告诉我
几时能够打开你的消息

四月的风

四月的风,衔来一阵鸟鸣
山野渐渐绿了,绿得四月
像一枚,还没有长大的青杏
一天到晚,到处乱跑的风
上蹿下跳,像顽皮的村童

我越来越老了,没了风的
个性,喜欢拎一条小板凳
坐在春风拂面的田野里,捕捉
风的眼神,吹醒诗的神经
纳一串风的暖意,绘一条
满是鸟语花香的山村小径

这个时候,我更想把天地

拼接成一张立体的画板
为大山涂色，引人入胜

蝶恋花

蝶恋花，是花丛中
一个与蝶有关的梦

蝶在花丛中飞来飞去
飞去飞来，不肯离去
圆梦，是蝴蝶一生
最喜欢最钟情的事

蝶恋花，蝶在凝视它
飞旧的翅膀，它想
换一副新的，它飞高
飞出梁祝泪崩的故事

蝶恋花，蝶是花前世的爱人
找到花，就找到了
自己那颗不改初衷的心

蝶恋花，是蝶在寻觅
自己落在花丛中的影子

农事，在冬眠的梦里

隐藏在犁铧尖上的农事
在农家的角落里深眠
备耕还没从早春的嘴里喊出
小院依然宁静

站在柴草垛上的公鸡，发出
最响亮的一声喊，仿佛春天
又近了一步。院子里的积雪
还没等到春阳的缠绵，有点儿
矜持不住，它知道春天的
脚步，又向它迈进了一步

落在树上的喜鹊，酝酿了
半天的感情，也没把嘴里的
喜讯喊出，或许在等待一个
机会，给农家一个惊喜

农事，还在冬眠的梦里
等待犁铧的一声破土，春
就有了乡村藏不住的故事

作者简介：赵广梅，吉林省临江市人。中国诗歌学会会员，吉林省作家协会会员。作品散见于《意文》《岁月》《作家报》《陕西文学》《延河》《绿风诗刊》《中国年度优秀散文诗 2019》等报刊及选集。

我们和春天在一起 （外一首） 吴彦哲

梦里，听到了雁鸣。那一声声清脆的呼唤，激荡起清寂的时光，也把久违的萌动种进我尘封的心田。

风儿四处招摇，于城市或乡村的每个角落，把纯情的吻印到姑娘的脸上。

迫不及待地推开窗，眺望天空的云，不知哪一朵是从南方飘来。

江南的四季都有馥郁的花香，江南的姑娘大抵也都温柔如江南的水。我向往江南，但我的依恋在北方，我只能站在高处眺望，西子湖畔的一株早梅，开满了我的等待。

总以为，人间最美是故乡的原风景，带着乡土的气息，带着野玫的芬芳。所以我对美的认知，一直停留在十八岁我青涩的情愫里，并在余生执着地守望。

当岁月的风洗尽铅华，当南国的一朵明艳绽放成眼中的风景，我终于知道我一直相守的只是一个绮美的传说，一种难以名状的酸涩瞬间迷离了我熟悉而又陌生的期待。

仙人榻上一眼甘洌流淌着爱的忠诚，金童玉女的神话在云端缥缈。我只想撷一朵桃花的芳菲，把久别重逢渲染成逝去的青春。

踏着嶙峋的孤山石，俯瞰坡下涌动的春潮，心里也澎湃起涛声。你虔诚的瞻仰，叩响青云寺陡峭的石阶，也在缭绕的香烟里，窥探到你的心事。

鸿雁归来兮，终不过是短暂的停留，或许只为圆一场曾经的相遇。当空气再一次在北方的苍白和单调里冻结，你依然会飞向远方，一个明媚的召唤里。

我不能追随你的轻盈，故乡的泥土里种满我沉重的乡愁。

为你，绘一幅江南的水墨丹青，让思念再一次温柔我的梦。纵然在清寂的冬夜，也能闻到花的芬芳，因为有一朵桃花正开在我的心上。

把你的名字，和着四月的温柔，郑重地珍藏进我的回忆，直待又一场思念随着草芽疯长。

以春的名义，约你……

只此清明

我的心情，久久不能从湿漉的空气中打捞出来。这个厚重的节日，载满我忧郁的思念。

远山，在一片雾霭中升沉。苏醒的土地，萌动着无尽的渴望。空旷的时光里，仿佛听到一声声源于心灵深处的呐喊。

清明多雨，是天时与农时的契合，抑或是心灵与事物的碰撞。飞扬的纸屑，淹没了喃喃的私语。

四月的喧嚣，和进泥土的原香。忽而飘落的雨丝，织成一幅柔美的面纱，天地人间宛如幻境般朦胧。

农人的犁铧，把黑土地梳理得条理分明，每一颗希望的种子，都让丰收的梦在守望中渐趋饱满。农谚深植于每一个耕耘者的心田，光阴流淌成深情的期冀。

山野间飘来缕缕清风，似也能染绿落寞的心情。掺进四月的色彩，掺进四月的芳菲，把生命的气息渲染得愈发浓烈。

山花还在踌躇，是否该把青春就此献给人间。草芽却已迫不及待地钻出，昭告一季蓬勃的开始。

山野质朴的情怀一如我可爱的乡亲，目光努力从忧郁的思念里挣脱。顺着起伏的山势，追随林梢游走的云朵。

喜鹊在林中窥伺遗落在田垄上的种子，那一份欣喜的等待，竟也明媚了黯淡的心情。

经冬的碎叶在林中铺上一层绒毡，绒毡下的泥土是上好的花肥。

白桦树亭亭玉立，青松的身材挺拔俊美，一身皮肤却粗糙得不能让人抚摸。树杈上一个并不精致的鸟窝，堪能遮挡四季的风雨……

人间的草木慌乱地融进大自然生长的节奏。

山谷中一声清脆，是牧羊女向大自然的庄严宣告，这片山野，只属于她和她的羊群……

无须在沉浸的时光里挣脱，大自然的气息已让我迷失了回家的路……

作者简介：吴彦哲，笔名楼兰王子，吉林省伊通县人。作品散发于《中华诗词》《长白山诗词》《四平百年诗人作品选》《四平日报》《中国魂·散文诗》《吉林散文诗》等报刊和作品集。作品多次在全国各类诗词赛事中获奖。

萌——畅想春耕时节 杨朔

细雨悄无声，远山泼黛色。

布谷鸟，迫不及待地游说天下——几番开嗓，陌上春事已提上日程。

绿，从芽儿心里涌出。一树树，一山山，深深浅浅，循序渐进，激活每一处原野，没有遗忘角落。

花色，从蕊心里走起，洁白就梨花，绯色润杏花。红红与白白，又予桃花。一朵朵，一簇簇，灼灼其华。香绕枝头，妥妥几分小女儿的心思。

纸鸢盼到东风，抖落一身尘埃，扶摇直上，九万里长空尽逍遥。它追寻的远方——远方的远方铺排过来的依然是春的讯息。

泥土和杂草的香糅杂一起，弥散四野，熟悉的味道，年复一年。

老牛，"哞哞"几声，奋力直起脖颈，锃亮的铁犁勇往直前，土地的心扉被打开。

种子，蓄力已久，更愿意把心伏在土层下，她要的沉甸甸，就此扎根。

耕种的人，向黄土的脸，汗水淋漓，透着黝黑的亮。扶犁的手，老茧丛生，把握秋实的方向。微驼的背，单薄倔强，为家挺起天的一方。

春天，每一寸时空都是起点。

把心交给春天，种下梦想，日月会捧出一丛草色，希望从此萌发。

作者简介：杨朔，女，1978 年生，吉林省伊通县小孤山镇西大有村人。有文学作品在报刊发表。

散文

微心愿，大情怀 丁传红

　　我在朋友圈里看到一篇文章《没见过世面的穷女孩，牛排都是点八分熟的》。讲述一个从小家庭拮据的女孩，因贫困所限，从小自卑而敏感，到了大学之后，从小镇出来的她，听着别人谈论品牌和奢侈品，更是不敢张口说话，生怕惹人笑话。第一次去西餐厅，她点了一份八分熟的牛排，后来才知道，牛排的熟度是单数，例如三、五、七成熟，点了双数显得很外行，她为此感到极其自卑。

　　看过这篇文章，我的内心也有些许感慨，能理解女孩的自卑心理，但同时又觉得，不懂也很正常，或许大多数的人，不仅不知道这种说法，甚至连牛排都没见过、没吃过。我在文章下面留言："我也没吃过汉堡包，没吃过牛排，没去过咖啡厅……看了这篇文章，才知道牛排还有几分熟的说法，学习了。"没想到，这段简短的留言，竟开启了我人生的无数个初体验，有幸成为吉林残联"我为群众办实事，助残点亮微心愿"行动的第一个实现"微心愿"的体验者。

265

在省残联就业服务中心党支部领导和党员们的陪伴下，我先后参观并体验了省残联中等职业学校、省残联就业中心、摩天活力城、省残疾人康复中心、长春市东北科技职业学校、欧亚新生活商场，在西西弗书店与相隔十二年未见的残友见面，参观了省残疾儿童康复中心，游览了长春雕塑公园，等等。除此，还体验并感受了许多个人生第一次。比如，第一次养生刮痧，第一次吃汉堡包，第一次吃牛排，第一次吃春饼，第一次与失聪小朋友共进午餐，等等。

　　这些特别的体验，每时每刻，都让我的内心被温暖和感动充盈着，被所见和所感震撼着。省残联中等职业学校分门别类，针对不同残障群体的孩子各自不同的需求和能力，提供不同的学科和技能，残障青年在这里都能学到一技之长。走进学校图书室，看到正在安心读书的孩子们，那么多的书籍，那么好的环境，内心竟不由得触景生情，感慨万千。我的曾经，他们的现在，千差万别，我为他们赶上这样的好时代深感欣喜和安慰。在省残联就业中心，我看到了省残联为残疾电商和网络直播提供的不同风格的工作室，优雅的环境、先进的设备，我不时感慨的同时，也深深地羡慕着这些走进直播间的残友们。

　　几年前，我曾去过省残联康复中心，那时就觉得，在康复中心里，不能走路也没有任何的障碍，非常地自由和方便。时隔几年，当我再次走进焕然一新的康复中心，一瞬间被好多高科技产品、康复器械、专业的康复理念深深地震撼了。通过亲自体验，内心更是惊喜连连。那一刻，我深信康复的力量，如主任所说："康复就是效果。"大开眼界之余，内心无比感慨，若不是亲眼所见，坐在家里无论如何也想象不出科技的发展和力量，这里改变了太多人的命运和人生。

266

此行，在省残疾儿童康复中心，我还看到了很多失聪小朋友正在接受康复治疗，那一双双灵动的眼睛让人心疼。但令人欣慰的是，在六周岁前植入人工耳蜗的孩子，在专业老师的康复指导下，经过系统的康复学习和锻炼，这些孩子以后完全可以像健康人一样融入社会。并且，零至六岁是听力障碍儿童关键的一个抢救时期，康复治疗、植入人工耳蜗都是国家免费救治项目。生于华夏，何其有幸！

无论是康复中心，还是儿童康复中心，我感触最深的是医护工作者的耐心和细心。一对一陪伴孩子的老师，特别是针对孤独症孩子的陪伴，每一个动作，每一个发音，都要经过无数次的沟通和引导，没有特别大的爱心和耐心，是做不了这项工作的。我甚至还忍不住想，这里的老师，是不是也需要适当地做一些心理疏导，以减缓长期处于这种工作状态下产生的压力和压抑呢？然而，我的想法或许是多余的，看到那些医护人员，那些老师，每个人都如同一个小太阳，她们自带能量和光芒。

在长春的日子里，在省残联的关爱下，温暖在我心里铺天盖地地蔓延，太多无以言表的心情在心头涌动。我深知，这种庞大而厚重的爱，将成为我生命中一辈子的暖……每天，不同的陪伴，不同的地方，都会留下太多的感慨和感动，有一次次地哽咽，也有太多的欢声和笑语。省残联的领导们说，他们做的只是举手之劳的小事，而在我心里，这些小事却是如此盛大而隆重。

我从小生在农村，长在农村，以足不出户的状态生活了几十年，深知环境对一个人内心的影响有多大。省残联的领导们也殷切地希望，通过"微心愿"这个主题平台能够影响更多人，带动更多人，更好地服务于残疾人朋友，让更多的残疾人走出家门，融入社会，平等参与，残健共融。希望残疾人朋友能够感受到来自社会的关爱和温暖，也希望所有残疾人朋友从心灵到精神上都能够真正地站立起来！

我如此有幸，成为"微心愿"的初体验者。"微心愿"开启的不仅是一种心愿，更是一种大情怀，是大爱的行动，是温暖的力量。它的意义，不仅仅是体验一次商场，品尝一次美食，感受一些未曾感受过的事情，它的意义在于能够见识并感受到世界的美好，才会更渴望把自己的人生活得美好而精彩。希望这份温暖，如同种子一样，植入在每个人的心灵里，生根发芽，长成参天大树。同时，我也深信，爱的光芒和能量，不仅在吉林大地上播撒，"微心愿"也将会以不同的方式，照耀到世间的每一个角落……

作者简介：丁传红，吉林省集安市人。自幼患病，以轮椅代步。代表作为十七万字自传体小说《活着，一件如此幸福的事》。曾先后获得"吉林省十大农民作家""吉林好人"等荣誉称号。

岁月如歌　于佳琪

　　爱好写作多年，我早就有过出书的梦想，但是都因为各种原因，没有实现这个愿望。我总是认为自己的作品离真正出书还有一定的距离，不敢出书，后来真正地想开了，其实出书是对自己多年爱好文学写作的一个总结，才下决心出版自己的作品集。

　　记得在小的时候，我就非常喜欢读书。在企业部门工作的父亲每次出差回来后，都会给我买回来几本少儿读物。每次读起这些少儿读物我都是爱不释手，别的孩子都跑出去玩游戏，我却在一边悄悄地读着自己心爱的书籍。

　　姥姥家在朝阳住，离我家至少要有30里路。一次放寒假，母亲要领着我去姥姥家，我们在本地供销社等车的时候，我见供销社卖书的柜台前新来了一批连环画，就央求母亲给我买几本。因为当时一天只有一班去姥姥家的客车，如果错过了，就只有步行去姥姥家。母亲对我说："客车就要来了，还是别买了。"

　　可看着我期盼的眼神，母亲的心软了下来，帮我挑选了几本连环画。但是当我们走出供销社的时候，客车已经过去了，没办法，我和母亲步行了近 30 里路去姥姥家。

1995 年的时候，我在公路段的一个道班任计统员，不仅每个月上报上级公路管理部门的 50 多种报表都要我来负责整理，我一个月还至少要上报两篇稿件。公路段内部办了一个简报，还开设了文学副刊，择优发表通讯员的来稿。一次，我心血来潮写养路工的诗歌，诗歌很快就被发表了，班长从公路段开会回来，拿回来那期简报，我高兴地看了一遍又一遍。

自此后，我的写作兴趣更浓了。那一年我被公路段评为优秀通讯员，奖品是一只几百元的钢笔。

我们订了很多交通系统的报纸与杂志，有《中国交通报》《中国公路》《人民公路报》《吉林交通报》等。积累了一些写作经验后，我想往这些行业内的报刊投稿，就挑选了自认为最满意的一篇投给《中国交通报》。因为当时还没有电脑，投稿要手写稿，然后通过邮局邮寄。一个多月后，我正在单位整理文件时，班长拿着最新一期《中国交通报》递给我说："小于子，你的诗歌在《中国交通报》上发表了。"

我简直不敢相信，我的诗歌竟然能在交通系统最高的报刊上发表，我接过报纸，激动得流出了眼泪，当天晚上更是一夜未眠，拿出这期报纸看了一遍又一遍。能在《中国交通报》上发表作品，我就更有信心了，将我的习作通过邮局投给《人民公路报》《中国公路》《吉林交通报》等一些行业内报刊，很快我的习作也在这些报刊上发表了。

1998 年，《舒兰报》正式创刊，我又开始给《舒兰报》投稿，最多时一年在《舒兰报》发表几十篇作品。后来我又向本地区的日报与晚报投稿，记得最多一年在本地区的《江城晚报》发表作品上百篇。有了这些经验跟成绩，我的信心更足了，不仅开始往全国各地的报刊投稿，还经常参加全国各地的文学大赛。

因为写作成绩突出，我连续多年被市委宣传部、《江城日报》《吉林日报》《吉林交通报》《吉林电力报》等多家单位、媒体评为优秀通讯员，在《人民日报》《散文选刊》《陕西文学》《地火》《草原》《中国作家》《大地文学》《岁月》《上海诗人》《椰城》《星星诗刊》《人民日报》《新民晚报》《大公报》《国际日报》国内千余种报刊发表6000多篇作品，近500万字，并多次在全国性文学大赛中获奖。

因为爱好文学写作，我投入近16万元自费出版《细鳞河报》190余期，因此而被央视10套专题报道。

2016年，我被吉林省作家协会、吉林省文学院评为"吉林首届十大农民作家"的殊荣。2017年，我的诗集《月亮底下是故乡》成为吉林省作家协会、吉林省文学院重点作品扶持项目。2018年我被地区作协上报，参加吉林省第五届中青年作家班的学习，这个经历更加开阔了我的创作视野。我们这些来自全省各地的68名同学，每天认真聆听文学大师们的授课，享受一道道文学的大餐。短短一周的学习时光，令人终生难忘。培训结束后，我们成立了"五届中青年作家班"同学群，还出版了我们这届同学的作品集。

2020年，我出版了自己的7部作品集，散文集《走进梦想开花的日子》《时光书里的精彩》《难忘旧时光》、诗歌集《月亮底下是故乡》《情恋故乡》、散文诗集《岁月留痕》、小说集《漫漫红尘路》。2022年，我又相继出版《无边风月》《岁月如歌》《点亮乡情的日子》等几部散文集。2007年开始，由我主编的《细鳞河报》也已经出刊近200余期。

在出版这7部文集的过程中，我衷心感谢吉林省作家协会副主席、省散文协会会长、《吉林日报·东北风》专刊主编赵培光老师在百忙中为我的散文集写序，并在《吉林日报·东北风》专刊大力推介我的新书；衷心感谢吉林省作家协会副主席、吉林省小小说创作委员会主任于德北老师为我的小说集《漫漫红尘路》写序；衷心感谢著名诗人、中国作家协会会员、吉林市作家协会副主席金克义老师为我的诗集《月亮底下是故乡》写序，并在《作家周刊》与《江城晚报》上大力推介；衷心感谢吉林省著名诗人、舒兰市作家协会副主席胡卫民老师给我的散文诗集《岁月留痕》写序。

最后衷心感谢对我 7 部文集的出版给予帮助的所有人。难以忘记作家班同学宋咖为我的文集校对，吉林市楹联协会秘书长孟奇老师为我联系出版社。在我的文集还没有出版的时候，国内的很多文朋诗友就预购我的作品集，对这些文朋诗友们的大力支持，在此一并感谢。

2022 年 6 月 30 日于芳草斋

作者简介：于佳琪，舒兰市天德乡农民。吉林省作家协会会员，吉林省小说创作委员会委员，吉林省舒兰市作家协会副主席。在《散文选刊》《星星诗刊》《人民日报》等千余种报刊发表作品 6000 余篇，500 多万字。出版《无边风月》《岁月风铃》等 10 余部作品集。

城市记忆　　杨成军

　　作为一个生活在农村的孩子，对城市的渴望，就像过年吃上一顿饺子那么新鲜，充满诱惑，尤其是在二十世纪六七十年代。长春市二道河子区东盛路三条三号一委九组，就是我小时候渴望的地方，因为那里住着五姑家。

　　去一次五姑家不是一件容易的事，首先要去夏家店花三毛钱坐客车到德惠，然后花一块四毛钱或者两块钱买火车票到长春，再坐一路无轨电车到东盛路下车，过了红绿灯右转右转右转就到了五姑家。

　　五姑家那里有很高的高楼，有下雨天没有泥粘脚的柏油马路，有比我们的供销社大得多的百货商场和副食品商店，还有电影院和电影院门前成排的一分钱或者二分钱看一次书的小人书摊……在家里卖废品积攒的几个零钱，几乎够我看一个串门期间的小人书了，坐在小板凳上就不想起来。最吸引我的是武侠和打仗的小人书，我羡慕那些一身武功除暴安良的大侠，更羡慕那些小小年纪就当八路军打鬼子的小英雄。看完之后自己仿佛也有了

273

一身的侠气，便想象着有朝一日走上战场，跟敌人战斗，连走起路来都是一脸的豪气。当然，还有农村没见过的油条豆浆，更有我平时眼馋但是没有钱买的冰棍。有时候，表哥表姐们会给我一张不用花钱洗澡的澡票，我心想，洗澡还用花钱，这还是头一次听说，在家里跳进西大泡子一顿狗刨能扑腾一个晌午。

五姑说话永远都是九台味，我们称边里（边指清朝末期的柳条边）口音。老爸的口音已经改变了很多，五姑却没有多大变化，比如说"我们"的时候，就说成了"母们"……晚上五姑有时候会说，明天早（zhǎo）上咱（zhán）们喝浆子（zhi）、吃果子（zhi），于是，我们就期待着早晨快快到来……

白天的时候没人管，我一个人跑出去一个胡同挨着一个胡同乱窜，有时候三转两转的就没有了方向，不过不用急，我会自己慢慢地找回来的。不过三天，五姑家附近的小胡同让我翻了个遍，从二条、三条、四条，西到一面街（临河街）的伊通河边，东到八道街的劳动公园，都是我经常去的地方。有时候坐公交不用花钱，躲在大人身后等，他进门的一刹那，我就挤着蹭了进去。我喜欢看大街上穿着时髦的人来来往往的场景，喜欢看城里孩子洋气的打扮，更羡慕他们说话的腔调，然后就很自卑，偶尔学几句回家跟哥哥姐姐们说，他们像不认识我了一样看着我，就说："出去才几天，已经不会走路了。"当时我也不明白邯郸学步的典故，只是一脸蒙。

有一次我临去五姑家的时候，新买了一双黄胶鞋，别提多高兴了。可到了市里，没有一个人穿这种鞋，孩子们都穿着塑料凉鞋，有红的、粉的、绿的……真好看，这种鞋最大特点就是不捂脚，可我没有。最让我受伤的是去公园玩滑梯，人家上去了一出溜就下来了，我上去了怎么滑也下不来，臊得我脸红脖子粗的，最后直接走下了滑梯，原因是我的胶鞋不打滑……我发誓再也不玩那破玩意儿了。再说了，我穿的也跟他们反差不小，我的便服是蓝色衣服，跟其他孩子的小背心比，几轮下来就把我捂出一身汗。

都说女人顾娘家，这话不假。每次去长春回来的时候，五姑都会给我带一两件衣裳，她已经尽最大努力了，现在想起来，她家有时候可能还不如我家。五姑靠着卖冰棍支撑起了这个家，每一个星期，五姑就会换一个地方，因为有很多跟她一样的人在卖冰棍，地点好坏不一样，因此，收入也就不一样。去市场买菜五姑也是到了傍晚才去，这样可以买到便宜而且不压秤的蔬菜，市场上卖不出去的剩菜，往往都给五姑留着。

五姑差不多天天都给我们拿回来几根冰棍，用一个大口暖水瓶装着，一进屋，冰棍那香甜的味道便扑面而来，我就像个馋猫见到久违的鱼一样，一次能吃好几根。这段时间，是我整个童年吃到最多冰棍的时期。从那以后，看见穿着一件白色大褂，戴着白色帽子卖冰棍的老太太，我就有一种亲切感。

我曾经从长春穿回来一条灰色的港裤，裤线镶着黑白相间的牙子，裤兜是明着的。这条裤子着实让我很牛哄了一阵子，别说我身边人，就是整个夏家店都没有穿的！

五姑是居委会主任，没有文化，说起话来却头头是道，讲理谁都讲不过她。

五姑家教很严，姑父走得早，她一个人带着一帮孩子过日子，把我表哥表姐妹们都教育得非常出色。当时的大哥已经当上了老茂生食品厂的厂长，最小的表妹后来也做上了东北调料的总代理，这是后话。

过去的东盛路如今变成了东盛大街，五姑家也早已经拆迁，住进了杏花苑。用车水马龙、高楼林立形容东盛大街的繁华，已经不足以表达社会的变化了，只能用心去感受这脉搏跳动的美。五姑头几年去世了，老人家九十七岁无病而终。除了东盛路三条三号一委九组这个地名时常出现在我脑海里之外，我还会不时想起那些七拐八拐的小胡同，豆腐块一样的一户挨着一户的人家，胡同里生火做饭时候的煤烟味，还有还有……五姑那带着边里口音的浆子（zhi）、果子（zhi），我每次想起，那油条大果子的味道就浓浓地包围着我，满满的都是幸福的回忆。

作者简介：杨成军，德惠市夏家店农民。出版诗集《如果有可能，我带你去旅行》《我是农民工》。在《词刊》《中华诗词》《工人日报》《吉林日报》《作家》等报刊发表歌词多首、诗歌二百余首、散文多篇。

太平村往事　北果

　　小的时候，我随父母搬过一次家。搬去那个叫作太平的村庄，那里住着我的三姨奶、三姨爷夫妇。

　　我记得搬家是在早春时节，那天早上天空突然飘起雪来，春风刺骨，冻得我全身哆嗦。父母白手起家，家当特别简单，除了锅碗瓢盆和几床铺盖，便是母亲领着的我，还有她背在背上吃奶的妹妹。

　　我们一家人坐着马车到了镇上后，改换乘拖拉机。那天真的是太冷了，拖拉机也特别颠簸，我甚至觉得拖拉机震耳欲聋的响声都是冷冰冰的。柴油的味道直往胃里钻，我吐得死去活来，最后只有哇哇大哭，希望能够换取父母的回心转意。

　　搬家的路途很遥远，哭累了的我不知道什么时候睡着了。等我醒来时天已经黑了，全身被被子裹得严严实实的，我探着头四处张望，才发现自己已经不在拖拉机上了，而是在三姨爷的牛车上。赶车的是父亲，前面并排坐着的是三姨爷和三姨奶，我蜷缩在母亲的腿边，母亲怀里抱着熟睡的妹妹。

三姨奶见我醒了，就把我抱在了她的怀里。她的怀里软软的，很温暖。路边是一片片稻田和稀稀拉拉的树木，远处能看到星星点点的灯光了。三姨奶慈祥地笑着，她紧紧地抱着我，轻轻地悠晃起来，还唱着歌。我记得那首歌有一句是："月儿明，风儿静，树叶遮窗棂……"实际上，那晚并没有月亮。

后来，父母便在太平村安顿下来。因村子被小河隔开，便有了河东河西之分，我家就住在河东。河东离山近，站在院子里就能看清山上的一切，尤其是一望无际的大豆田。因为年龄小的缘故，我总觉得大豆长得太高，钻进大豆地里，叶片正好挡住视线，于是我就猫着腰在大豆地里穿梭，撞见开得正盛的大豆花，总忍不住伸手去摘，而且经常连豆茎一起折下来，扛在肩上拖回家。母亲见状连忙责怪，孩童的世界总是无知无畏的，我并不知道庄稼对于农民来说有多金贵，只知道花朵好看便义无反顾地收入囊中。

因为折豆花，我不止一次地被父母教训，可每每见到紫色白色的豆花，仿佛尚未收拢翅膀的彩蝶，停落在豆茎上，便总想把它们捉住。有时，我静静地坐在豆地旁发呆，常常目不转睛地盯着豆花看，看着看着耳边似乎就响起了柔美的音乐，大豆花便轻轻踮起脚尖，转起灵动的小纱裙，轻盈的臂膀高高举过头顶，纤纤玉手攀缘着豆茎，跳起芭蕾舞来。热烈的夏风从豆叶上滚过，"唰唰唰"地把豆叶翻遍，豆花的舞蹈便从眼前跃到山岗的尽头，直达天边，然后再跳跃着从大地与天空的边际追逐回来。我的鼻腔里灌满了大豆花淡淡的芳香，随后蝴蝶真的就飞来了，同豆花一起在田野里飞舞……

在这个生长的过程中，总会有一些被忽略的细节，比如经常在我一觉醒来，豆花便不知所踪，形如新生的指甲盖似的淡黄色的豆荚，悄悄地取代了豆花，继续幻化生命中另一种风景，继续下一个使命。豆荚生长的速度特别快，在它们赶走了豆花以后，必须要尽快进入主场角色。初生的豆荚最初是扁平的，周身布满淡绿色的茸毛，随着豆粒在豆荚内部渐渐饱满，茸毛就会和豆荚形成统一的颜色。

北方的天气进入伏天后常多雨，总有一些青苗在伏雨的冲击下体力不支，先倒下的那部分大豆叶茎几乎被连根拔起，再无生还迹象。每到这时候，母亲便把这些早逝的大豆拾回来，把尚未成熟的豆荚摘下来，经过清洗后的豆荚，露出了生命最初的色彩。通常，母亲都会在院子里支起一口大锅，烧上一锅水后把青黄豆放进锅中，然后在锅内的水里放入食用盐、花椒粒、八角、姜片等佐料，火红的木桦火在锅底烧得噼啪响，香气四溢的毛豆味道在院子里弥漫开来。我坐在小板凳上，看着锅边白烟腾起，闻着各种佐料与青黄豆在沸水中相互交融的味道。一时间，我突然盼望着多下几场雨，多刮几场风，让更多的青黄豆倒下来。那样，母亲的锅中便不会只有单调的玉米楂子粥或是焐地瓜了。如今想来，这是多么邪恶的念头，如若黄豆都在青黄不接的季节倒下来，那么我们一家，乃至整个村庄接下来的日子，就会和这些未成熟的黄豆一样，提早进入死亡期，惨淡的生活也会为命运平添几许难以抗衡的困苦与挣扎。

秋季里，经过几场秋霜的点缀，大豆便在一夜之间抖掉披在豆梗上一个夏季的蓑衣。秋天的大豆真正地走到生命的终点，孤独而焦虑地站在秋风萧瑟的大地上，褐色的主干被抽走所有的生机，直至周身被寒霜耗尽全部的养分沦为黑色，它们看起来更加冷了。我看着漫山遍野的大豆，骨瘦如柴地栖立于村庄内外，通体挂满刺人的豆荚，内心深处无比落寞。

此时的大豆是非常脆弱的，哪怕一只麻雀、一只松鼠有意或是无意地撞击它一下，它便把唯一能够站立的权利交托于大地。在它倒下的一刹那，豆荚再也不能克制自己的视若无睹，豆粒儿"哗啦啦"地从豆荚里一拥而出，像颗颗散落的珍珠一般，追随整棵豆茎，归于大地，归于生命的来处。

三姨爷姓高，村子里的晚辈基本都称他为"三姨夫"。这个称呼成了三姨爷在这个村子里特定的称谓，只要提起三姨爷，村子里的人就会对三姨爷做豆腐的绝技赞不绝口。他在这个村子住了一辈子，种了一辈子黄豆，也做了一辈子豆腐。

我在太平村只住了十一个月，就和父母搬回后来我们常住并扎根的村子。父母临走时，三姨奶步履蹒跚地赶来，双手捧着的笸箩里面，装满了糖水黄豆，淡淡的甜香在三姨奶的怀里散发着最后一缕余温。

多年以后，三姨奶和三姨爷相继离世。

每每在没有月亮的夜晚，我总会想起三姨奶唱的那首歌："月儿明，风儿静，树叶遮窗棂……"

作者简介：北果，吉林省作家协会会员，吉林省科普作家协会理事，吉林省文学院第六届青年作家班学员，吉林市十大乡村作家。作品发表于《中国乡村》《吉林日报》《成都晚报》《乡村振兴》等报刊，多篇作品获省市级奖项。

勉强的新春祝福　陈延禄

　　我是个内向不善于表达的女婿，结婚多年了，我还从来没有管岳父叫过"爸爸"，总有一种莫名其妙的难为情。尽管妻子经常揶揄讽刺，背后我还是"老爷子""你爸"地称呼，妻子教训多年也累了，只好拿眼睛斜扫了扫罢了。

　　岳母病逝多年，全家上下全靠岳父一人料理，又当爹又当妈，撑起一切苦难。他把女儿养大交给我，我也一直心存感恩，无以报答。

　　新年的钟声敲响了，妻子催我给远在外地的岳父打个电话问候一下。我很不喜欢这种需要先张口称呼的直接表达，我拿起手机，犹豫再三还是放下电话，决定改用发短信的方式进行。

　　"爸爸，过年好！"

　　我打完字一按键子，利利索索一切顺利！轻轻松松一切完毕！

　　节后，岳父的儿女们纷纷从各自的小家如约而来。饭桌上，待嫁的小姨子神神秘秘地问我："大年三十你给爸爸发短信了，是吧？"

"嗯？你怎么知道？"我不由脸一红，心跳加快，面色潮红，可是我故意轻描淡写，没事一样。

小姨子说："那天晚上，我们正在吃年夜饭，爸爸手机就响了一下，提示有短信，他打开手机后就愣住了，足足有半分钟。我连忙问爸爸怎么了，爸爸的脸上突然灿烂起来了，然后他把手机递给了我看，还大叫着：'看啊！我女婿祝福我过年好呢！你看，你看啊！'他像个小孩子一样脸颊泛红，眼里闪着幸福的光，他真是高兴！"

在小姨子的话中，我仿佛看到了岳父当时那张微醉的脸上一直盈盈地幸福着。那只是条普通的短信，在别人眼里是微不足道的几个字而已。多年来，我一直没有叫"爸爸"，以为岳父一直不在意，他就像那静静淌着的流水，不泛起一点儿涟漪，原来他一直在守望，一直在期待。

我感到自己太自私自利，我应该撕破心灵的黑暗，打开封闭的心门，一股力量驱使我勇敢面对。我站起身走到岳父身边，不顾大家惊异的表情，俯下身，向岳父深深鞠了个躬，粗门大嗓喊道："爸爸，我给您老拜年了！"

作者简介：陈延禄，吉林省作家协会会员，吉林省文学院第五期作家班学员。作品散见于《人民日报》《小说月报》《短篇小说》《意林》《读者》等报刊。

血脉的传承　丁铭春

几次提笔，总是颓然放下。泪眼蒙眬，往事历历。父亲啊，你为什么总是蹒跚在我的泪光里？

父亲虽然已经瘦得胸骨条条隆起，父亲虽然已经停止了呼吸，父亲虽然不再用那浑厚的男中音与我们交流只言片语，但是，父亲静静地躺在那里，仍然岿然如一座山。父亲那紧皱的眉头里，刻满了无尽的牵念和思绪。

就在父亲临终前三天的夜里，我从外面急匆匆地赶回家，天上正下着滂沱大雨。我去拽门，"咣啷"一声，门是从里面锁着的。屋里卧室的灯却突然亮了，透过门玻璃，我看到那位陪护父亲的亲属睡意正酣，父亲却已经从床上晃晃悠悠地拱起身子——他一直在等待我回来呀！他躬着腰，头垂得很低，他已经没有力气完全支撑起他的身体了，他已经连续十多天无法咽下哪怕一小口饭菜了，只能靠输营养液来维持最后的呼吸了！

我在外面焦急地喊："爸爸你别动，你别动！"可是父亲仍然扶着床，吃力地回转着身子，一点一点往床外边挪动着。那颤巍

283

巍的迟缓的动作，如将熄之烛，如风中残叶，如水中浮萍。以父亲慈爱和坚韧的性格，他心里只有一个念头——打开房门，让雨中的儿子进屋。

终于，父亲离开了床头，他的一只手触到了卧室的门边。他双手并用，两腿叉开，紧紧地扶着门边。他的头深深地往下垂着，腰弯得更像一张拉满的弓。父亲大口大口地喘息着，使尽全力不让身体倒下去。而父亲的床和门框之间，只有不到区区两米的距离，但父亲已经筋疲力尽了！父亲低垂的头微侧着，无奈地望向屋外雨里的儿子。啊，多么遥远的距离！我连声喊着："爸爸你别动，爸爸你别动！"我用力地拽门，意在唤醒还在沉睡的那位陪护的亲属。可是，他喝多了烈酒，我的喊声淹没在他如雷的鼾声里。父亲已经从卧室的门边松开了手，他仿佛是要扑到雨中我站立之处，但是，天旋地转，父亲的身体却向后仰了过去，他已经没有力气来掌握身体平衡了，犹如一座大山顷刻间坍塌了，我的心一阵剧痛……

那位亲属猛然惊醒，但他显然还没有完全清醒，他只听到门外我的哭泣和叫喊，却没有看到仰倒在墙角的父亲。他像一只无头的苍蝇，等他打开房门，我几步扑到父亲身边抱起父亲，把他放到床上躺下。父亲的一只手下意识地捂着脑后，我伸手一摸，天，足有鸡蛋大一个包！

我站在父亲的床头，浑身湿淋淋的，我给父亲轻轻地揉搓。父亲突然拽住我的手，用力地握着，他睁开眼来，目光中满是慈爱和怜惜，只有父亲的目光才会如此温和柔软，才会如此蓄满深情，我已天命之年，我亦为人父，我懂啊！父亲用微弱的声音对我说："去，快把湿衣服换下来，我不要紧。"

我换了衣服回来，父亲示意我坐在床边，对我说："不要难

284

过，死，是早晚的事……"父亲拿起床头的毛巾，让我用凉水冲冲，给他擦擦脸——父亲知道自己就要走了！父亲的脸已经瘦成皮包骨，他的眼窝凹陷，眼眶凸出。擦完了，父亲对我说："你开三轮车把我拉回我以前住的那个房子吧，我不能死在这儿。"我执意不肯，因为我明白，父亲怕影响我的生意，我的泪水又夺眶而出。父亲喘着粗气，急迫地恳求说："快，快点儿吧，别耽误时间。"

父亲让我扶他坐起来，他勉强抬起头来，但他的头在发晃。他把整个卧室慢慢地、细细地看了一遍，好像要把这里的一切都印入脑海，那神情是依依不舍，是最后的诀别，是父亲绵绵不尽的牵念。然后，父亲望着我，他眼含热泪，好久，说："走吧……"

走吧！我知道，父亲终究得离去，那丝丝入扣的痛彻心扉是每个人的归途，也是新的开始。父亲的身体依然会驻守在他为之付出了几十年汗水的广袤大地，父亲的灵魂将行走在无垠的宇宙中，但父亲对这个世界的爱昼夜不舍。父亲用七十四年的生命历程践行并最后完成了一个血脉传承的仪式，心灵的传承、感情的传承、怀念的传承、爱的传承。

作者简介: 丁铭春，中国少数民族作家协会会员，吉林省作家协会会员，辽源市作家协会副主席，辽源市文艺评论家协会副主席兼秘书长，东辽县作家协会主席。曾在鲁迅文学院第十期少数民族作家班、鲁迅文学院首届吉林省中青年作家班、鲁迅文学院吉林省作家协会骨干作家培训班接受培训。2013年出版省作协专项扶持作品散文集《秋晨山行》。

母爱点亮我的生命　董海霞

　　小时候，我最喜欢跟在母亲身后，母亲走到哪里，我就跟到哪里，像一个小影子一样。我最爱去的地方是供销社，缠着她买花发夹、花手绢，或者彩图封面的笔记本。还爱跟母亲走亲戚，因为能穿漂亮的衣服，还能吃到很多好吃的。落下一次就耍小脾气，所以，母亲管我叫跟脚星、小尾巴，走一步跟一步。

　　长大一点儿了，很多时候我是担心她害怕、寂寞，才跟着的。

　　我四岁时，爷爷十二指肠手术留下了后遗症，不能吃生冷偏硬的食物，母亲就单独给爷爷做可口的饭菜。有一年夏天，父亲给生产队里看瓜，刚结瓜蛋儿就搬到瓜窝棚里去住了。一个风雨交加的夜晚，爷爷又发病了，疼得呼天喊地。母亲披块塑料布要去找父亲，我也披上塑料布倔强地跟着。漆黑的夜，伸手不见五指，没人的高粱被凶猛邪恶的风刮得东倒西歪。闪电和着雷鸣，把夜空撕开无数道口子，雨哗哗地下了起来。夜在闪电中忽明忽暗，我和母亲在闪电中若隐若现，磕磕绊绊摸到瓜窝棚，又在风雨中摸回家，父亲就顶着风雨去请回大夫。

那些年，求医问药已经成了我们的家常便饭，有时甚至一天当中请两次。如果父亲不在家，母亲就领着我或者弟弟去请，可是，从未听到父母有过半句怨言，甚至没有在爷爷奶奶的跟前大声说过话。说实在的，那些年真的很感激村医陈大爷，为了减少我爷爷的病痛，他风雨不误，有求必应。

母亲喜欢干净，爱打扮，又勤劳智慧，因此，我们从未在人前失过尊严。家里面节余的蔬菜和粮食，父母亲都能把它们换成钱。

我十一岁那年，公社开春季运动会。母亲炒了一面袋子花生，领着我，起了个大早，赶二十多里的路到了镇上。听说会场不让卖东西，我们就走胡同去找在中学读书的我的姨表姐，在角落里把一袋子花生卖给了学校的老师，换了十元钱。母亲很开心，领着我去了供销社，到食品组给爷爷奶奶买了一包点心。走到卖花纱的地方，母亲相中了一个天蓝色带白点儿的绸布，大小不等的白点儿稀疏地散落着，上面还有参差不齐的白色斜道道，像云筛月影，扑朔迷离。我也喜欢，母亲就花了四元钱买了一块，回家给我做裙子。暑假时，我穿着我的蓝裙子，水粉色的花半截袖，黑条绒的凉鞋，天蓝色带白花的尼龙袜子，戴着红领巾，和奶奶去北江湾我的表姑家串门儿。我的表姐妹和邻居家的女孩子们羡慕不已，我像个公主似的被她们"拥戴"着……

挣工分领口粮的年代，我家十口人，就父亲一个劳动力。农忙时，母亲也到生产队里干活儿，农闲的时候，做全家人一年四季的衣服和鞋子，还要招待我那些常驻家里的姑奶奶和表姑表叔表大爷们。因为父亲是过继到大爷大娘这边的，我家的表亲就比别人家多了一半，再加上母亲为人和善，亲戚们都愿意来。

母亲做得一手细致的缝纫机活儿，屯邻们都愿意求她做衣服，母亲从来没有拒绝过，她常说："谁还没有个求人的时候，能帮就帮一把。"这时候，我就主动帮母亲做一些力所能及的家务。

　　记忆中的母亲没有睡过一个囫囵觉。我小时候的冬天，经常停电，那些漫长的冬夜，月光在窗户上结成了霜花。母亲就坐在煤油灯前守着火盆儿纳鞋底儿，我就坐在灯下写作业，从来不知道母亲啥时候睡觉。我每天傍晚在泡子里滑冰，鞋底子上结着陀螺一样的大冰球子，湿鞋帮子每天早晨起来穿时却都是干爽的，鞋窝里热乎乎的。为了全家人过年时都能穿上新鞋、新衣服，母亲常常忙到后半夜。用奶奶的话说，三星都熬不过她！

　　母亲的宽厚仁慈在不经意间惠及着我。我第一次去省城打工是城里的二表姑介绍的工作，并且住在她家。表姑和我闲聊时说："侄女，你知道我为啥会招养你吗？不是因为舅舅舅妈，也不是因为表哥，是因为我的表嫂——你妈！当年我落魄不被人待见的时候，她没有小瞧我，不但招待了我，临走时还给我的孩子买了一块棉袄面。人在难处拉一把，强比有时帮匹马。患难之情不能忘啊！"

　　后来，我结了婚有了自己的小家、自己的孩子，母亲的牵挂就又多了几分。我知道，我走多远，母亲的牵挂就有多长。母亲担心被她呵护大的女儿不会做针线，亏待了外孙，就起五更爬半夜地做好衣服鞋子，让妹妹们送过来，有时，也会自己亲自起早贪黑地送来。

　　有一年正月我回娘家。往回返时，母亲非要亲自送我去车站，我不忍，又没拿多少东西，还得折腾母亲。可是，母亲执意送我，一路上和我说着贴心的话，我默默地倾听着，融化着。我理解了母亲送我的深刻含义，不止帮我拿东西，也不止和我做个伴，那是一份不舍！上车的时候，看见车下面一位哭得昏天黑地、被人拖回去的母亲，我更深刻地理解了自己的母亲。母亲在车窗外嘱咐着我："下车别落下东西，回家好好照顾孩子！"我答应着的时候，车开了。看着母亲远去的身影，泪水模糊了我的双眼。

我的孩子渐渐长大，无情的岁月侵染着母亲的黑发，母亲不喜欢白头发，我就定期给她染发。母亲不老，我就年轻！年轻就有希望！就有诗和远方！就能奏出华彩乐章！

去年的母亲节，我和爱人带着从外地回来的小儿子回家看望母亲，还有弟弟妹妹们和上大学的侄儿。那天，母亲很高兴，晚上睡觉的时候，我钻进了母亲的被窝儿，又享受了一回让母亲搂着睡觉的感觉。

这些年，母亲来我家的次数越来越少，我回娘家的次数却越来越多。我能给母亲的只能是常回家看看，帮母亲打理一些生活琐事。每次母亲送我到大门口，我不敢却又忍不住回望母亲送我时的模样，一次次的别离，一次次的神伤。去年冬天，母亲来家小住，看见母亲坐在炕上，感觉小屋暖意融融。我把洗脚水端到她跟前，哄着她洗脚时，幸福的光晕像花一样在她的脸上绽开着，我在心里快乐着。近两年，母亲常说，她的记忆力越来越差，以前的事差不多都忘了，心里就剩下她这帮孩子了，每天像过电影一样，一家一家地过，总惦记着这家缺啥那家少啥的……

有限的篇章盛不下母亲给我们的爱，简单的文字叙不尽母亲几十年的风雨历程。母亲慈善刚强的品格，像一面镜子，净化着我的灵魂；温婉质朴的情怀，像一支火炬，点亮了我的生命！

作者简介：董海霞，德惠市农民。长春市作家协会会员，德惠市作家协会会员。曾在《警戒线》《长春日报》《四平日报》《北斗诗刊》等报刊发表散文、诗歌。

又到插秧时 高俊香

再过两天就是春分，如果不是这场雪，该下地干活儿了，该支起塑料大棚准备育稻苗的事了。

出了苗再一个月，就该插秧了。我喜欢插秧。

清清的池水倒映着绿树、蓝天、白云，插秧的人，仿佛踩着蓝天行走，一不留神踏碎蓝宝石一样的天空上镶嵌的朵朵白莲花。泥手在花瓣之间挥舞，好似能捉住啾啾划过的鸟声。

翠绿的秧苗一株株整齐地插下去，一排排一行行，像威武的守护田野的士兵。绿在手下绵延着，希望就在生长着。

东北这地方插秧最迟不过五月末。老话儿常说："不翻五月地，不插六月秧。插了六月秧，到秋吃谷糠。"

每到插秧的时节，老人们都整日催促着赶紧放水泡田，赶紧插秧。差一天秋收时粮食就差一个成色。他们说："庄稼要紧（抓紧的意思），买卖要狠（做买卖要心肠狠）。"还说："馋当师傅懒出家，不馋不懒种庄稼。"

我二十几岁开始插秧，那时候插秧，就都是插一亩地多少钱。人出了地，上了岸，立马给钱。若觉得两家关系好，不要工钱了算帮工，那不行，人情可比工钱贵，欠不起。

从前插秧，是屯子里最热闹的时候，三十多户的人家，每家都有个三亩或两亩地的水田。一家家轮流着插秧，地多的一天工夫，地少的半天工夫。全屯子每家必出一个劳力都去这一家帮忙。就算自家里的活儿再忙，也要出一个人去帮工。

插秧这活儿，有多少人用多少人，往水田里挑秧苗的，赶着马车往地里运秧苗的，用人最多的就是插秧。要气势，有气势，真叫一个合心，更是一个热闹。待到吃饭时，七个碟子八个碗都摆上，有条件的买上几瓶啤酒，几瓶格瓦斯，没条件的赊账也都把这些买来。地上、炕上摆满了桌儿，像娶媳妇嫁闺女一般。

最开心的是小孩子，到吃饭时候，总是赘在大人身后去跟着蹭饭。大人脸面挂不住，往回打骂的也没用，小孩子死皮赖脸，好吃好喝不到嘴绝不罢休！

大人们背地里骂孩子是属狗的，"宁可挨顿揍，也得吃个够！"

二十几岁正是年轻力壮、干活儿麻利的时候。每天从天亮到天黑，至少可以挣四五十块钱。可也累得腰不敢直，腿和屁股都疼，不敢沾炕沿儿，为了挣钱都忍了。睡一宿觉，第二天照常下地干活儿。半个多月下来，去了自家插秧的费用还能攒下一些钱，别小瞧这点儿钱，一般的人还挣不到。那时候乡下还没人去城里打工，除了卖粮见钱，这是唯一能见到现钱的机会。别人都眼气着呢。

插秧不是个轻省活儿，赖人干不了，好人不爱干，大老爷们儿就不干，他们说大老爷们儿腰硬，干不了那撅腰撅腚的活儿。

插秧最喜无风无浪的天，人在水池里省力气，秧苗也插得相应。若是大风天可难了，插下去的苗被风吹得东倒西歪，或飘忽忽顺风飘走，就得捡回来重插。人站不稳就会趴在水里，弄得跟个耍猴的一样。

插秧的步法是以退为进，腰差不多要弯到泥里，自己踩出的脚印自己要抚平，才能把秧插上去。岸上的人看到的只是碧绿整齐的秧苗，看不到你跋涉的深深浅浅的足迹。这样的姿势，练就了农家女人一副柔韧有力的身板儿。在扛起生活重担的时候，不折不弯。

插秧最怕阴雨天。水田地里的活儿不比旱田地的，下雨阴天就在家休息，烧热乎乎的炕头儿，喝火辣辣的小酒儿，再睡个懒觉。水田地里的活儿都是细致活儿，费工夫，为了抢进度，只要不下刀子就得挺着干，有雨衣的穿雨衣，没雨衣的披雨布。

这时节很少有连天的雨，雨一般下到黄昏的时候就会晴；亦无风，一抹暖暖的夕阳，温暖之中呈现出静美，涤尽身体上的湿冷与疲惫。

风也停了，田里机器的轰鸣声也停了。

家家都冒起了袅袅的炊烟。鹅、鸭子、小黄狗都在各自主人的呼叫声中颠儿颠儿地回家去了。

田里的水，清平如镜，岸上的绿树、天上的云和夕阳都凑趣儿地挤进这池水里来。

不急着回家。洗尽手上、腿上的泥，坐在田埂上，听四处的蛙声，呼朋引伴，浅吟低唱；听山林里的鹧鸪，倾诉相思，百转千回。

轻倚斜阳，感受着风雨过后的安静、安然、安逸。

作者简介：高俊香，女，长春市九台区波泥河镇奋发村农民。中华诗词学会会员，吉林省诗词学会会员，长春市作家协会会员，九台诗社会员，2019 年吉林省第五届作家高研班学员。

御马河——梦里的河　葛永荟

春日的北方清晨，仍有些沁人的凉意……

在绵延起伏、风光秀丽的长白山余脉，鸟语花香的八达岭怀抱里，有一条涓涓溪流，恬静地流淌在繁茂的绿草花丛之中，由东向西、百转千回注入东辽河。御马河①就像我们每个人故乡的小河一样，如同是大地上一只细细的血脉，哺育着生活在这片土地上的所有生灵。

久违的芳草清香阵阵扑鼻而来，燕雀昆虫的呢喃低语声声入耳。这里曾有益鸟瑞兽衔花飞翔踏泥播撒追赶春天，有棒槌鸟追赶着太阳的影子在河面上掠过，有无数獐、狍、野鹿的足迹遍布河水两岸。不知是因为这片黑油油的土地抓起一把捧在手心里都能从指缝里沁出油来，还是因为那句"棒打獐狍瓢舀鱼，野鸡飞到饭锅里"，引得无数背井离乡的"关里家"们不远万里地闯关东而来。

---

① 御马河：河流，在公主岭市。

御马河在"柳条边"里，河岸是被清朝皇族钦定的皇家御用天然牧场和围猎禁地。在林间的幽暗与朦胧中，当你静静地侧耳倾听，仿佛还能听得到清脆的鹿角撞击和百兽齐奔的声响，似乎还有摇旗呐喊、战马嘶鸣、环佩叮当之声。环顾视野模糊之处，眼眸之中仿佛还看得见锦帽貂裘、猎犬雕鹰、千骑纵横、刀光箭影在闪现……

这是一片深沉而神奇的土地，这是一条串联了无数民间故事和神秘传说的河。传说，当年蒙古族的达尔罕王曾经率兵征战到此地，被这里的神秘景色所迷醉，便安营扎寨流连忘返于此地多日，每天都在御马河边放牧、御马，休养生息。

另一个来自于民间的传说是在近代。东北匪患横生之时，距离此地不远，不到百余里的二龙湖南岸，有一绺子匪徒经过多次探查，瞄准了御马河北岸靠山根儿底下的一个大户人家。于是赶在十冬腊月，趁天寒地冻、月黑风高之际偷偷来袭，有人接近御马河时，发现河两岸忽现无数全副武装、荷枪实弹的官兵，遍布山野……

冬日里，洁白厚重的积雪好似一张崭新崭新的生宣纸。初春，阳光一天比一天温暖，随着冰雪渐渐消融，御马河两岸逐渐显现出一片片黑油油的土地，宛如一汪汪经调匀化开的水墨，洋洋洒洒地滴落在宣纸上，又如一幅幅被画坛圣手刚刚挥毫泼墨而未干的画作一般。

日暮黄昏，御马河更多了一丝柔婉与宁静，如一个多情而羞涩的少女，婀娜地起舞。岸边小村庄里袅袅的炊烟渐渐升腾，又被一阵阵晚风轻轻吹散，笼罩在河岸上，与河面上飘浮的河雾相融，烟雾弥漫之中，似梦似幻，如仙境一般降临人间。

西边的太阳缓缓地落下，似乎正俯下身去亲吻无垠的大地，暮野四合，天地一片苍茫。鸟儿们在天边打了一个旋儿，仍不舍得归回巢中，三三两两地向远处飞去……

御马河，我梦里的河，我曾不止一次地在晨曦里、在夕阳下，用饱蘸色彩的画笔描绘过你，用满腹激情的文字赞美过你，用无边无际的想象回忆过你。

你是我心中的河，梦里的河。

作者简介：葛永荟，吉林省美术家协会会员。有文学、摄影、美术和艺术评论作品发表在《中国教育报》《美术报》《书法报》《吉林日报》《散文诗》等报刊上。

海棠花儿开　　耿志明

海棠花儿开了，散发着满院的清香！

迄今为止，我家院中这棵海棠树的芳龄已有 20 岁出头，婆娑的树冠绽开了满头白花……

自打我记事起，虽几经周折，可家中庭院的海棠树从未被移栽过。海棠树皮实耐寒，很适宜北方，就如同土生土长的关东女人泼辣豪爽而又坚韧的性格一样。

海棠花白，结出的果子酸甜，果子直到秋季才熟。果子用刀切成片晒干后，冬季拌红糖泡水喝可滋补养血提神，鲜果还可制作成罐头。每逢春暖花开之际，除了招引蜂蝶纷纷前来光顾外，它还吸引来一些小鸟儿飞来飞去叽叽喳喳地欢歌……

树荫下，曾浮现出过往的好多好多记忆：奶奶没完没了的唠叨，爷爷的欢笑，柳编筐挂着外公跋山涉水徒步几十里外逮来的 4 只叽叫的鹅雏，外婆总也讲不完的故事，还有母亲出的未解谜语和父亲那悠扬的古琴音……

亲朋好友的小聚，一幕幕，一桩桩……

依稀记得，那是在 2006 年农历狗年初春时节，我从当地集市购来一株海棠幼苗栽植在院内。就是在栽植仅 15 天的那个月朗星稀的傍晚，晚饭后我一个人在院中散步，忽闻一股幽香袭来。起初我并没有在意，可好奇心竟纠缠着我，于是，我在朦胧的月光下顺着香味走到那棵小海棠幼苗跟前闻了闻，果然是一朵绽放的小白花散发出来的清香。再仔细观察，仅一尺高的树梢，在我栽前包缠着的白塑料膜旁边的细枝上开出了一朵洁白小花。

或许也是一种吉祥的预兆，后来不久便传来了远在外地谋生多年的弟弟订婚的喜讯，也就是那一年的夏季弟弟便在外结婚成家。

每逢夏季酷热闲暇之际，一个人放张小书桌，泡上一杯茶，独坐在树荫下品读一部好书，那境界，感觉真的好惬意，悠闲似仙！

每逢临近中秋，海棠果熟了，犹如少女含羞的脸一样鲜红。

我手提着方便袋爬上树摘下果子，装满了一兜又一兜，然后送给左邻右舍，和村中的亲朋好友一道品味分享着农家的快乐与趣味。

也常有一些乡邻打我家路过，总能听到有人指着我家的树说："人家老耿家的海棠真甜……"

当我不在家时，乡邻和亲友们便将开园的香瓜、青菜等偷偷送到家中酬谢。

海棠树，就是连接乡情的纽带，将乡里乡亲的心拉近。

海棠花儿开了，今秋，定不愁我又能多赠送出几家！

写作于 2022 年 5 月 29 日

作者简介：耿志明，白城市作家协会会员。自 1984 年开始，在《江城日报》《长春日报》《广西文艺》《民间故事》等报刊发表作品。

陪伴是最长情的告白　　赫亚静

　　缘分真的很奇妙，没有早一分，也没有晚一秒，两个陌生人，就这样在不经意间相逢。

　　那一年，我正值青春好年华，通过闺密慧的牵线搭桥认识了他。故事从 2000 年 2 月 14 日的晚上开始……

　　这一天是农历正月初十，他从长白山脚下的小城顶风冒雪，来到松花江畔，寻找他的梦中情人。

　　他高高瘦瘦的，非常朴实。一见面，送我一个日记本和一支钢笔，还给我父母买了两盒果子糕点，礼物以现在的眼光来看，可谓老掉牙，土掉渣。

　　在慧的安排下，我和他进行了一场决定未来命运的单独交谈。他操着一口浓重的山东口音，滔滔不绝地说着，我一脸懵懂，偶尔礼貌性地应几句。说实话，初次相见，我既听不懂他的话，也没有心动的感觉，甚至觉得他并不是我要找的人，更不会想到我们之间会有故事发生。

　　慧是个聪明人，看出了问题所在，对我说，让他留下来相处几天，彼此了解一下，给他也给我一次机会。再加上父母对他印象不错，我就勉强答应了。在相处的几天时间里，我发现他细心体贴，很会照顾人，脾气又很好，父亲语重心长地对我说："选择可靠的人当伴侣婚姻才会牢固，日子才会持久，说得好不如做得好啊！"对于父亲的话，我向来是言听计从的，因为世界上再也找不到第二个像父亲一样爱女儿的男人了，既然父亲觉得这个人可以接他的班来照顾我，那这个人就是可以托付终身的吧。

相处一周后，他返回老家，每天都会给我打电话，关心问候一下。有一段时间，我的身体出现了一些状况，卧床休息了一个月。他得知后，扔下了那边的修理铺，不顾一切地跑来，在他的精心照顾下，我的身体逐渐好转起来。经过一段时间的接触和了解，感觉到他是一个纯朴善良、可以依靠的人，特别是他对父母的孝顺劲儿，让人感动。他向我父母提出要和我结婚，要照顾我一辈子，为了表示自己的诚心，还把户口本带来给我们看。他的真诚终于打动了我，经过慎重考虑，我决定冒险赌一把。

在我和他相识两个月零六天后，我们登记结婚了。结婚的日子是我自己选的：2000年4月22日。

结婚后，我们在他的家乡抚松县生活了一个多月，便被父亲接回吉林同住。他到我叔叔的砖场做机器维修工作，虽说和普通工人相比会轻松一些，但每天也是早出晚归的，有时机器出现了故障，还要加班到深夜才回来。虽然很辛苦，但他仍不顾疲劳，在休息时还带我出去散心。春看芳草夏观荷，秋看枫红冬赏雪，每次不是背着我，就是抱着我，或者用轮椅推着我，我们出双入对，总会成为众人的焦点，其中也不乏羡慕的目光。有一次我们逛商场，发现一位售货员用手机在录我们，我们就微笑地走过去，她连忙解释说是录给她老公看的，而且还对她老公说了一段语音，内容是："你看人家才是真爱！"她又对我说："你太幸福了，我真羡慕你！"我微笑着回答："因为我足够好，所以他才对我这么好啊！"说完我回头看着老公，他满脸都是幸福的笑，嘴巴快咧到耳朵了，眼睛也眯成一线天。

由于我结婚前在学校开小卖铺过度劳累，再加上我的身体一直很虚弱，所以婚后迟迟无法怀孕，于是我决定关闭小卖铺回家安心将养身体。经过长时间的休养和调理，终于在结婚后的第六年才喜得我们爱的结晶。

他的老家抚松县是人参的故乡，他种植过人参，人参有三年生的，有六年生的，他说，我们的儿子是六年生的人参娃娃。最难忘生产前在医院，一次他抱着我去卫生间，可脚下一滑，眼看一场意外就要发生，他的身体倒下去，可双手却紧紧地抱着我，这一刻，我心里的感动简直无以言表，今生有这样的爱人，夫复何求！

儿子是 6 月 17 日出生的，第二天就是父亲节，朋友们都说他有福，儿子出生就来给他过节了。儿子的到来，给我们这个平凡普通的家庭增添了无限的快乐，也让我们的幸福感满满的。儿子虽有父母帮我带，但他为了不让父母太劳累，就把砖厂的工作辞了，买了一辆摩的，一边开出租，一边照顾我和孩子。每天早早起来烧炕、做饭、洗尿布，忙并快乐着。提到洗尿布，在这里再说几句题外话，因为我极爱干净，所以给孩子用的尿布都是白色纯棉的，有专用盆子、透明皂，且都是手洗。院子的晾衣绳上一排排雪白的尿布，曾一度成为村里一道独特的风景线。

由于我的身体原因奶水不足，一直掺着奶粉喂养孩子，到了六个月时就停止了母乳喂养。戒奶后孩子就开始闹病，每次他都要开车陪我，带着孩子去一家专门给小孩儿看病的诊所，往返就需要两个小时，再加上输液的时间，半天就耗去了。有时还要根据病情，早晚输两次液，那时才真正理解不养儿不知父母恩的深刻含义，深知为人父母之不易，也更感人生之艰难。

不管生活多苦多难，只要看到孩子那张可爱的脸，听到他开心的笑，见证他茁壮的成长，就是我们最大的幸福与莫大的欣慰。如今儿子十六岁了，已是身高一米八六的阳光少年，积极向上，品学兼优，是我们的骄傲和希望，是照亮我们人生的小太阳。

我们在平凡的日子里，知足常乐。可 2019 年的一场意外，为这个小家蒙上了一层阴影。7 月 27 日，爱人在工作中不慎将脚趾砸成粉碎性骨折，一时间，天仿佛塌了一般，但日子还得向前走，我们没有任何理由放弃坚强。于是，孩子比以前更懂事，我比以前更强大，家比以前更温暖了。一天我无意中说我特喜欢他做的烧茄子，可惜我不会。我是说者无心，爱人却是听者有意，他让我好好休息，自己坐到我的轮椅上，进了厨房，有条不紊地、熟练地开始操作起来。不长时间，一道色香味俱全的烧茄子便上了桌。我看着他一脸的幸福，吃着美食，暖在心里。

时光荏苒，寒来暑往，屈指数来，我和爱人结婚二十二年了。二十二年来，如水的日子，平平淡淡，没有花前月下的浪漫，没有甜言蜜语的誓言，甚至没有奢华的房子，但是我们彼此有情有义，有爱有暖，不离不弃，相伴相随。

有人说，真正长久的爱情，不是一时的心动，而是一生的行动，再浪漫的誓言也抵不过真心的守护，陪伴才是最长情的告白。

因为有爱，我们拥抱了一世的温情……

作者简介：赫亚静，吉林市作家协会会员，吉林市残疾人文化艺术联合会作家协会理事，吉林市残疾人文联民间艺术家协会宣传部部长，《咱们村》文学平台责任编辑。有作品在《中国作家》仁美文学专刊发表，2019 年获"全国残疾人诗歌大赛"优秀奖。

"醉"美乡音二人转 李树锋

在广袤的关东大地上，流传着一种独特的艺术形式——东北二人转。说她独特，那是因为表演者只有两个人，一男一女，或称一丑一旦，演出场地也不受任何限制，或田间地头，或街头闹市，撂地为台，打板就唱，三百多年来，一直受到关东父老的喜爱。二人转的演出剧目，无外乎帝王将相、才子佳人、家长里短、男欢女爱。另外二人转的唱腔优美，曲调繁多，京评梆曲、大鼓秧歌，无所不容，素有"九腔十八调，七十二嗨嗨"之说。更有人戏称，不会哼唱几句二人转，就算不上真正的东北人。

二人转对我的影响，或者说我对二人转的热爱，应该是从我的童年时期开始的。在二十世纪的七十年代末，我就接触到了二人转和二人转艺人。那时候，曾经被称为"样板戏"的现代戏逐渐地开始降温，民间艺人犹如雨后春笋般陆续活跃起来，游走在村庄乡间。

1977年，我刚刚七岁。因为家里穷，更因为胆子小怕挨欺负，我还没上学，每天最大的乐趣就是跟着大人们往来于生产队的蔬菜大棚和生产队队部之间。当时我二大爷是后瓦房大队第三生产队的队长，除了组织领导正常的蔬菜种植、供应城镇市场以外，还会在农闲的时候带领社员搞副业，给当时的七〇石油指挥部（现在的吉林油田）出民夫，协助油田的一些基建工程。几年间给三队的集体经济增加了不少的收入。在"为了丰富城乡居民的文化生活"的前提下，"后瓦房剧场"就应运而生了。虽说这个剧场是后瓦房所有社办企业里存在时间最短的，但是留给我的印象确是最清晰和最深刻的。

说是剧场，其实不过就是生产队以前存放马料和农具的几间废弃土坯房。舞台是由几个长条马槽拼接起来的，上面再铺上一层木板，观众席也是用木板钉成的长条简易板凳，音响设备也只有一台生产队开会时用的破旧的"向阳"牌四用机（集收音、播音、扩音、放唱片四种功能于一身）和一支有线麦克风，伴奏的乐器却是相当齐全，那是因为当年"全民学唱样板戏"时期后瓦房曾经是先进典型单位，这些乐器在后来每年的秧歌会演时也发挥着不小的作用。在剧场存在的大半年时间里，在这里唱戏的艺人多达三十人左右，大多来自扶余、长岭、农安、德惠、榆树等地。在我的记忆里，印象最深的、现在还能叫上名字的有毕桂珍两口子、王敬先和胡国芳夫妻、崔景友两口子、三十来岁的于哥、十七八岁的贾姐这几个人，还有一些随来随走的、没唱几场的也就叫不上名字了。

我清晰地记得，第一场演出是在那年9月份的一天傍晚，在一阵欢快的锣鼓声中，母亲带着我和五岁的弟弟去了队部看戏。（顺便说一下，我母亲是个二人转戏迷，直到现在也一直喜欢听二人转，我的这个爱好大概也是受到了母亲的影响吧。）那天的观众非常多，座位都不够用了，不少人就站着看。这是我平生见过的最多的人了，因为害怕就躲在母亲的怀里不敢抬头。在紧锣密鼓的催促下，一个穿着大花衣裤、抹着白鼻梁的男人走上来，绕着舞台跑了几圈之后，停在舞台中间给观众作揖，嘴里还念念有词，引得台下阵阵欢笑和掌声。我顿时被这种形式的表演吸引住了，那个男演员夸张的表情和动作逗得我前仰后合，也忘了害怕和拘谨了。随着女演员上台，两个人开始了演唱，我也还是沉浸在男演员的搞怪卖相当中，也就根本不关心唱的是什么东西了。

也就是从那时候开始，我就对二人转产生了浓厚的兴趣，几乎每天都去看一场，慢慢也就和这些艺人们熟悉起来，再后来就有了我第一次登台演戏的经历。

那年的冬天特别冷，雪也很大很多。在一个雪后的晚上，我像往常一样去看戏，因为怕饿着，还带着半个大饼子。一段戏结束后，台下有人点了一出叫《冯奎卖妻》的拉场戏，几个演员在经过短暂沟通之后，就准备开演。剧中的冯奎、李金莲和夏老三是谁演的现在我已经记不清了，只记得演小桂姐的是来自农安滨河的贾姐。因为剧中有个小宝安的角色没人演，贾姐就让坐在台下看戏的我来演，当时我都蒙了，本来我见了人多就发慌，更别说上台演戏了。李金莲就告诉我，不用我说话，只是在剧情需要的时候配合一下就可以了。就这样，我穿着袖子上抹着鼻涕的小破棉袄、拿着半个大饼子稀里糊涂地上了台。当李金莲唱到"一把手拉住我的小桂姐"时，贾姐配合着喊了一声"妈"，当时我就看到了李金莲眼睛里闪动着泪花。紧接着又唱"一把手拉住我儿小宝安"时，李金莲随手拉了我一下，见我没有反应，她接着说道"儿子"，顿时把我吓了一大跳。长这么大还没听见别人管叫我"儿子"呢，整个人都觉得不自在，也不知道如何是好了。

这时贾姐抻了抻我的袖子，高声说道："弟弟！"我这才缓过神来，扔了手里的半个大饼子，跪在台上大哭起来，嘴里还不住地喊着"妈妈"，贾姐在一边也跪下来喊着"妈妈"。李金莲在接唱"桂姐问娘娘心痛，宝安儿问娘娘心酸"后也已经泣不成声了。因为表演过于真实，引来台下不断的掌声，竟然还有观众向台上扔钱呢！散场之后，我不仅收到了一份赏钱，还得到了艺人们的赞赏，都说我有演戏的天分和悟性。岂不知当时台上的我差点儿被吓得尿了裤子。

第一次登台的喜悦和紧张同时伴随着我，让我对二人转更加痴迷了，于是就萌生了将来去当演员的想法。在此后的每场观看中，我也是刻意地记录下演员们的表演，回家之后更是偷偷练习，然后表演给我姐姐和弟弟看。有一次，我在炕上煞有介事地表演着二人转的开场站头："闷闷不乐在家园，一心访友到外边；朋友见了朋友面，拨去乌云见晴天！——在下，俞伯牙，听说马鞍山来了几位好友，看天色不早，俺不免深山访友，就此去者……"结果被收工回来的父母发现了，接着我就挨了父亲的一顿胖揍，挨打的理由就是"我们老李家决不允许出现下九流"之类的。

挨了一顿打以后，我也就不敢在人多的时候唱了，但也并没有让我对二人转的热爱产生任何影响，依旧是躲在没人的地方偷偷练习。直到在我上初中二年级的时候，吉林省戏曲学校来前郭招生，我把报考戏校的想法告诉了父母，结果没得到同意。"学什么不好，非得要学二人转，到死都入不了祖坟的行当，坚决不行！"就这样，我追求二人转艺术的道路被父母的封建和偏见彻底斩断了；就这样，我与梦想的二人转表演和二人转舞台失之交臂，留下了今生最大的遗憾！

在那以后，我就开始学着写诗和写小说，其实也无非就是想发泄一下不满的情绪而已，现在想想也觉得挺可笑的。假如那时候我能到省戏校去学习，也许真的就成为一个名副其实的二人转演员，再加上七岁时的登台经历，我也就真的是当之无愧的"七岁红"了，没准在后来的二人转明星里，不光有魏三、"放驴小子"于小飞，还得有我的一席之地呢，当然这只不过是句笑话罢了！

接下来的几年，我也就不再去看二人转了，并不是我不喜欢了，而是因为没钱去看。父母是希望我好好学习，将来考个大学，离开庄稼院。他们给的钱只够学费，偶尔也给些吃早餐的零钱，我也舍不得花，攒在一起买一些《小说写作技巧二十讲》《怎样写诗歌》等辅导教材和《当代》《诗刊》《人民文学》《星星》等文学期刊，还在 1988 年参加了"吉林省作家进修学院——作家之路"的函授学习班。结果，大学没考上，作家也没当成。这些当年的书籍一直被我保存至今，成了我人生中巨大的财富和珍贵的藏品。

1989 年，因为某种原因我放弃了高考，来到吉林油田机械厂（早期叫机修总厂，我们都习惯称为总机厂）当了一名机械工人——车工。因为没有城镇户口，所以我一直是临时工的身份。即便这样，我也是十分满足的了，毕竟每个月还能有六十三块钱的工资呢！也就从那时起，二人转再次走进了我的生活中。每到周日休班，我都要花上五毛钱买张戏票，去火车站附近的"前郭民族曲艺厅"看上一场二人转。在心情极好时，我也会在休班时约上几个要好的工友们，花五块钱在"春香狗肉馆"来上一大盆狗肉炖豆腐和两盘狗肉，再喝上一瓶六十度的"前郭蒙"（一种纯粱白酒），酒足饭饱之后一起去看戏。慢慢地，闲时看场二人转也成了我那些年生活中的一个重要部分和最大的乐趣。再后来，为了迎合市场的需要，二人转也进行了很多改良，综艺、杂技渐渐取代了传统正戏，走进了更大的剧场，票价也从一元、二元提高到了几十元甚至几百元，而我却再也不去剧场观看了。对我而言，经过改良以后的二人转，已经不同于她原有的那种淳朴的、民间的味道了。

直到 2012 年的夏天，我再次关注上了二人转。那年的 5 月 20 日，我驾驶的车辆因为机械故障发生了交通事故，这场车祸也让我差点儿丧命，幸亏抢救及时，我才在八天八夜的重度昏迷中奇迹般生还。就在卧床休养的一年时间里，上网看二人转也就成了我唯一能做的了。这期间也让我产生了新的想法——既然我成不了二人转演员，难道就不能写二人转吗？可是写二人转唱词是需要辙口和韵律的，更是需要创作技巧的，我根本就不懂。于是我就想到了一个最笨的办法——抄唱词！就这样，我对每一个网上能搜到的戏都反复地听，然后逐一记录下来每一句唱词，慢慢地学会了辙韵的规律。在那段时间里，我先后抄写了《西厢》《蓝桥》《包公赔情》《苏岱赔妹》《马寡妇开店》《阴魂阵》等七十多个传统正戏和《丰收桥》《俩科长》《哑女出嫁》《倒牵牛》等十几个新编剧目，也让我知道了王肯、张震、白万成、陈功范、赵月正、崔广林、那邴晨、金世贵等著名剧作家和作曲家，以及李青山、古柏林、秦志平、高如、关长荣、董孝芳、韩子平等几代表演艺术家的大名。

2018 年的 7、8 月间，我有幸参加了在长春举办的、由吉林省艺术研究院承办的"国家艺术基金·2018 年度艺术人才培养资助项目——传统民间小戏整理改编人才培养"学习班，并于 8 月 7 日在院领导的带领下，和全班三十多个来自全国各地的剧作家们一起参观了吉林省二人转博物馆，同时观摩了一场二人转传习所的传承演出。正是这次的参观和观摩演出，不仅让我想起了四十年前的儿时记忆，也让我第一次真正走近了传统二人转，更让我对传统二人转艺术产生了深深的敬畏感。手玉子、霸王鞭、沙拉鸡等手持道具被老中青三代艺术家们演绎得淋漓尽致，让人目不暇接；火爆的唱腔、优美的旋律更是绕梁三日，让人回味无穷。观摩当天，我在接受省电台记者的采访时说："这场演出让我回忆起了我的童年时期，这种乡音也足足伴随着我四十年，这也是我听到过的最美的声音！同时我也希望将来会有更多的人能够接受二人转、走进二人转，继而去传承二人转。让这朵绚丽的小花，开满关东的每一个角落；让这种东北民间艺术，永驻在关东大地之上！"

　　转眼之间，又是几年过去了，我也一直在进行着业余创作，虽然没有任何成绩，但是我始终在坚持。在这份坚持里，不仅有儿时的梦想，更有一份责任和使命。二人转——我心中的天籁，"醉"美乡音！

2022 年 5 月

　　作者简介：李树锋，笔名余平庸，吉林省松原市人。松原市作家协会会员，吉林省民间文艺家协会会员。

岁月如歌　人心如月　李秀军

　　人活着就是活一种心境。俗语说人分五色，地有八方。面对大千世界，芸芸众生，仕途得意、财如潮涌者心境之美妙自不必说，那么苦行者途中的香甜小憩，劳作者面对葱郁清新的田园，那份心境也是足以感染世人的。

　　现在想起来，我的美好心境竟有那么多是和家乡的县城相关联的。

　　我的青少年时期是在农村度过的，那时我们向往城市。偶尔进一次县城，走马观花地跑了几条街，吃了几根冰棍，那种幸福愉悦感便不可言表。

　　1984 年，我采写的《小花狗咬散邻里雾》的通讯获得白城市好新闻一等奖。不久，我接到通榆县委宣传部的通知，让我参加为期三天全县新闻通讯员培训班，这让我和通榆县城第一次有了较长时间的近距离接触。那天的一大早，我骑上自行车飞驰七十多里地来到办班地点——县委党校报到。校园内绿树成荫，两幢高大瓦房，宽敞明亮的教室，紫色的座椅扶手上，一侧有打开就

311

能做记录用的课桌板，一天两节课，听著名学者、编辑讲课，一日三餐比家里过年吃的都好。时任宣传部部长的王琦还特意看望了我们，鼓励大家要练好笔，写好我们通榆，宣传好我们的家乡。白城日报总编李长仁老师还把我得奖的新闻作为范文进行了解读。这种美好的心境让我在不知不觉中感到有些飘飘然，以至让我有了作家梦。这次经历让我在以后很长的时间里，一直觉得党校的校园就代表着通榆县城。

　　进入新世纪后，我搬进了县城居住。生活刚刚稳定我便想起应到党校去看看。那是一个温情的傍晚，是一个日月同辉的日子。当我在漫天的晚霞中，看到昔日的党校已被一片高大的楼宇所取代时，心中不免有些失落。我在树荫下伫立良久，待晚霞渐没，望着万家灯火和天上那轮明月，还有街旁的花树间悠闲散步的人们……沉思中我的心境豁然开朗：既然失去的已成为美好的记忆，那么新的美好的创造在装扮现实生活的同时，何尝不是这个城市留给我的更为珍贵的记忆？正是带着这种心境，在以后的日子里，县城里每一座高楼耸起，每一条街路修建完善，每一块休闲绿地的落成，都会给我带来一种美妙的心境。那是一种骄傲，是一种我可以在他乡炫耀的资本，是一种衬托着我们向上的生活和工作的真实光幕，是休闲和思考时如月的静谧和温馨。

　　那时，我作为这个城市的子民，心里总有一种期盼。盼这个城市快快长大，盼她尽快出落成一个亭亭玉立的少女，盼我居住的棚户区尽早动迁……在很长的一段时间里，我的心境比较复杂：出门去了大的城市就觉得自己居住的县城小而丑陋，而听到有外人贬低她的时候，却又脸红脖子粗地和他争辩较劲；看到有新区建设或城市改造便会孩子似的奔走相告，却又苦于自己居住的小区巷道狭窄，无花无绿，排水不畅；自己搬进楼房后，觉得开门的弹簧声都是一种美妙音乐，却又对过去居住过的小区老宅邻里恋恋不舍，时不时回去看看，诉一段故园情，说几番贴心话。

2019年，通榆县开始大规模城市改造。因工作原因，我加入了动员拆迁的行列。我天天在小区里转，时时在入户谈，把动迁政策和自己这些年的境遇体会、认知心境和动迁对象推心置腹地谈，在工作中收到了比较好的效果。记得卖馒头的刘大姐在签拆迁合同的时候，手有点儿抖，眼睛也湿了。她嘴里反反复复地叨念着："当初进城了，就为建这房子，让一家人有个挡风避雨的窝，低三下四地舍着脸求了多少人？小燕垒窝似的建起了这栋房子，小燕垒窝呀，垒窝呀……"当时我心里有些发堵，眼睛发热。我理解她此时的心境，就如同理解一路走过来的自己。当推土机将要把这片拆迁的棚户区夷为平地时，刘大姐又早早地赶来了，她用手机拍下了即将消失的老宅，又让人为她拍下了自己与老宅最后的纪念照。如今刘大姐已经搬到楼房新居，她几次在电话中反复告诉我，说这楼的面积多大，装修多好，阳光多足，养的花这些年头一回开得这么多这么漂亮，说我还答应过她进楼后给她整一张壁画呢！我要吃馒头别忘了上她那个小店去……

其实我们每个人也都和刘大姐一样，都是这个城市的子民。我们对旧的留恋，是因为它系着我们太多的记忆情感、心血和汗水。我们也更关注和享受这个城市的发展变化，让她成长，让她美丽，让她出人头地，就如同关注自己的孩子。因为她系着我们太多的希望，系着工作和生活，系着情感和心境。

心境是现实的反映，是明天的折射。让通榆的子民倍感兴奋的是，伴随着城市面貌的巨变，新的更加宏伟的经济社会发展蓝图也正在通榆大地恢宏展开。伟大的通榆人民在县委县政府的

313

领导下，用心血和汗水创造的"通榆速度"，正在为现实和明天，为自己和子孙创造着美好的心境。

记得金秋的时候，我领着孙子去了新建的公园。在路上我有意走到了自己当初居住的棚户区。面对着新建的花园般的小区，我禁不住驻足良久。到了公园，孩子快乐得如同一只小鸟。长椅上的我却陷入了沉思，遐想那些消失的老屋就是我曾经认识的通榆，多少年来，我梦中的通榆，很多时候都是以它为背景展开的。今天，她消失了，消失得那么突然，以至我们没有时间去告别，一个抽象的发展变化概念，在我的脑海中逐渐具象，我似乎看到了在她过去存在的地方，一个年轻漂亮的少女正在玉笋般地成长。想到她将以动人的姿态，给予人们一份像我当年初进通榆县城时的那种惊喜美妙的心境，我的心开始有一种无名的激动和感慨。那是一种渴望中的骄傲和幸福，也有一丝人生苦短的遗憾。看着快乐的孩子们，我为他们感到幸福和骄傲。我知道，从此以后，这座日新月异的城市将融入他们的生活，铭刻在他们的记忆里，当他们也有资格进行怀旧的时候，他们所眷恋的绝不仅仅是当初的这些景物，更应该是这段发展变化的节点时期和一生中令人愉悦振奋的心境，是一种创造一种冲击后，一个城市新的思想和文化上的蜕变……这个里程碑般的发展中，我们是光荣的参与者，我们也是幸福的受益者。因为人们在创造了城市发展奇迹的同时，也正在为自己和他人乃至后代创造着一份美好未来。那是思考者践行中的欣慰，那是劳动者挥汗如雨后的幸福，那是老人、孩子、爱人的快乐，那是每个生活在这座城市中的人脸上流露出的骄傲……在以后的日子里，也许我们应该更多地用心去领悟这座城市了。在这其中你会发现，一条街路、一个小区、一个建筑、一个小品乃至一块草坪、一方色彩将极有可能代表这座城市发展的前景和未来，一种社会现象、一个文化活动、一个景点的风格、一首歌曲也可能就是这个城市将来的文化定位和走向的起点。如果再走出去，去听听晨练的老人们无所不谈的话题，去听听天真烂漫的孩子们的心声，去广场、公园、小区，融入人群，融入灿烂的阳光和晚霞曙色，去体会一下人们生活中那份难得的心境，那时也许你才真正读懂我们这座城市。

时光如流，岁月如歌，人心如月。

作者简介：李秀军，白城市通榆县十花道乡光辉村农民，吉林省作家协会会员。通榆县内刊《鹤乡》副主编，"百姓声音"栏目责任编辑。有作品在报刊、电台上发表。

播种在家乡的友谊　李迎春

　　平是我的发小，儿时的玩伴。我们多年未见，但我们的联系却始终没有中断。

　　前天，我收到一个礼包。礼包是从四平经家乡靠山镇发出，再传到吉林市我的住处。打开礼包，里面有个小盒子，盒子里面装着一只金蟾，它由金黄色石头雕刻而成，有拳头那么大。这只金色石头青蛙嘴里衔着一枚大钱。父亲说，金蟾象征吉祥如意，招财进宝。我把小金蟾捧在手上，它的大眼睛就那样萌萌地看着我，我的心就在金蟾的目光中回到了童年，回到了我与平在一起蹦跳着玩耍的小街。

　　我和平都出生在农安县靠山镇的一个村。她比我早两年来到人世，我们两家住得很近，只隔着一条大道。她妈妈育有九个子女，她是最小的女儿，似乎她出生后，她妈妈就和我奶奶一样老了，是梳发髻的老太太。

　　靠山镇最早叫靠山屯，背靠后岭，前望伊通河，是个风景秀丽的小镇。河岸台原，山坡较缓。一排排土坯房，错落有致地矗

316

立在岭前，稀稀拉拉的老榆树和斑驳的垂柳是小镇的屏障。夏天的时候，住在小街的老太太们搬个板凳，怀里抱着孙儿孙女，聚集在街道边儿的老榆树下，闲聊着家常。自从我有记忆，就记得大人在闲聊，我和平一起围在老人身边玩耍，我们几乎每天都黏在一起。

平在七八岁时，身材瘦瘦的，但眼睛很明亮，黄黄的细发辫垂在肩头，显得很灵活，很像夏日河岸边的细柳，不知疲倦地微微飘动。而我和她相反，圆脸大眼睛，梳短蘑菇头发，矮她一头，有点儿笨拙的样子。我们的性格也完全不一样，但丝毫不影响我们做好朋友。

每天早晨，我俩手牵手一起走向街道西头的学校。那时候，物质条件很匮乏，零食对于每家孩子都是奢侈的，很多童真友爱的记忆是与吃相联系的。我记着一组组生活中的细节：我有一个苹果，分她一半；一个西红柿，我咬一口，剩下的给她；她有一块糖咬成两截，一截给我，另一截她舔几口后，再用糖纸包起来，留着再拉拉馋；她会把她的香味橡皮切下一小块，给我用……我妈妈是做衣服的裁缝，有空就帮乡亲们做衣服，亲友们会送一篮子青海棠，或一篓红樱桃、西红柿什么的，当作酬谢。每当有这些土特产时，奶奶均分给我们几个孩子，而我那份一定会悄悄地分一点儿给平吃。

平家祖祖辈辈以经营饭店为生，她家的店镇上的人们称孙家馆子。后来，她家下放，户口才迁到了生产队，做了农民，因此，她家有自留地。几分自留地不大，但对于居住在临街房子的人家来说，是不小的"宝库"了。地里种了各种蔬菜，她三天两头和姐姐去地里摘菜，回来就可能带回好吃的。她家烧青苞米吃，不顾苞米烫手，她左右手不停地倒换着苞米，趁热送我一半。那焦黄的苞米发出诱人的香味，我们在一起大口啃起来，一会儿苞米进肚了，我们的脸也成了小花猫，对望一下，笑成一团。有一次，她姐姐掰回一些葵花枝丫，枝丫上有未成熟的葵花籽，她也不忘分我一朵，我俩坐在门前，捧着圆圆的葵花盘，抠上面白色的、浆气十足的嫩葵花籽吃。地里还有黄菇娘、黑悠悠等野果，她一旦有收获，就站在道边向对面的我挥两下手，我一路小跑着过去，她悄悄地把好吃的塞我手里一些，我们分享一份不多的食物，那些食物就在这样的分享中格外香甜。

记得有一次，她又在家门前向我招手，我会心一笑，跑过去，她从背后拿出一个小碗，碗里是几瓣削了皮、去掉瓤的瓜。她递给我，让我猜一猜是什么瓜，我一边吃，一边品味，我吃出是没熟的香瓜，她说不对，让我继续吃第二瓣，我说削皮的黄瓜，她还说不对，等我把几瓣瓜全吃没了，她才说："确实是没熟透的香瓜！留一半给你，想让你都吃掉。"善意的小把戏得逞了，她搂着我的肩膀，"咯咯咯"地笑个不停。一个不起眼的生瓜，掺进了童真的情谊，让我们吃出了欢快怡乐。

儿时除了吃就是玩了，那时玩具是稀罕物，在我们眼里又什么都是玩具。平的姐姐送她一个玫瑰色儿童香皂盒，它只有一般皂盒的一半大，我们感到新奇、喜欢，拿它当船，手指为桨，"船"上载着一片树叶在洗衣盆里来回行驶，嘴里唱着"让我们荡起双桨"的歌声，直到大人呼唤吃饭，才让"小船"出水上岸。我们用妈妈做衣服剩下的碎布头缝布娃娃，我一针一线缝，她把我缝好的娃娃塞上棉花，布娃娃就成型了，从我俩手上诞生了好几个穿裙子戴贝雷帽的金发布娃娃呢。我们自己缝布口袋踢，踢布口袋是她的拿手好戏，站在大道边，她一次能踢几十个，细发辫随她在肩头蹦跳。和她比，我永远甘拜下风。她还会做一个独特的玩具，就是把没熟的青菇娘用手揉软，折一节大针粗的笤帚枝，把笤帚枝插进菇娘的蒂部，一点点把菇娘的果肉挖出来，只剩菇娘的空皮，把空皮放进嘴里，一吸菇娘皮就充满了空气，然后用牙齿较咬住菇娘皮，让空气一点点从菇娘里放出来，嘴里就会发出嘎吱嘎吱的声音，走到哪儿，响到哪儿，半天都舍不得扔掉。

物质并不富裕的童年，因为有亲密的玩伴，记忆里留下的都是暖意融融的艳阳天，还有无忧的欢歌笑语。

长大后，她远嫁他乡四平市，而我则因体弱"宅"在家里。我们从此天各一方。幸运的是，她每年都回来探亲，我们因此能见面一两次，而平时靠书信联系。然而，自从我离开了家乡靠山镇，我们之间就失去了见面的机会。后来，固定电话普及了，我们相互想念的时候，就拨通对方的电话，唠个没完。再后来，手机普及了，我们随时用手机通话，有时会把电话的电池用到发热，甚至会打到没电为止。再再后来，网络也普及了，我有宽带，她也很快安装了宽带，我们在网上说起话来，没完没了。现在微信流行了，她下载应用了，只为方便与我联系沟通。应该说，我们借助书信、电话、电脑和微信，始终保持着联系，但是，我在梦里总能梦见我身处故里，与平一起上学、一起玩耍的场景……我想，这也许就是我的乡愁吧。

人生的旅途上少不了朋友相伴，一起分享快乐、分担痛苦。有些人往往只能陪伴你一段时光，而我和平的友谊却从未远离，童年播种在故乡的友谊像花一样，一直绽放在我们的心田与梦境之中。

很想找个机会，再回到家乡的小村，到处走走，看看，哪怕是一天的时间，也能慰藉我们想着老家、想着玩伴的热望。

作者简介：李迎春，女，农安县靠山镇农民。吉林省作家协会会员。作品散见《春风文艺》《天津日报》《长春日报》《江城日报》等报刊。

生以玉米还以玉米　　李玉红

一

天空没有雪花飘落，北风肆意地撕扯着衣角，仿佛与季节不情愿地做着伤心的道别。

腊月里的最后一天，母亲走了，走得很安详。像一株植物完成了她神圣的使命，以一粒种子的饱满形式回归了大地，静静地躺在泥土的怀抱。

母亲累了。她经历了生活的疾苦悲欣，走完人间岁月八十二个春秋，在流年新旧交替之际倒下了，再也没有站起来。世间的一切喜怒哀乐不再与她有关，包括生前她最珍爱的每一粒粮食，早已被她收拾妥当颗粒归仓。

母亲一生珍爱粮食，远远超过了她对生命的热爱。她说，没有粮食哪有生命的存在。

母亲二十世纪四十年代初生人，在东北农村的山沟沟里长大，山村土地贫瘠，生活艰难度日。家中兄妹八人，母亲是长女。

听母亲说，一年冬天特别冷，鹅毛大雪下了足有一月，大山被封，人进不来出不去，与世隔绝一般。二舅从小体弱，身上又无衣保暖，一件破旧薄衫难遮寒体，整日围在火盆前烤火。靠山而居，不愁的就是烧火柴遍山都是，可柴火再多也不顶饭吃，不当衣穿，一样又冷又饿。姥姥姥爷体弱多病，天好的时候，母亲就和大舅一起进山砍柴，挑到几十里外的镇上换点儿粮米一家人勉强度命，没多久，二舅终是七火归心，死时一身瘦骨如柴，年仅十二岁。

年幼时听母亲说起这些，一直不明白什么是"七火归心"，按照母亲的说法，难以忍受的饥寒交迫是二舅过早离世的主要原因。

姥姥难忍丧子之痛，随后不久也撒手人寰。当时她怀里还有刚刚五个月大的婴孩嗷嗷待哺，无奈只好送人活了一条性命。转年，父亲带着半袋小米赶着雪地里的马爬犁把母亲接来，那年母亲十八岁。母亲说，那半袋米救了家里人的命。

1958年，粮食短缺，山野菜成了顶饥的主要食物，吃得人两条腿肿得像杠子般。为了填饱肚子，也有人误食山野菜中毒身亡。"米麸子"粗糙难以下咽，吃得人几天不通一次便。缺油少盐，人脸色蜡黄。记得母亲和我说起这些的时候，我似懂非懂地听着，不知什么是"米麸子"。后来长大上了初中，我特意查字典，原来"米麸子"就是玉米或者高粱、小麦磨成面筛过后剩下的表皮和碎屑，干瘪、粗糙。

我无法想象，那该是怎样难以下咽的感觉。

就在我四个月大的时候，家里家外整日劳碌的母亲不明原因呕吐，三天三夜吐到最后只剩下苦水。父亲赶着生产队的马车把母亲送到医院的时候，母亲已经昏迷奄奄一息。没办法医生只能死马当活马医，打开腹腔进一步检查。结果从母亲后腰处用镊子一点点取下已经变黑的盲肠。术后母亲依旧昏迷十几天后才从死亡线挣扎回来。我想那些吃下去的"米麸子"和过度劳累应该是母亲这场劫难的元凶。

好在母亲坚强地挺了过来。她说她放不下还没成年的孩子和嗷嗷待哺的我。

二

母亲生有我们兄妹四人，我是最小的。东北土地广阔，农村以种玉米、高粱、大豆等农作物为主。七十年代初我出生的时候，虽然农民依然依靠挣工分养家糊口，但基本脱离了忍饥挨饿的日子。母亲顾不上产后虚弱，把我放在家里早早去队里继续上工。1983年国家实行土地分产到户，提升了农民种地的热情。那时对母亲珍爱粮食的记忆在脑海中刻下深深的烙印。

印象中，家里家外母亲总有忙不完的活儿，缝缝补补，洗衣做饭，种菜养猪。春播种、夏除草、秋收粮，整个人像陀螺一般转个不停。入冬时，每天晚上母亲带着我们一穗一穗地搓玉米粒，搓好的玉米粒被母亲小心翼翼地收到袋子里，掉在地上一粒都要捡起来，有时我们不以为意，都要被母亲唠叨几句，告诉我们要懂得粮食的珍贵。

搓下来的玉米去掉一部分上缴公粮，剩余便是一家人一年的口粮。收粮不好的年头，口粮根本吃不到年底，看着日渐见底的米袋子，母亲常常唉声叹气，实在要没米下锅的时候，不得不拿着盆硬着头皮去邻家借米。有粮食的时候，母亲总是多还一些。

323

她经常说，粮食是每家的命根子，得懂得感恩。

秋收结束后母亲也不闲着，一有空腋窝下夹着袋子就去地里捡人家落下的玉米棒、黄豆枝。当然落下的玉米棒都很小，上面没多少玉米粒，黄豆枝上也没几个豆荚，母亲说，能捡点儿是点儿，一点儿一点儿就积攒多了。

遇到崩裂的豆荚，母亲就一粒一粒把黄豆粒捡起来，整个秋天捡拾的黄豆粒足有五十上百斤。农历二月时母亲将黄豆炸熟做成酱块，用报纸包裹严实存放起来，待四月柳絮飞扬时拿出酱块，掰成小块洗净，晾晒后放到缸里加水加盐，经过一个月的侍弄，就成了东北特有的黄豆酱，足够一家人一年食用。每次揭开酱缸盖，酱味飘香，让人垂涎欲滴。那是让人一生无法忘记的味道。

那时家里的口粮以玉米为主，一部分磨成玉米楂子，一部分磨成玉米面做贴饼子。偶尔过年过节时能吃上一顿白面饺子或者馒头之类的细粮。白面舍不得多放，做馒头时母亲就掺一些玉米面。即便如此，母亲特别知足，她说这比吃山野菜和米麸子那儿年好多了。

磨玉米时被筛下来的"米麸子"，俗称"糠"，留给家里养的家禽吃。每天早上天刚刚亮，母亲拿着镰刀，腋下夹着一条袋子就匆匆下地割猪食菜了。大约一到两个小时，母亲扛着满满一袋子的猪食菜回来了。微微哈着腰，一手叉在腰间支撑着装满猪食菜的袋子，一手紧紧绕过头顶吃力地拽着袋子口，仿佛一不小心袋子就会掉下来。进了院里，一个侧身倾斜，圆滚滚的袋子从肩膀滚向地面。母亲直起腰深深地喘了一口长气，抹了一下满脸的汗水。被浸湿的头发打成绺垂下来紧贴在脸上，衣服不知是被汗水浸透还是被露水打的，湿漉漉的。胳膊一道道红色的划痕，那是玉米叶子的杰作，长成一人多高的玉米，人走在其中磕磕绊绊，一不留神就被它的叶子划伤皮肤。长此以往，一茬一茬，它们在母亲的胳膊上留下一道道深色的疤痕。对于这些，母亲从来不以为意。

顾不上歇息，放下猪食菜，母亲赶紧忙着做早饭，吃完饭立马切猪食菜，大锅里放上水开始给猪烀猪食。为了猪能多吃长得胖，隔一会儿母亲就向猪吃流食的槽子里撒上一把"糠"，猪就大口大口地吃起来。猪吃一顿食大概撒两三次"糠"，母亲说不能多给，养成习惯猪越来越馋。也不能不给，否则仅仅吃猪食菜流食，猪不爱长胖。的确如此，母亲养的猪每头都膘肥体壮。

母亲边喂猪，边切鸭食菜，加点"稻糠"搅拌后，放在一群鸡、鸭、鹅中间，看到母亲，家禽们伸着脖子像一群孩子般围了过来，"嘎嘎嘎"兴高采烈地向母亲示好打着招呼，争先恐后大口大口地吃了起来。母亲笑着和它们自言自语，似乎比自己吃饱了还高兴。母亲说，给它们喂点儿稻糠还能愿意下蛋，不然稻糠扔掉了也可惜，不像最困难那几年用米麸子就可以续命，现在没人吃了。

三

我们家一直有个规矩，吃饭时不让多说话，我也不明白为何有这样的规矩。只知道我们吃饭的时候，没人敢多说话，害怕饭粒掉下来被母亲指责。

夏天天热，早晨煮的玉米糙子粥到了晚上容易馊，母亲从不舍得倒掉，凉水冲两遍她继续吃，让我们吃新做的饭。一次吃饭时，我手里盛满饭的碗不小心掉在地上，母亲见状，脸色骤变，一边埋怨我不小心一边用手去收洒在地上的饭，一边不停地吹着上面的灰尘，似乎那碗饭就是她的一切。那是我第一次看到母亲生气的样子。

后来我们兄妹四人相继有了各自的家庭，日子也逐渐富足起来，可母亲珍爱粮食的性格习惯丝毫不曾改变。每次接母亲来家里，看到剩菜剩饭被倒掉时，总会责怪我一番。每次吃饭，她总是趁我不注意把剩菜汤也倒进自己碗里，怎么说都无济于事。在饭店吃饭，吃不完的她一定要打包。随着年龄不断增长，我逐渐理解了母亲，她是饿怕了，穷怕了。

年老后的母亲和大哥一家生活，身体一直令人出乎意料地康健。原本担心她劳碌半生会导致老年体弱多病，想不到平时感冒都极少。房前屋后帮哥嫂侍弄菜园子，经管鸡鸭鹅。春天时时常去田间地头挖野菜。秋收时，眼睛总是离不开地面，看到掉在地上的玉米、黄豆粒她就会忍不住一定要捡起来。

大哥家承包了几十亩地，机器收割玉米上架子时难免有玉米粒掉落，母亲把它们收起来筛出去杂质，一粒一粒把玉米挑出来。赶上我回去的时候，母亲都要和我"显摆"一番那些被她挑出来的玉米粒，饱满，金黄。抚摸着它们，母亲就像在抚摸她精心养育的孩子一般，脸上露出慈祥的笑容。

多年后我深深领悟到，母亲的笑容就是儿女前行的希望和力量，是生活的一盏灯，照亮我回家的路。

长时间储存在架子上的玉米常有老鼠光顾，下面就会有玉米粒掉落，母亲时常去架子下面捡掉落的玉米粒。冬月二十九这天，母亲大概在屋里闷久了，来到玉米架子旁转悠，一向身体康健的她，突然倒在一旁，像一株枯老的玉米再也没有站起来。突发脑出血昏迷至半夜十二点多的母亲，再也没有睁开眼睛，任我如何呼喊终究被隔在她的世界之外。

我能做的只是仔细地为母亲净身，擦拭着她的每一寸肌肤。那双被日子风干的手，我一时找不到更恰当的词语来形容。它弯曲、僵硬，近乎瘦骨嶙峋，我不太敢仔细去看它，这双经历生活磨砺的手，一次次努力为我们撑起生活的希冀。此时是那般冰凉，曾经的温度荡然无存。她的突然离世，像一阵风，将我的心吹向茫茫的旷野。我像被她遗落的一小粒孤独的种子，在夜色中艰难地跋涉着，找寻着。找寻着那个熟悉的身影，那个曾给予过我无限温暖的怀抱，那慈祥的笑容。

没来得及说再见，却再也不见。

一阵风吹来，瞬间将我向前又推送了一程。

一位诗人曾对他的儿子说："其实你的母亲就是一株玉米，生以玉米又还以玉米，带走的仅仅是一根空空的秸秆。"

我的母亲何尝不是呢？

作者简介：李玉红，吉林省作家协会会员，吉林十大乡村作家。作品散见《中国文化报》《团结报》《中国新闻出版广电报》等报刊。

故乡的婆婆丁　　李雁春

　　老家的屯子后边不远就是一望无际的草原，也是我少年时的乐园。草原上曾留有我许许多多的快乐和梦想，从春到秋，伴着岁月滋长。

　　印象最深的就是春天在草原上挖婆婆丁。那时候，老家所在的屯子就在甸子边，园子里的土质属于盐碱地，家家园子里的菜长得不是很好。而草甸子上的婆婆丁出来得最早，虽然味道有些苦涩，却是农家餐桌上最早见的野菜。

　　每年清明前后，几场春风一吹，小草就悄悄钻出了地面，婆婆丁也不甘落后，争着抢着破土而出。这个时节，放学后我们把书包一扔，挎起小筐拿把镰刀头，几个小伙伴打打闹闹就向屯后的草甸子走去。

　　进入草甸子不远有几处村民脱坯挖的大坑，坑的周围一般水草肥美，婆婆丁也长得肥大，所以这里一般就是我们的主战场。

　　我们不聚堆，分散开来各自为战，互不干扰。早春，小草才刚刚出土，枯草还是一片焦黄，婆婆丁就躲在这焦黄的草丛里，需要猫着腰仔细寻找。

　　婆婆丁嫩小的叶子有紫红色的也有淡绿色的。紫红色的婆婆丁叶子一般比较宽大，叶片边缘的锯齿也比较大。这种婆婆丁出土没几天，才长出几片叶子就从菜心长出一个圆圆的花蕾。没开花时用手掰开花蕾，里面是一团棉絮状的花肉；如果不去碰它，没过几日就会长出长长的管状的花茎，把花蕾托起、举高，大约十几天的时间，花蕾一点点裂开，逐渐盛开成一盘圆圆的金黄的花朵。

　　淡绿色叶子的婆婆丁叶片细长，锯齿形也小，叶片层层叠叠长得非常丰满。我们都管这种婆婆丁叫"线婆婆丁"，那意思就是它一棵长出无数片的叶子，密密麻麻像一团线一样，我是这样理解的。这种婆婆丁最适合食用，因为它很晚才长花蕾、花茎、开花。

　　无论哪一种婆婆丁开的花我都非常喜欢，因为它的那种金黄色给人的感觉是晶莹剔透的，不像向日葵的黄有点儿发乌的感觉。

　　婆婆丁的花期大约十几天，渐渐成熟，退去金色，一簇簇花蕊变成一个个"小伞"，聚拢在长长的花茎上，随风摇摆。那一团球状的小伞就是蒲公英的种子，等到完全成熟，它们就会随风飘散，一颗颗在风中飘远，去寻找适合自己的土壤孕育新的生命。

　　草甸子大，婆婆丁也比较多，个把钟头就能挖满筐。挖满筐后我们并不忙着回家，而是要在草甸子上玩耍一阵子。有时找鸟窝，有时找一块不长草的碱巴喇扇"嘌叽"（一种用纸叠成或者用纸壳剪成的玩具）或者弹杏核、下五道，有很多好玩的方式。有时玩性大起也会忘了家里人还在等着我们挖的婆婆丁，就会有

329

谁家的大人站在屯子后边冲我们喊，我们才会想起应该回家吃晚饭了。有时回家晚了难免要遭到父母的一顿数落，可是我们忘性永远比记性好，第二天还是如此。

我每每给孩子讲这些童年故事的时候他们总是好奇地问："你们那时放学不写作业吗？你们玩的那些都是啥东西呀？现在有没有了？"

其实，那时我们的课本简单，作业也留得少，有时是课后生字每个写一行，数学就留几道题。想想那时的我们，生活条件虽然不如现在，常吃野菜果腹，可是我们的幸福感快乐感不比现在的孩子差。

如今，在我农村老宅的园子里的果树下，每年春天也会长出许多婆婆丁，不是人工种植的，而是拉土垫园子时带来的婆婆丁根或者种子长出来的。最开始只有几棵，我没有把它们铲掉，而是特意让它开花成熟，再让那些"小伞"随风飘落。年复一年，不光果树下，就连种菜的垄帮儿垄台也有鲜嫩的婆婆丁长出来，而且也是我家餐桌上最早的野菜。

吃着园子里的婆婆丁，我就常常想起故乡，想起故乡那片草原，还有那群在草原上挖婆婆丁或嬉戏打闹的少年。我也常常在想，草地上那群少年也像婆婆丁的种子一样，离开故乡的怀抱，在祖国的大江南北扎根生长，孕育着子孙后代。

作者简介：李艳春，笔名李雁春，中国散文学会会员，吉林省作家协会会员。有多篇小说、散文、杂文散见于国内报纸、杂志、丛书和作品集，并有部分作品获奖。

父爱依然　刘红英

人世间有一种爱超越极限，有一种爱穿透岁月流年，那就是父母的爱。父爱如山，载不动；母爱似水，流不尽。而对于从小就失去母亲的我，对这份叠加的爱更是刻骨铭心，它是我童年的护身符，是我成年的定心丸，如一盏灯火给予我温暖，照亮黑暗，指引着我人生的方向，激励着我的斗志，蓄积着力量，更是我生命深处永恒的牵挂。

正月初三，一大清早，电话铃响起，我一看是父亲打来的，赶紧按下接听键。电话那头传来："洪英，今年是你的本命年，爸爸要给你点儿钱。"真是出乎我的意料，父亲竟然还记得我49岁是本命年，一丝窃喜掠过我的眉梢，不是因为父亲要给我钱，而是他心里还装着我，有那么一点点的小幸福。我说："我不要钱，您留着自己花吧，只要您健康快乐就好。"父亲停顿了片刻，又执拗地说："必须给，爸爸的一点儿心意，我都78岁了，你再过本命年，我赶上赶不上还两说着呢，也许就阴阳两隔了。"我猛地心一震鼻子一酸，悲伤失落袭来，如鲠在喉，锥心裂骨的痛传遍身体每根神经，眼泪扑簌簌地悄然滑落。我强颜欢笑故作镇定地说："爸，您说啥呢！我奶奶活了 95 岁，长寿是遗传的，您一定争取活到 100 岁，要有这个信心，意念的力量是无穷的。您一定要健健康康地活到我下一个本命年，正好我们给您过九十大寿。有您在，家就在，我就永远是个小孩儿，就可以用孩子气，刷一刷幸福感，就有那种被疼爱、宠溺的滋味。"电话那头传来父亲爽朗的笑声。我机敏地反应过来了，继母一定不在家，要不然父亲不会主动给我打电话。我问："您一个人在家呢？"父亲"嗯"了一声，说继母去她妹妹家了。如果继母在家，我给父亲打电话，他说不上两句就嗯啊，支支吾吾，不是说信号不好就装听不见，所以我就不打了，免得说哪句话抻着继母的筋，然后就和父亲怄气，惹不必要的麻烦。因为知道继母不在家，所以我们爷儿俩就聊得很尽兴。父亲像个小孩儿一样，一一说出我们哥仨的生日，回忆着在那个简陋的小屋，留下的欢声笑语和童年趣事……那些美好的时光和生活点滴，仿佛就在昨天，一页一页地在脑海里，像过电影一样一一呈现，永远定格在了家那个温馨的港湾。父亲略去了独自拉扯我们长大的艰辛，藏起了独酌的苦酒。他又说："其实，我是很感激你的母亲的，给我留下你们 3 个儿女，让我心灵有了慰藉。我和你妈订婚时你姥姥不同意，说我太矮小身子又单薄，连水都挑不动。你妈妈说'他挑不动，我挑'，就毅然决然地嫁给了我，她对我真是一心一意。虽然她去世 40 年了，可我一直都十分想念她，谁也代替不了她在我心里的位置。我不是怕你继母，只是不想惹气，我是爱你们的，因为血缘是割舍不了的，这根纽带已经凝成金锁链，任何的外力都砍不断。我对你们的牵挂无时无刻不在，只是我不善于表达。"这话我信，因为父爱是深藏和内敛的，他也不例外。逢年过节我们回家时，从他的笑容和眼神就能捕捉到。放下电话，父亲这一席掏心掏肺的肺腑之言，依然响彻在我的耳畔。再也抑制不住感情的潮水，我的思绪是复杂的、混乱的。我没有逻辑、没有主次，我矛盾、自私、委屈，傻傻地认为那个跟我没有任何关系的继母，抢走了父亲以及父亲对我们至真至纯的爱。这么多年误解了父亲，我任思绪乱奔、任眼泪肆意狂淌，往事历历在目。

　　1980年夏天，那时哥哥12岁、我9岁、妹妹4岁，母亲就突然病逝了。她从家走时还好好的，说是去姥姥家住几天，可这一走就是诀别。离家时只带走了还在吃奶的妹妹，是我姥爷赶车来接的。没过两天的一个中午，我二舅骑着自行车来告诉信儿，让家里人准备后事，说母亲病逝了。她是在去乌兰浩特市医院的路上去世的，说是中毒性痢疾。我依稀记得，那时我正和小朋友们在村里的小河边玩儿，二舅找到了我，说我妈妈病逝了，我就号啕大哭，可想而知对父亲的打击该有多大。当时，好心的人看妹妹太可怜了，就想要走去抚养，却被父亲毅然决然地拒绝了。还有要给父亲续弦的，父亲怕继母给我们气受，也一口回绝了。于是所有的生活重担都压在了他一个人的肩上。首先，他辞去了在乡教育组的工作，因为在教育组工作要下各村蹲点，根本无暇顾及我们，然后，回到我们村当了小学校长，直至退休。当时，父亲天天领着妹妹去上班，学校成了她第二个摇篮。背着、抱着、晚上睡觉搂着，妹妹就像父亲的眼珠子一样珍贵，那真是含在嘴里怕化了，捧在手里怕摔着。父亲任劳任怨、勤勤恳恳、无微不至地照顾着我们。虽然我们成了没妈的孩子，但在外人面前，从没有自卑怯懦过，是父亲为我们撑起了一片天。上学时带饭，我们饭盒里是馒头、饼、麻花啥的，别的同学却是小米饭、玉米面饼子。若学校有老师去乌兰浩特市逛商场，父亲就求人家提前买回我们换季的衣服、鞋和帽，那真是冬天怕我们冷，夏天怕我们热。我和哥哥都在洮南上学，不管家里的生活多么拮据，父亲总会按月寄钱来，并在汇款单上附简短鼓励我们学习的话。每每这时，我的眼前就会浮现出父亲那瘦小的身影与期盼的眼神。无形中，我们在父亲潜移默化的熏陶下，骨子里自然而然就长出了坚韧与坚强，懂得了感恩，学会了善良以及做事的持之以恒，还有面对挫折时的微笑和坦然。这些优秀的品质，成了我们人生最宝贵的财富，更是生活中弥足珍贵的闪光点。

我们都成家后，父亲卸下了肩上的重担。简陋的小屋变得空空荡荡，剩他自己不免寂寞孤单，于是，经人介绍找了个后老伴，才真真正正地为自己活一回。前几天，我坐客车去乌兰浩特市，客车正好路过他们屯，远远地我就看见父亲和继母在站点等车，他们是去逛街。看见他有个人陪伴，衣服脏了有人洗，饿了有人做口饭，渴了有人倒杯水，伤风感冒了还有人给拿药。她担心着我们的担心，她尽着我们应尽的义务，想到这，我心中就油然而生无限感慨，那横亘在我和继母之间的冰山轰然坍塌。猛然地意识到，我应该感谢这个女人，就冲这些也应该给她鞠个躬。

时光荏苒，岁月如梭，转眼间我的人生已过半。蓦然回首觉得自己没有对不起谁，要说亏欠那就只有父亲了。他的爱，比天高、比海深，如大地一样辽阔深厚，如星辰一样无垠浩瀚。我的回报，倾其所有都太轻，付出一生也太短。现在最该兑现的是，我从小许下的孝的宏愿，它就像一粒种子，一直在我心底生根、发芽、茁壮，随着年龄的增长，已成参天。我对父亲的这份亏欠，如果今生偿还不够，那就来世再接着还。

作者简介：刘红英，原名刘洪英。吉林省作家协会青年作家班学员，白城市作家协会会员，洮南市作家协会副秘书长。诗歌、散文、小说等作品散见于《白城日报》《洮南周刊》《府城文艺》《绿野》等报刊。

鸟语声声觅童趣　　苏亚兰

春末夏初，我和爱人去市郊外踏青。在一片野花盛开的绿草地上，一群小鸟正在叽叽喳喳精神抖擞地啄食、栖息。凝眸细看，它们脊背上的羽毛黝黑铮亮，雪白的脖颈和黑肚皮清晰可辨，像一只只小企鹅，形态清纯可爱。我摆手招呼正在一旁专心拍花的他："嗨！快过来看哪，多好看的花喜鹊！"爱人凑过来定睛一看，扑哧笑出了声："你认不认货？这哪是花喜鹊啊！这叫喜鹊花，身材比喜鹊要小得多，是类似喜鹊的一种鸟。春天一到，它们从南方来得最早，来去都是雌雄相伴，成双成对，不信你看！"我仔细一看，果真有几对小鸟分别落在不同的地方。看着它们相依相偎、亲密无间的样子，我不禁想起了电影《天仙配》里"树上的鸟儿成双对，绿水青山带笑颜"的精彩唱段。说起鸟来，一向不善言辞的他，俨然一副学者、专家的姿态，倏地打开了话匣子，给我讲起了许多有关鸟类的趣闻逸事。

对于我们这些六零后来说，孩提时代有着源于大自然赋予的天然情趣。每当春风送暖、万物复苏的时节，乡村内外到处呈现出一派草木葱茏、鸟语花香的怡人景色。

放眼望去，远处天边呼呼地冒着乳白色的地气，似一条长长的游龙在一浪一浪地蠕动、起伏。气温转暖，农人开始了春耕生产。此时，村外林边的草甸子已绿草如茵，各种野花次第开放。首先闯入耳鼓的，是俗称"臭姑姑"的布谷鸟在暗处发出"布谷布谷"的叫声。偶见几只野鸡在田垄上穿梭而行，雌野鸡羽毛暗淡，一身素装，而雄野鸡却着装美观，羽毛色彩鲜艳分外耀眼，尤其是肚皮和脖颈上的羽毛闪着火红的光亮。它们总是前呼后拥，互相追逐，行走飞快自如，人没到跟前立马展翅高飞，很不容易被捕捉。

每到这时，男孩子们总喜欢仨一群俩一伙地相约搭伴，拿着弹弓、铁丝夹子、笆底做的扣网等自制的捕猎工具，到村外的树林里去逮鸟。他们不喜欢领着女孩儿上山，是因为女孩儿爱惊叫，怕惊飞了鸟雀，只能让她们在家里耐心等待。他们脚穿布鞋，挽着裤脚，穿过村边的大草甸子，遇见草地上欢蹦乱跳的蚂蚱、蝈蝈、刀螂等昆虫，便顺手捉起来挽在裤管里，留着回家喂鸟。随后，伴随着清脆的鸟鸣，一个跟着一个悄悄地钻进树林里。

那时候气温紧随节气，只要草木泛绿，即使还没到小满，各种鸟儿早已来全了。很多鸟儿在草地和树林间自由地穿行，让人目不暇接。为了分清和记住它们，我们便根据各种鸟的形态和习性，给它们取了很多有趣的名字。有一种俗称"冻死鬼"的鸟学名叫雪鸟儿，喜食草籽儿，每当秋去冬来北鸟南归时，它们就衔来枯草在树干上做窝，留在北方过冬，有种天寒地冻不怕冷的精神。"蓝腚肛"尾部羽毛呈蓝色。"红下颏"嘴下长着一撮红色的羽毛。"大眼嘎"身体小，眼睛大。"呢了"喜欢在草地上聚居，当发现有人靠近它的窝时，它会在离窝很远的半空中不停地鸣叫，声音响亮、清脆，借以转移人的视线。"青头"脑袋青色，肚皮黄色。"叨叨木"是啄木鸟。伯劳鸟俗名"胡不拉"，叫声嘶哑，背部羽毛颜色有点儿像饭嘎巴儿①，身体跟半大鸡崽儿差不多，嘴巴尖尖能啄人。正如俗话所说："鱼找鱼，虾找虾，叨叨木专找胡不拉"，这两种鸟体貌形态相似，看上去是很般配。

有种鸟叫"黄山倔嗒"，它落在地上，头和尾分别上下摆动，形态犹如跳板。"柳树叶子"也叫"柳粪球子"或"三道眉"，因脑门儿和身上有三道赭黄色的杠杠，学名叫柳莺，墨绿色的羽毛，来去喜欢成群结队，落地和起飞时如同风声掠过，沙沙作响。"烙铁背儿"形状犹如过去妇女做针线活时用的烙铁板。"呱嗒板子"叫起来和民间艺人演出时手里打的竹板儿一样，"呱嗒呱嗒"的声音特别引人注目。"窜鸡"也叫"踹鸡"，体形大，喜欢落在土堆上，连蹬带踹动作似鸡刨食，因为它身上的羽毛像土色，所以安静时很不易被人发觉。"苏雀"学名叫白腰朱顶雀，头顶红脑盖儿，因爱吃苏子而得名。"鹌鹑"模样酷似鸡雏，在草地上行走如飞，离开草地却走不快，飞不高，因此最容易被捕鸟人逮住，它的蛋含有丰富的营养成分，常被人类作为一种高蛋白食物，制成各类罐头食品供人们享用。

有一种叫"红麻料"的鸟，它的脑门和肚皮是黄色的，身子却是红色的，学名叫普通朱雀，羽毛有点像过去生产队饲养员喂马的红高粱。有一种鸟经常活动于树上树下，专门寻蚂蚁吃，我们给它取名叫"蚂蚁雀儿"。还有一种名叫"锉嘴子"的小鸟，专门吃地头上的小麻籽，吃饱了就趴在麻秆上不动，因为小麻籽

---

① 嘎巴儿：东北方言。附着在器物上的干了的粥、浆糊，或食物烤焦烤黄的那层硬皮。

有麻醉作用，吃了它就发困，所以用手一抓就能抓住。

还有种最常见的鸟叫作"油拉罐子"，身子和鸽子一般大小，习性似燕子，喜食秸秆虫（玉米螟），经常出入于山水之间，平原地带不常见。它身体有七八厘米长，嘴尖而带钩，长度如大人的中指，喜欢落在水边上嘴巴触地。飞起来时成群结队不轻易落地，叫声有点儿像汽笛鸣响，特别悦耳动听。有趣的是，民间有句歇后语这样形容它：油拉罐子卡前（钱）——全靠嘴支着，比喻为人处事专门爱耍嘴皮子，不办实事，也指不递钱就不给人办事的人。还有什么"麻出溜子、唧唧鬼子、灰鸽子"，等等，它们和那些叫不上名字的鸟一样，自由自在地在树林里、天地间飞翔，给我们的童年生活带来了无穷的乐趣。

虽说是去林中捕鸟，却时时被形态各异的鸟儿所吸引，所迷醉，让人忘记了疲劳，忘记了展开捕鸟工具，忘记了施展捕鸟的本领。因此常常给坐在家里等待的弟弟妹妹们带回去几只麻雀和鸟蛋，有时即便是捕着了好看的鸟，也不忍心将它们关在笼子里让它们失去自由，更不忍心放在灶坑里烧熟了变成口中美食。总是喜欢了一阵子之后，依依不舍地放飞它们，让它们重新回归自然。

听着爱人娓娓动听的讲述，我仿佛置身于其中，恰似倾听着那些可爱的小生灵在耳边无拘无束地鸣叫。那是它们摆脱了人们的捕猎，回归大自然时一曲悦耳动听的音符，在广袤的黑土地上空婉转地回响。然而，爱人却不无伤感，表情略带失落地发出一声叹息：唉！以前都说"小满雀来全"，现在却很难看到那些可爱的小鸟了。我们那代人绿色的童年，早已淹没在记忆的深处，心中充满无限怀想与眷恋。

如今，许多爱鸟之人不由得把视线集中到了集市或楼阁内的笼中之鸟。看到有人类接近，鸟儿们便在笼子里面撞来撞去，渴望冲出牢笼，获得自由。

此时此刻，我的耳畔仿佛又响起一种熟悉的天籁之音，那是儿时听到的阵阵鸟鸣，那是来自大自然的呼唤与回声，让这声音把我们带回到那久违的童真世界吧。

作者简介：苏亚兰，女，1963 年生，扶余市弓棚子镇广发村农民。松原市作家协会会员，扶余市作家协会会员。自 2009 年开始写作，多篇作品在《吉林日报》《吉林农村报》《松原日报》等报刊发表。

摆渡人 孙立国

一抔落叶，埋了荒径，几簇寒花，摇曳远山，又一秋，便成了。忽然而已，岁月这台魔术机，就把我从孙子变成了爷爷。当疲惫的心驱使着僵直的腿，一步一步丈量着生命里每一天的距离时，脑海里还在想一些光怪陆离的问题，腿为什么每天奔走？是心无法停止流浪，才指使腿从一个远方走向另一个远方？还是腿不甘于心的束缚，带着原本静如止水的心阅尽繁华，从懵懂无知状态到尝尽冷暖悲欢，最后归尘与土，所走过的这一段，就叫作人生乐章？

当孙子时，尽管穿着补丁摞着补丁的衣服，吃着被现在年月里称为一锅出的玉米饼子和萝卜汤，夜晚煤油灯火苗里依然跳动着我无限的遐想。这所有的一切，并不影响一颗童心的快乐飞翔。家里全年的口粮够不够吃，新学期几块钱的学费有没有着落，这一切统统和我无关。出现在我当天夜里梦中的是，明天在家门口那一眼望不到边的草甸里找到几枚鸟蛋，盼一场冒烟雪，用那冻得发红的小手，多团些雪团，作为打雪仗的子弹。也许是

341

隔辈的缘故吧，童年记忆中爷爷的身影要多于爸爸的身影。最喜欢爷爷赶马车的短鞭，在爷爷手中啪啪几声清脆的响，至今仍然萦绕在记忆的空间里。春夏季节我每天留意的事，就是爷爷的马爬犁去家西还是家北方向蹚地。临近中午，我和小伙伴们就准时等候在屯外西桥头或者北桥头。劳累了一上午的爷爷勒住大黄骡子的缰绳，抱起我放进爬犁上的马槽里坐稳，然后习惯性地扬起短鞭，小伙伴们边用羡慕的眼神看着我，边加快脚步小跑着追赶着爬犁。这时，小小的我的童心中就有了一种君临天下的感觉。尽管我不住在王宫，却感觉此刻我是最大的王。

知了一声声地叫着夏天，所不同的是，今夏的知了已经不是昨夏那个知了，这个夏天自然也不是前一年的夏天。记得一个飘雪的冬日，爷爷紧闭双眸，静静地躺在我的怀中。窗外的雪还是当年的雪，我却再也不是当初那个少年。泪水无声，我静静地为爷爷最后一次修剪指甲，刮净胡须，一方柔软的毛巾游走在爷爷饱经沧桑的脸庞上。我多想这一次就把爷爷皱纹里的冷暖悲欢涤荡干净，洗尽所有铅华，让爷爷他老人家静静地，不带走一丝遗憾地离去。爷爷走后，我才更深一个层次地理解了时间地残酷，人生的短暂，世间有永远无法报答的恩情。我们总是相信来日方长，有大把时光可以让我们从容尽孝。当一个又一个儿女跪在老人灵前，泣不成声地哭诉着下辈子还做你的儿女时，来生彼此缥缈在哪个空间，又有谁能知道呢？

岁月，不仅是魔术师，也是规划师，他把童年的童趣归拢到心灵的一个角落，藏得很深，因为他知道，藏得越深越依依不舍。所以每每翻出来回忆，然后将心灵规划成千千结，在每个结里装进义务、责任、事业、家庭、亲情、友情、爱情……

当孙女呱呱坠地的哭声取代了伤别离的哭声后，我更懂得了，痛苦和快乐是相辅相成的。痛苦之前给了我许多回忆，痛苦之后又给了我许多幸福，痛苦之中给了我那种子欲孝而亲不待的体验。爷爷的离开带走了我的青春，但是也带走了我许多年少轻狂。孙女的到来带来了我的衰老，也带来了我的淡定从容。这个过程，便是生活吧。所以，我要感谢生命，快乐使人欣喜，痛苦何尝不是美丽？感谢生命中我承上启下，遇见的每一个人，亲人、友人、爱人，他们陪我走过岁月长河中属于我自己的那一段……

　　踱步到小区门前，嘴里轻轻地喊着孙女的乳名"吉米"，在一群孩子中，见到了自己可爱的宝贝，上天赐给我们这个家的精灵蹒跚着跑过来，把孩子抱起紧紧搂在怀里这一刻，心，就醉了。千千结的心里，所有解不开的结，也就融化了。小区的门，也就成了时光隧道的出入之门。门外，是我走过的曾经，祖辈的沧桑往事追随着我向前的脚步。门内小区里，是孩子纯真的笑脸，一朵花是一个新的世界，一片叶是一树新的菩提。而推开和关闭这扇门的我，就是那个延续生命，从上辈的世界走向下辈人的世界的那个摆渡人，是留下一段文字的那个人而已。

作者简介：孙立国，长春市双阳区新民村农民。

筷子的"妈妈令儿" 王松林

筷子的快乐，就是我儿时的快乐。筷子的隐喻来自于我妈对我的教育，通过挨打受骂，我深深地记住了关于筷子的那些"妈妈令儿"。

我妈生前曾告诉我，我的手打小就很灵活，握力也大，抓住什么东西就不肯撒手；还说抓周时先抓筷子——爸妈认定我就是"吃货"一个；又说过我刚会吃饭那会儿，我就抢着用筷子，最开始用左手拿筷子，用右手抓饭菜放在并一起的筷子上，再送到嘴里，一顿饭下来，脸上、鼻子上、桌子上、前大襟和炕上，都落上饭菜和汤汁。妈妈捡起饭粒吃掉，她说浪费粮食有罪，幼儿浪费粮食，也是当妈的罪过。让她欣慰的，她生出的几个孩子中，我是最聪明的，也最有另类想法。我左右手都会用筷子，这也得益于我最早学会使用筷子吃饭的一个原因了。

我清楚记得六岁时的一天，妈妈正在屋外灶台上盛菜，我在屋里领着哥哥妹妹用筷子敲桌子、敲碗，还闹闹吵吵的。妈妈气冲冲地进屋，得知是我第一个用筷子敲碗的。"你是小叫花子呀？"妈妈一句骂声刚落下，紧跟着一巴掌打在我的手上，又掐了一下，厉声道，"不许用筷子敲碗，记住没？"我泪汪汪地看着手背被掐出的紫青色，从此长了记性。

也许我命中注定不招妈妈待见吧，妈妈关于筷子的"妈妈令儿"太多，而我小时候，我的想法总是不安分，触犯了一次，就得挨一次教育。饭前，我有时摆弄筷子玩儿，我挨骂；有时，我拿起筷子没注意反正，一正一反使用，我挨骂；我用筷子把肉拨在一边（我小时候不吃肉），专挑我爱吃的土豆、豆角，我挨骂；长大一点儿之后，夹菜不允许掉在饭碗外边。记得最清楚的一次是我把筷子竖直插在装满饭的碗里，起身去倒水喝，妈妈就大骂："你个小死鬼，你爸妈还没死呢，你就着急插'倒头筷子'了？"她随手抓起笤帚，就狠狠打我一笤帚疙瘩，后背真疼啊！她得气到啥份儿上，才下如此狠手呢？我也急眼了："你哪来那么些'妈妈令儿'啊？也不提前告诉我，我哪里知道呢？"顶嘴，我又挨两下子。我噌的一下跑出屋外，闪了。过后，我还会自寻快乐。用家里不再使用的旧筷子当箭杆子儿，找个小榆树条子，弄弯弯了，再系上小绳子，当箭弓。也用旧筷子扎红灯笼，点上红蜡烛，在过年前后的晚上，挑着灯笼去长辈家拜年。

后来，妈妈陆陆续续告诉我很多关于筷子的"说道"：每年春节都要买几双筷子，意思是"增人口""增快乐"；不要用嘴来回去嘬筷子，还发出咝咝的声响，这是毫无修养的让人憎恶的行为；等等。我渐渐长大了，在饭桌上也越来越守规矩了。

随着阅历的增长，我发现筷子的隐喻颇深，责任重大，就更加对筷子肃然起敬了。都知道关于筷子的谚语"一根筷子易折断，十根筷子抱成团"，寓意多么深刻；一双筷子总是成对出现，容易让人联想到过年的一副春联——上联下联，还可以让人联想到恋人的爱情、夫妻的婚姻、兄弟的亲情、朋友的友情，都是不能"缺腿"的；四根筷子摆在一起是绝句："殷勤问竹箸，甘苦乐先尝。滋味他人好，乐空来去忙。"宋代文人程良规通过这首诗描写并赞美筷子那种奉献的精神……

筷子在中国有着三千多年的历史，当今人们对筷子都习以为常了。但不要小看了一双筷子。筷子文化是在饭桌上传承下来的文化，蕴含着教养、修为、尊重和敬畏！筷子的象征来自于我后天的读书与领悟。

每天都用筷子吃饭，跟了我半个多世纪的筷子，如挚友，似良师，伴我成长，给了我聪明与智慧。

作者简介：王松林，吉林省作家协会会员，吉林市作家协会理事，吉林市十大乡村作家。曾在《小小说选刊》《青海湖》《吉林日报》等60多家报刊发表千余篇文学作品。

百岁张奶 吴凤香

张奶走了，百岁的张奶走了，我闻知心情黯然，潸然泪下。

张奶是我的邻居，我们并无血缘关系，但相处之亲切胜却了血缘。

20世纪的1993年秋天，我毕业后分配到花山林场参加了工作，来到了临江市的花山小镇，两年后结婚，把家安在了花山火车站养路工区旁边的一栋平房里。就是在这个时候，我和张奶做了邻居。

盛夏的傍晚，吃过了晚饭，邻居们三三两两地从家里走出来，来到张奶家的小院里。这个时候是张奶最为忙碌，却是她最为开心的时候。张奶把家里所有的大椅子、小凳子、坐垫都拿了出来，我们团团围坐在她的身边开始拉家常，没有凳子的甚至坐在她家门口的几块大石头上，每当这个时候张奶就会贴心地递过来一个坐垫，不让我们着凉，大石头晒了一天很温热，我们故意不要她的坐垫，她就会很心疼地给我们塞在屁股下，让我们坐。我那时怀揣着儿子，张奶每次都体贴地让我坐在最舒服的靠背椅上，生怕我坐得不舒服。邻居们在一起谈天说地，说着白天遇到的各种事物，大到国家大事、国际新闻，小到小镇上的生老病死，甚至自己家鸡毛蒜皮的小事，畅所欲言，一阵阵的笑声此起彼伏，飘荡在盛夏的夜空里，惊得星星在天上把眼睛眨了又眨。

起初我对这个身材瘦小、独自寡居、年近耄耋的小脚老太并未在意，只是跟随左邻右舍去她那里玩。渐渐地我了解到，张奶有儿有女，并且儿女们生活得也很好，可她并不去任何一个儿女家里，七十多岁的年龄了仍然坚持自己一人独居。她的小平房四周有菜地，春天的时候，张奶每天天一亮就起床了，颠着小脚在菜地里忙着侍弄她的菜蔬，土豆、辣椒、豆角、黄瓜、茄子、西红柿、芹菜、生菜等各种时令小菜，样样数数的悉心侍弄，她自己完全吃不了，就采摘下来送给左邻右舍们。听婆婆说，邻居们已经吃了她好多年的蔬菜了。

俗话说，投桃报李，邻居们也总是很舍得把自己最喜爱的食物送给张奶，婆婆包了饺子总是会打发我给张奶送去。冬天的时候，我怀揣八个多月的孕肚去给张奶送饺子，婆婆担心外面雪大脚下太滑，不让我去送了，喊未出嫁的小姑子去送，我坚持说我可以的，就端了一盘饺子送了过去，推开房门的时候，张奶正自己一个人坐在炕上，摆"牌九"。她每天两顿饭，早上八点多钟吃第一顿，下午三点多吃第二顿，我这午饭送得不是时候，张奶看我失望的表情，她用手拿起一个饺子咬了一口，说好香呀，奶奶吃过了，剩下的奶奶晚饭的时候再吃，我就很孩子气地开口笑了，感觉张奶很可爱。就在我转身离开准备回家吃午饭的时候，张奶拦住了我，她从墙角一个古老陈旧的木柜子里拿出了一个大大的桃子罐头，递到我的手里，不容分说就让我拿走，她说丫头你吃了，肚子里的宝宝就吃到了，宝宝出生以后会水灵灵地漂亮！不让我拒绝，她说是儿孙们来看她的时候带给她的，她自己吃不完。我拒绝不掉，又跑不开，只好双手捧在胸前，顶在孕肚上慢慢地走回来，儿子在肚里急得直踹我！不知道是被儿子踹疼了，还是张奶的温暖让我想起了过世的母亲，一层薄雾慢慢浮上来模糊了视线，母亲的面容和张奶的面容渐渐模糊在一起。

张奶的身上有一种神奇的魔力，吸引你接近她。左邻右舍不论多大的年纪都喜欢跟她说心里话，每当生活中遇到了烦心事儿，都喜欢坐在她家的小炕上，跟她聊聊天。张奶总是笑眯眯地听你倾诉，等你讲完，她会非常耐心地开解你，并不用讲多大的道理，她只是用最贴心的语言安慰你，用最朴素的道理开解你几句，你就会感觉豁然开朗。有时候邻居们之间因为小事儿闹了矛盾，都会去找她倾诉，她就两头安慰，两头说些平日里彼此相处的好处，邻居们之间的误会顷刻间烟消云散。我偶尔在生活中遇到不顺心的事情，跑去张奶家坐在她温暖的小炕上，对她倾诉一番，张奶就用温暖瘦削的手拍拍我的肩膀，我的委屈就会土崩瓦解，化作几颗热泪释放出来，然后再投入生活的怀抱。

时间久了，我偶尔发现张奶晚饭时会喝上一杯白酒。她拿出一个酒瓶，倒出一杯白酒，大约一两半的酒杯，张奶告诉我她每晚都会喝上一小杯白酒，这样夜里会睡得踏实。我好奇地看了一眼酒的名字叫"临江白"，张奶告诉我，这酒她喝了几十年了，特别爱喝这纯粮酿造的白酒。原来张奶自从老伴儿过世，她来到花山小镇就爱上了这口酒。从那时开始我也理解了张奶的寂寞，但她跟我说，她还能独自生活就不想拖累儿女。张奶的儿孙个个都很孝顺，总是时不时地过来看望她，带给她好吃的新鲜的糕点，过后她总是会分送给左邻右舍的小孩子。我的儿子很喜欢去张奶家玩儿，他很喜欢张奶的慈祥，张奶拿好吃的糕点给我的儿子，还教我的儿子摆"牌九"。儿子甚是喜欢这个慈眉善目的老奶奶，几天不去就会想念她，五六岁的时候，就会自己跑去张奶家玩耍。

张奶是左邻右舍的核心，她对每一个人都那么和蔼可亲，是大家的主心骨。我们一年四季都围绕在她的身边，她的大儿子每次来看望母亲，都说是平日里我们帮忙照顾了老太太，可是我们知道张奶平日里对我们的关照，我们一家祖孙三代都喜欢张奶。通过交谈我才得知张奶年轻时在生产队是妇女队长呢，别看她是个裹脚的小脚女人，可干起活儿来丝毫不比男人差，当年也是个赫赫有名的巾帼英雄，十里八乡的都知道她。但她的大儿子并未多说，张奶不让哩！可是当她的大儿子提起张奶的往事时，我分明看到有两朵红云飞到了这个小脚老太满是皱纹的脸上，她笑得一朵花似的灿烂，说大儿子真能编排她，我也跟着笑了起来。

2008年花山小镇改道，一条笔直的大道冲散了我们这些左邻右舍，我搬家了，张奶也在大女儿的强烈要求下去了她家，张姑的家也在花山小镇。两年后我陪儿子读书离开小镇去了临江城里，好在婆婆家和我工作的单位依然还在小镇，偶尔过年的时候还会去看望一下张奶，但见面的机会少了很多，每次去张奶家她都会问起我儿子的情况。我也经常带水果罐头去看望她，一是容易存放，二是张奶很喜欢吃呢！我总是会回忆起孕期张奶给我的那瓶大大的桃子罐头，每次想起心里都会莫名地感动，她把自己最喜爱的东西在我最需要的时候给了我，就值得我一生铭记！

张奶九十多岁以后我再去看望的时候，我注意到她的大女儿总是会在表示感谢以后，赶紧就把我们带过去的水果罐头放到另一个房间，然后再带我们去看望张奶。起初我并不明白，但她的大女儿悄悄暗示，说是张奶不愿意接受别人带东西去看望她了，她认为自己已经年迈没有能力偿还别人的情意了。我听了心里一酸，湿了眼眶，奶奶，我不用你偿还什么，因为你早已经给过了。

今年过年的时候，我一边剁饺子馅一边跟婆婆聊天，忽然提到了张奶，我跟婆婆说张奶今年是不是刚好一百岁了，婆婆点头。我忽然意识到我已经有两年没有去看望她了，这么说着的时候决定当下就去看望她一下，跟儿子说起领他去看望小时候陪他摆"牌九"、给他好吃的老奶奶时，儿子很高兴地答应。爱人开车带我们去了张姑家，还是买了两瓶水果罐头和一箱奶，东西并不多。到了的时候我主动把东西放到了别处，进到屋里看到张奶，虽然有心理准备，我还是被眼前的张奶惊了一下，她已经完全卧床了，脸非常消瘦，躺在小炕上，身上盖了一条薄薄的被子，但通过被子起伏的状态，我也能看得出她身体的瘦小。我握着她的手跟她交谈，张姑大声喊着重复给她听，张奶听力已经不行了，说话的气息很微弱，但思路还很清晰。当我问到奶奶您还认识我吗？她已经不记得我了，张姑提起我的婆婆，又指着就坐在她眼前的我的爱人，给她讲相互的关联，她只是记得婆婆，但我和爱人她都不记得了！

话别的时候我深深地看了一眼张奶，有种预感，这有可能是今生最后一次相见了！我双手合十对张奶表达告别，她就静静地侧过脸来看着我，奶奶你想起我了吗？我们近在眼前却恍如隔世……

走出小巷的时候，天空飘起了星星点点的雪花，暗合了此时的心境。三个月后的农历四月初三我听到了张奶离世的消息，并不诧异，只是特别心酸，眼泪汩汩流下。这时我得知了一个消息，原来张奶还是一名老党员呢！捎礼金给张奶的孙女，她拒收了，回话：奶奶临终有遗愿，不允许儿孙因为她的丧事收取任何礼金，她养育儿孙一场只要求简单安葬，把她最后一点儿微薄的积蓄全部上缴党费，她记得今年是党的百岁生日，她和党同龄哩！张奶的儿孙皆是党员，自是遵照她的遗愿办事。

自此我才知道了张奶的老党员身份，遗憾的是她年轻时候的故事我知道的并不多。从张奶的身上，我体味到了一个党员的默默奉献精神，团结群众，为群众排忧解难的热忱，有一分热就发一分光的革命情怀！

作者简介：吴凤香，吉林省临江市人。白山市作家协会会员。作品散见于《河北工人报》《长白山日报》《齐鲁文学》《长白山文艺》等报刊。

悠悠故乡情 习秀容

　　岁月的长河缓缓流淌，沉淀在记忆深处的唯有乡情，像生了根一样，如此地挥之不去，总是魂牵梦绕……

　　故乡的一山一水、一草一木及人情世故如刀刻斧凿般留在了记忆深处。其实，离家几十年，故乡早已发生了翻天覆地的变化，山清水秀，景色更优美了。

一　老屋情结

　　有一位女作家说过，老屋如同胎记。确实如此，我出生时的老屋已经拆了多年了，可她还常常出现在我梦里……寒冷的冬夜，一家人睡在热乎乎的土炕上。清早醒来，满窗的冰凌花，大自然鬼斧神工的杰作让孩童的我曾产生过无尽的遐想……一家人坐在一张小方桌周围，虽然粗茶淡饭，但是成长的岁月里不乏快乐。

　　记得入住新房时，母亲不愿离开老屋时的情景。弟弟在老屋前面重新建了五间砖瓦结构的新房子。红砖蓝瓦，门窗明亮。新房落成，弟弟让母亲一同搬过去。母亲迟迟不愿离开老屋，一说让她搬家，母亲就满脸的不舍，母亲说父亲走了，她要守着老屋。其实呀，我们做儿女的心里都十分清楚，老屋虽破，毕竟是遮风挡雨的家。更何况那是父母像燕子垒窝一样一点一点建起来的家。父母又亲眼看着他们的儿女像小燕子一样从老屋飞出去，又飞向远方。守着老屋，母亲觉得父亲还活在她心中，看着老屋里的一切，仿佛父亲还在她身边。

但是，母亲毕竟是有着几十年党龄的老党员了，她懂得国家的政策（泥草房改造），懂得党的良苦用心，所以最后还是依依不舍地搬出了老屋，住进了宽敞明亮的新房。

时代在发展，人们的生活水平也在飞速提高。老屋被新房子所取代是新农村崛起的重要组成部分。可是，老屋对于我们来说，就像一条河，流淌在我们的内心深处，也承载着我们的快乐与幸福。

二　儿时的年味

随着年龄的增长和物质生活水平的提高，年对于我来说已没有太多的诱惑了。然而，要说小时候过年，那可有的说了。那真是掰着手指头数啊数啊，盼着新年早一点儿到来。

一进腊月门，父母就忙着张罗着置办年货。先说杀猪吧，杀猪的头一天晚上，父亲就把捆猪的麻绳搓好了。第二天早晨，天还没亮，一家人就早早起来了，匆匆吃过早饭。帮忙杀猪的三叔二大爷陆续来到了。肥猪的那一声惨叫远远抵不过我们对美食的期盼和欢呼雀跃。这时，母亲亲手腌渍的一大缸酸菜该派上用场了。猪肉的香味顿时弥漫了满屋满院甚至整个小屯上空。因为这时屯子里的家家户户也都陆陆续续地杀猪了。辛劳了一年的乡亲们，也能在这香味缭绕的腊月里得到犒赏。杀年猪时屯子里沾亲带故的必须都请到了。亲情乡情也在这猪肉的香味中氤氲。一向善良的母亲还要将剩下的杀猪菜送与那些生活较贫困的左邻右舍。我们也从母亲身上学到了乐于助人的好品质。最喜欢吃母亲做的面肠了。把面肠切成薄片用油煎一下，真好吃。一说吃煎面肠，味蕾又马上鲜活了起来……那是儿时的味道，再也无法寻觅的味道，再也回不去的童年，因为时光无法倒流。

新年将至，崭新的年画已被贴上土墙。红红火火的窗花与春联为清贫的生活增添了一抹希望的色彩。

三 家乡的山水

每次回老家，我都约上儿时的小伙伴一起去看看我们小时一起游玩过、撒泼打滚的地方。家北有鲤鱼山，家东有一条小河。所谓的山也只不过是个坨子罢了。鲤鱼山没有大山的巍峨壮观，可它在我心里都有大山的形象，总觉得鲤鱼山像我的父辈的脊梁。

春天来临的时候，漫山遍野的野花点缀着绿草，特别抢眼的是一簇簇马兰花，在和风中翩翩起舞，像蓝色的蝴蝶一样美丽。马兰不畏干旱风沙、不惧土地的贫瘠顽强地繁衍生息，从马兰身上我看到了我的祖辈的勤劳朴实与坚强不屈。再看那蓝鸟花，蓝得晶莹，梦幻一样的色彩。金黄的蒲公英，花开花落，它的种子随风飘散，飘落到哪里，哪里就是它的家。蒲公英也像人一样吧？不管飞多远，都会眷恋生它养它的这片土地。由蒲公英联想到生活在异乡的自己，一丝丝惆怅袭上心头……

山上可以食用的不只是蒲公英，还有野韭菜、山忙根（像小蒜一样）、小山葱子……苣荬菜就不用说了。在没有青菜的苦春头的日子里，这些野菜可算得上是上等的美食了。

如今，鲤鱼山上已种上多种果树。杏树、梨树、李子……春天花海荡漾，秋天果实飘香。山脚下已经建起了一排稻米加工厂。昔日的鲤鱼山彻底旧貌换新颜了。

家东的那条小河已被开垦成一片稻田了。记得小时候，那里可是我们的"避暑山庄"。洗澡、打水仗、洗衣裳，更是捉鱼摸虾的地方。清清的小河水流淌着童年的欢乐。

四　家乡巨变

今日再回故乡，故乡早已不是昔日的旧模样。小小村落被几条平坦笔直的水泥路划分得整整齐齐。国家已实施了村屯房屋改造规划，一排排红砖蓝瓦房掩映在挺拔的绿柳中，干干净净的农家院里，十家有八家都停放着小轿车。屯中八十多岁的王奶奶看见飞驰在水泥路上的小轿车感慨地说："现在的年轻人可了不得，手抓着方向盘，出门一溜烟儿……"屯中央的臭水沟已被填平建成健身广场了。广场上健身器材一应俱全。这里成了村民茶余饭后的休闲胜地。广场上音响一放，如同吹响集结号，人们纷纷登场，用曼妙的舞姿抒发对美好新生活的无比热爱。

太阳刚刚落山，水泥路两边的路灯便齐刷刷地亮起来。乡村的夜晚不再寂静，广场上的舞曲与稻田里的蛙鸣交织在一起，奏响了新农村蒸蒸日上的凯歌。

作者简介：习秀容，女，笔名相远，洮南朝阳村农民。

檐下清脆蝈蝈声 肖木江

童年是美好的，童年的夏天是快乐的。特别是二十四节气的夏至过后，就可以看到邻居大哥哥们，从山上抓来蝈蝈，放在事先编织好的笼子里。挂在屋檐下，放一些白菜叶或角瓜花，做食物。蝈蝈吃饱后，就开始不停地鸣叫。

最多的一家挂七八个笼子，那时候还没有收音机，更没有电视和电脑。小广播有时播，有时不播。一播就是听腻了的样板戏。人们就在枯燥和寂寞中度过一个夏天。在中午休息时，能在自家的炕上，听到蝈蝈清脆的叫声，也算一种享受，也算为生活增添了一种色彩。农村的文化生活太单调。

记得有一次，我求父亲给我编蝈蝈笼子，也想抓两个蝈蝈挂在房檐下。父亲很高兴，放弃了一个中午的休息时间耐心地给我编织，编了一个，又扎了两个。编的这个，像两个盘子扣在一起，四个角对着绑合，很好看，更像个艺术品；扎的两个，一个是三角的底，一个是四角的底。底下大上面尖，就像缩小的宝塔似的，真是形状不一，各有特色。我明知道父亲很累，现在想起

357

来还觉得对不住父亲。但是父亲为了让我高兴，还是为我做了三个，我知道这是父亲对我的偏爱。我看着这崭新的蝈蝈笼子，心里无比兴奋，也更爱我的父亲。

第二天，我拎着一个笼子，去草甸子里抓蝈蝈。早上凉爽，蝈蝈不爱叫，到八九点钟以后，开始有叫声了，再过一会儿叫声多了起来。一会儿又连成一片，都是蝈蝈的叫声，分不出个数来。吱吱吱……便没有停息间断的时候。但是根据声波的强弱，远近还是可分的。按声音定位，判断蝈蝈所在的位置。但它也很乖，见人到近前就不叫了，再靠近，它就会从草尖上跳下，躲藏起来，不让你找到它。有时发现了，准备要抓时。它会突然猛地一跳，飞出老远。落到草丛中不叫了，你想抓它，连找都找不到了。

我一心想抓到它，却不是一件容易事。得先听，知道大概在哪里。到近前，还要看清它在什么位置，然后再想好怎么抓到它。抓它的时候，要有速度，不要用力太猛，不然会把它抓死或抓残。我跑了一上午，也没抓到一只蝈蝈，还把拿着的笼子弄碎了，那是我见蝈蝈飞时，只顾追赶，不小心摔倒砸碎的。没了笼子也抓不到蝈蝈只好空手回家来。想到父亲放弃一个午睡时间，为我做笼子，还被我弄碎了，我感觉自己太没用了，真的很对不起父亲。

父亲在生产队里当车队长，当时正是玉米和葵花封垄的季节。队里仅有的几套犁杖，忙不过来，每天都要起早贪黑地干活儿，才能撵上铲地的，不被落下。

中午父亲下工的时候，我见到父亲满脸微笑，高挽裤脚，进屋后摘下头上戴的草帽，那高大的身材，再次展现在我的面前。已年近五十的人了，腰不弯，背不驼，声若洪钟，喊着我的小名："老五快来，看看这是啥？"我急忙细看，父亲从挽着的裤脚里，拿出来好几个大蝈蝈。我取来剩下的两个笼子。父亲问："那个呢？"我不好意思地说："被我砸碎了。"父亲看看我，没说什么，把蝈蝈分在两个笼子里，有纯绿色的，还有两种褐色的。蝈蝈在笼子内跳来跳去，我庆幸终于有几只蝈蝈了。

我到园子里取来白菜叶和角瓜花，放在里面，站在窗台上，把笼子挂在房檐下。风吹时笼子不停地摆动，但雨可淋不着。挂上不久，两笼子的蝈蝈就比赛似的叫了起来。从此每天都能听到那清脆的叫声。闷热的夏天再也不寂寞了，因为有美丽的蝈蝈为伴，有清脆的声音在响。

直到现在每每听到蝈蝈的叫声，我总是不厌其烦地细听。同时也想起父亲那高大的身材和满脸的笑容，想起父亲为我做的各具特色的蝈蝈笼。

作者简介：肖木江，1961 年出生，洮南市东升乡农民。吉林省作家协会会员，白城市作家协会会员。

母亲送菜来 徐秀宏

我住县城，母亲住乡下，母亲常常从老家给我送来蔬菜。

老家的菜园子有一亩多地，是我们家主要的生活来源。春季一到，母亲便开始在菜园里忙活，种上各种时令蔬菜。撒种浇水施肥除草，种子破土而出，很快便满园春色，一畦一畦的青菜、水萝卜、小葱、茄子、西红柿、黄瓜、豆角……都挤着赶着回报母亲的辛劳。掐尖剪枝去蔓掰丫，母亲如同呵护自己的孩子，每一步都精心细致。

第一茬蔬菜我们是吃不到的，都是要卖的。每到卖菜那天，母亲要更早些起床，为的是趁着晨露采摘，这样的蔬菜才新鲜，卖相好看。顶花带刺的黄瓜，绿油油的豆角，再放几把扎好的小葱送给每位买菜的顾客，作为烧菜的佐料。菜摆好在柳条筐里，母亲就挑着担子去集市了。用卖菜的钱换回米面油盐等生活必需品，还有供我读书。

大学毕业那年我被安排到县城工作。因离家远，在县城租房。县城只有一个小菜场，离我住的小区比较远，买菜不是很方便。我基本一周去一次菜场，每次只买好存放的菜。

有一次，母亲从老家来看我，挎了满满一筐的菜。家到县城要走十八里山路，母亲的两个臂弯磨出了红红的印迹。摸着母亲的胳膊，我鼻子酸酸的。母亲说："这些菜都是现摘的，新鲜，够你吃几天了。"我说："县城的菜也新鲜还便宜。这么远的路，以后您可不要送了。"母亲笑着答应："嗯，不送了。"

可是，没有两周，母亲又来了，这次送来的是白菜，没用筐，用一个编织袋装着，是母亲用肩膀扛过来的。我说："妈，求您了行不行，不要送了，白菜到这都快成白菜汤了。再说，县城的白菜才五分钱一斤。"母亲又笑着说："嗯，下次不送了。"

哪知道回去没两周，母亲再次送来一袋茄子和豆角。

我从小就领教过母亲的倔强和坚韧。父亲去世后，母亲一个人承担起养活奶奶和我们姐弟四个的责任，直到奶奶去世，我们也都成人。一晃十年过去了，亲属都劝过母亲改嫁，母亲笑着摇摇头。母亲说，她心里只有这个家，装不下别的。这些年因长期劳累，母亲的身体越来越差，关节也开始变形，走远路就得拄拐棍。

这么远的路，母亲是如何一步步走来的？我不敢想象。为了应付母亲的倔强，我只能在休息时多回家，自己拿菜。

又一年春季到了，一个周末，我在单位加夜班，早上回到出租屋时天已大亮。老远，我看见门前蹲着一个人，她手扶着拐棍，头靠在墙上，显然是睡了。几缕白发搭下来，遮住她瘦削的半边脸，旁边一筐小青菜、水萝卜，嫩绿嫩绿的，像春天的草，像刚吐绿的柳芽。这么养眼的绿却晃痛我的眼睛。十八里路，必须靠拄拐棍才能走路的母亲要多久才走到这？

脚步声惊醒了母亲，母亲站起来笑着说："回来了。"随后她抓起一个水萝卜给我看，"你看这水萝卜，多水灵，可新鲜了，一点儿农药都没有。"

我抢过水萝卜摔到地上，我说："妈，您能不能让我省省心，您走这么远，就为了给我送一筐菜吗？"

母亲对我的举动很震惊，她嗫嚅着说："你别担心，妈不是还能走嘛，妈就是想借送菜看你一眼。"

我眼泪在眼圈里打转。"我好好的，您看我干啥？我不是说过端午节就回去了。以后我一休息就回家，自己拿菜。您得答应我，不要再跑路了。"母亲笑着点点头。

这次走后，母亲再也没来送菜，我以为我的话奏效了。端午节回去，母亲的憔悴令我吃惊。几番劝说，母亲才同意去检查。"癌症晚期，最多一个月。"医生的话如五雷轰顶。

那一天，我请假回家照顾母亲，从县城走回老家，十八里山路，我一步一步数下来，整整两万七千步，我跌坐在老家的院子痛哭失声。园子里绿茵茵的一片，茄子已经开花，豆角的枝蔓如青藤爬满篱笆，母亲一生的岁月都耕种在这里，她把爱一点一滴地撒了一路，待我拾起时，是那么沉重。

原载《辽源日报》2020年4月17日

作者简介：徐秀宏，女，吉林省伊通满族自治县小孤山镇人。中国散文学会会员，中国微型小说学会会员，中国寓言研究会闪小说会员。有作品发表在《检察日报》《劳动时报》《微型小说月报》《小小说月刊》等报刊。出版作品集《鸳鸯手帕》。

我的那几亩田 　于有良

　　家乡的江畔下，有一片长方形稻田，田地平坦开阔，地块方整有序，灌渠线条顺延流畅！这块整齐肥沃的稻田，便是我的几亩农田。

　　我是1991年分到的这块田地。最初分到这块地时，土地状况十分不好。田地低洼不平，田埂泥泞横七竖八，灌渠低矮不整，田里杂草丛生。这块地的位置也不佳，东面靠着村里的玉米地，属于本村水田地的最高处。每年春季灌渠来水时，得等到别人家的水田灌满，水长到一定高度后才能流到这里。而这块田地西边随着陡势而下却成了涝洼地。每当夏季水旺时，水则会从排水沟往上呛水。这块田地真是上边难上水，下边难排水，几亩地受的都是水气，不用想也知道地的产量。我于是还给这块地起了一个戏称"大荒地"，意思就是像刚刚开过的荒地一样。当时看着眼前这片田地的状况，我思想纠结了很长一段时间，最终下了一个决定，就是要像开垦荒地一样，把这块地狠狠地修整一番，让它成为这里最好的田地！

在九几年那个时期，农耕条件简陋，耕地基本上还在用牛马，只是在耙地时才有机械耕作。因为每年春季田地刚解冻时，都有一段备耕期，我便趁这个节骨眼上，动员了全家人开始动工，愚公移山式地修整着这块土地。先是让东边高地的土方一块块地翘起，用马车、人力车，将一块块土方拉到西面的低洼处，又把以前歪扭的田埂一条条顺直筑高，再把各小块田池用长埂横竖格成六块整齐的长方形地田。这项工作用了将近一个月的时间才完成，其间付出了很多艰辛的劳动，也挥洒了无数的汗水。这些劳作即使放到现在来看，也都是很不可思议的事。付出终是有回报的，改造后获得的成效，是非常喜人的，田地已经基本上解决了受水气的问题。当灌溉期水头到来时，水会很顺畅地由东面池口进入，顺势扩散到整片田地里来。在经过三天的放水泡田之后，接下来便是耙地平整田地了。

当拖拉机把泡过的田耙了三遍之后，我专门请了一位出名的老把式。老把式的技艺很惊人，一匹马拉着一根横木，横木上有一根立棍扶手，老把式站在横木上，操控横木的角度和力度，指挥着马来来回回拖拽。只用不到一天的工夫，就把田地平整得像一片镜面一样。那时我看在眼里满是感叹，现在回想起来老把式的这项技术真应该列入非物质文化遗产里！当时我还跟村里人说这项技能虽然高超，但以后一定会消失，而马这个物种我们再想看它，得上动物园买票才能看得到。因为我当时就十分坚信，随着科学技术飞速发展，农业很快将全部机械化，牛马也将会离开它耕耘了几千年的土地，这是我们国家经济昌盛时代高速发展的必然结果。

平整完的田地，平坦而又开阔，接下来所要干的活儿就很容易开展了，插秧，施肥，打农药。这大荒地的名字真没白起，当时的农药对很多杂草是无效的，要放在以前我完全可以放任不管，但现在不行了，土地完全是自己的了，别人家田地里干净整洁，自己家的有杂草会让别人笑话的。于是我再次动员全家，用了将近两年的春夏，把芦苇、三棱草、老母猪豆等顽固杂草清理得干干净净。

接下来的几年里，田间的管理就非常得心应手了。农村三季忙时我都会在这片田里忙碌，一有了空闲，我就会坐在江畔边的白杨树下，守望着我这片稻田，从春季里稻苗成线成排，到夏季里的片片油绿，而秋收时稻穗翻滚，泛着金色的波浪更是喜人。劳作过后换来的累累丰硕，伴着辛勤付出的酣畅淋漓，总使我心醉，感觉自己已融入乡水田地间，满满的成就感、喜悦感油然而生！

时光荏苒，岁月如梭，随着时代飞速发展，我们进入崭新的科技时代，种地已不再是很辛苦的事了，翻地耙地有大型拖拉机，种植有插秧机，除草用喷药器，甚至还有无人机，秋收时用联合收割机。从种到收全程机械化，一个人也可以种植十几亩地了。我后来因在城市里，有了一份不错的工作，在那里买了楼房并且也在那定居，没有时间再回来经营这片土地了，就把田地承包给村里的亲戚种植！离开了我从小到大生活的乡村，也离开了曾经洒下无数汗水、辛勤耕耘过的，我的那几亩田！

作者简介：于有良，1978 年出生，吉林省舒兰市白旗镇保安村农民。舒兰市作家协会会员。

365

杏花云海占春风　张丽红

　　敖牛山在钟灵毓秀的洮水之滨，属大兴安岭余脉，地处万宝镇境内，是内蒙古自治区与吉林省的界山，山顶雾霭弥漫，重峦叠嶂逶迤起伏。山上有蒙古黄榆、五角枫、山杏、柞树、橡树、白桦等天然次生林。其中敖牛山风灵谷的万亩杏花林，是吉林省西部最大的杏花林之一。逢年四月，万亩杏花林宛若一朵绚丽的仙葩，作为春天的使者盛开在风灵谷之上，吸引着五湖四海的游客前来欣赏这场绝美的"杏花盛宴"。

　　四月中旬是野山杏傲然绽放的季节。当我们走近风灵谷放眼望去，那灿若云霞的杏花海展现在我们的眼前。看，满山的野山杏任性地生长，坡间、沟坎、石隙、崖边，都可见她坚韧挺秀的枝骨，春风一吹，便把她那份塞外的豪爽狂野和自然灵气柔化得摇曳多姿了。此时野杏花个个展瓣吐蕊，绽开淡雅素净的花朵。一簇簇、一丛丛，缀满了还没有来得及长出叶子的枝条，不留一点儿空隙，阳光下就像明艳的银枝。经年的老枝上，花团锦簇竞相开放，仿佛有人用泼墨法点染了轻淡的红晕和雪白的胭脂，娇艳欲滴，娉婷婉约，艳冠群芳，在煦暖的春风中吐露芳华。山野里，在杏花树下久站，你也会不知不觉地神采飞扬起来，顾盼生姿，宛若慧心飘逸、仪态娴雅的仙子，给荒凉寂寞的山野带来无限的生机。

那些新生长的小树上，杏花显得稀疏错落。看，带花蕾的，绯红点透，分明是融汇了梨花的白和桃花的红；待开的，孕香含苞，粉嫩娇蕾，如羞涩豆蔻年华少女一般让人心生怜爱；盛开的花朵，繁花丽色，旖旎仙姿，占尽春色，被酥软东风轻点后衔露凝玉，透着彻骨的清凉，散发出一缕缕的馨香，吸一口沁人心脾。这花香是素净的，圣洁的，飘逸的，让人感受到杏花那纯净优雅的品质。

远望满山的杏花在迷雾中好像披上了一层粉白色的薄纱，又似天边飘落的一片片粉红色的云霞……此时我们的眼前仿佛出现了风华绝代的西施，在绚丽的杏花下，水袖曼舞，袅娜摇曳。范蠡抚琴而歌："一枝红艳带雨浓，袖舞东风薄几重……"那舒缓缥缈的音乐，就如天籁在杏花疏影里淡淡飘出，心儿沉醉，心又飞翔，宛若人间仙境！杏花姣容艳骨，便与女子有了千年的缘分。诗人经常用它形容娉婷明媚的女子，形容瑰丽多彩的年华。借助她的美丽芬芳，成就一段人间佳话。

当雨丝飘来时，那更是美不胜收的景象，那是另一场美艳的相遇。缥缈的雨雾，笼罩着柔媚的杏花，让人如坠瑶池，如临仙韵，在清凉的雨雾中感受杏花冰肌玉骨的冷艳。此时此刻人们不禁想起宋朝诗人释志南"沾衣欲湿杏花雨，吹面不寒杨柳风"的诗句，丝丝缕缕的春雨，淋不湿人们的衣衫；它飘洒在艳丽的杏花上，使花儿更加明亮。阵阵吹面不寒的杨柳柔风，让人们感到沐浴春风的欢畅、柔和、清新；舞动的嫩绿细长的柳条，也醉了游人的心扉。

当我们徜徉在云雾一般的野杏花丛中，往往生出一种冲动，多想在杏花坡下结庐居住，做一回世外隐者。以杏花为伴，气吸粉香，目赏锦蕊；以云雾为帔，邀鸟蝶做邻，朝沐霞光，晚陶云霓；以杏花煮酒，红泥小火炉，别有一番风雅。这该是何等快活的神仙，真是让人心驰神往的世外桃源啊！

洮南敖牛山风灵谷野杏花，是大自然的亲情馈赠。她不追求舒服的环境，不选择肥沃的土壤，不渴望风和日丽的天气，随遇而安。用自己顽强的生命力不惧风雨、不畏严寒、防风固沙，默默地生长，静静地用心书写着自己最完美的人生，绽放最美的芳华，给人们带来美的视觉享受，带给人们坚强的信念和在困境中追求自我成长的坚定意志。

风灵谷野杏花是瑰丽的人间倩影，是洁白如玉的花仙子，她的冰清玉洁，她的繁盛如雪，她的馨香飘逸，让人心生无限爱怜，吸引着无数的游人观光采风，那是洮南最美的景致。每年杏花盛开的时节，便是人们无限遐想的日子。

暮春时节，风又飘飘，雨又潇潇。春光渐行渐远，初夏悄然靠近。那云雾一般的花瓣落英缤纷，洁白的杏花雨是给大地隆重的洗礼，那将是一场最值得我们礼赞的盛事。敖牛山风灵谷也将衍生出又一季的期许！这漫山遍野的杏花在繁花似锦的季节占尽春风，真可谓"白云凝露淋春卉，水墨丹青绘落霞"，一幅春日盛景的绝美画卷，徐徐地向关东大地铺展。

敖牛山风灵谷杏花云海是洮南古城旖旎迷人的名片，是人们回家的理由！

作者简介：张丽红，笔名梧桐听雨，洮南市蛟流河乡光荣村村民。洮南市作家协会会员。曾在《中国乡村》《嫩江文学》《书香文学》发表现代诗歌、律诗词、散文。

我有一壶酒，足以慰风尘 张西武

一 一壶酒，一场童年的噩梦

父亲嗜酒如命，从我记事起，他就从未离开过酒。父亲脾气暴躁，每当饭前提起酒壶，或许一场噩梦就要降临。父亲喝了酒常常跟母亲吵架，发起狂来就会摔碟子摔碗，吓得我胆战心惊远远地躲着。

记忆里，父亲总是一天三顿酒，常常喝得迷迷糊糊，却从不会耽误地里的农活。从小学三年级起，我放学后不再专管放牛，而是要去田里帮忙除草，如果哪天放学后偷懒没去而躲在家里写作业，晚饭时必会受到严厉的责骂。周末或者放暑假，父亲会全天带着我们兄弟姊妹几个在农田里铲地。在农田里，父亲仿佛是久经战场的将军，手握长长的锄杆，威风凛凛地站在地垄的前面，挥舞着锄头向望不到头的地垄和田里接天连地的杂草发起凌厉的攻势。父亲手里的锄头前伸后拉，左右翻飞，仿佛游龙在田间地垄里飞舞。

父亲回过头来，看到远远落在后面的我那笨手笨脚的样子，一边训斥，一边示范讲解。只见他半弓着腰，锄头伸出一米多远，往回一拉就锄开一大片，锄头再推回去，只见土块和杂草的根土全部被碾碎，另一面的垄帮再一拉一推，然后锄头在垄顶的苗间左一下右一下，一小片就锄完了。苗根的杂草只需用锄尖一剔，便可剔除，那是又准又快还不伤苗。杂草已被平摊在垄沟里，太阳一晒，即使下雨也很难存活。父亲手中的锄头左右翻飞，一气呵成，一拉一推一剔，一大片杂草满地的地块，很快就被铲得干干净净，土层变得疏松、平整。

　　我跟在父亲身后，不断地努力模仿、练习，大汗淋漓，手忙脚乱，不是落下了草就是锄断了苗。父亲在地里除了一个来回，又追到我的前面，他汗流浃背，却仍然气势不减，像将军训斥士兵一样咆哮道："你那不叫铲地！那是刨草，土也松不开，草也铲不死，一场雨杂草就全活过来了。庄稼地的活儿干不好，将来靠什么吃饭！"

　　初中二年级的时候，我学会了蹚地，虽然犁杖提起来比我还高，但是老黄牛听话，我可以驾驭得了。我这么小就学会了扶犁蹚地，父亲也不会因此夸奖我，喝了酒就骂我："你啊，啥也不是！你看你蹚得曲里拐弯的，翻不起一点儿土，种子能扎下根吗？田头地脑也蹚不起来，比你大哥差远了，真不是个干活儿的料！"

　　父亲最大的乐趣就是喝酒，酒后必然要谈古论今。他没有文化，但是知道的历史典故和英雄故事却不少：什么桃园三结义，岳飞精忠报国、薛仁贵征西……杨靖宇、赵尚志等抗日英雄事迹更是如数家珍，仿佛亲身经历一般，每当说到精彩处不由得眉飞色舞，激情澎湃。这些故事都有一个共同之处就是英雄豪气，可以看出父亲的心里对英雄们充满敬佩之情，也许每个男人的心里都有一个英雄的梦想吧。

　　每当我干活儿偷懒或不珍惜现在的好生活，父亲就不厌其烦地讲起过去那些苦难的岁月，关于父亲的经历也便在一次次茶余饭后的唠叨中，一点点串联成一部宏大的历史画卷。父亲的童年是在新中国成立前的战乱年代度过的，打小参加过儿童团、游击战，打过日本鬼子。青壮年时，经历过闯关东、人民公社、大帮哄，那段时间开荒辟地，大修梯田，现在家乡附近的农田还保留着当年兴修的梯田，漫山遍野纵横的梯田成为乡村的一道风景。那时，生产力低下，他没日没夜地干，春夏秋农忙里，早晨顶着满天星星就去田里出工，晚上摸着黑回家。冬天甚至三九天也不会闲着，照样天不亮就爬起来，上大山林里伐木头，那时的温度常常零下三四十度，干着活儿，嘴巴冻得说不出话，眼泪都结了冰。

　　每当讲到这些艰苦岁月，我都能看到父亲干涩的眼睛里蕴满了苦涩的泪水，他浑身无穷的力量和不怕艰难的韧劲，都是这些苦难岁月磨砺出来的。他说经过包产到户、改革开放，生活越来越好了，我们有什么理由怕苦怕累。只要付出劳动就能吃饱穿暖，这不是最大的幸福吗？

　　父亲一生勤劳肯干，起早贪黑，没有远大梦想，吃饱穿暖足矣。可是在父亲眼中，我一点儿也不争气，庄稼地的活儿赶不上大哥，学习赶不上考上了中专的二哥，嘴皮子赶不上邻居家的小伙伴……用父亲的话说，干啥啥不是，拙嘴又笨舌，别指望将来有出息了，挣口饭吃都难！

二　一壶酒，一程苦涩的青春

时光飞逝，转眼，父亲老了，而我也在人生的道路上跌跌撞撞，百般不顺，真应了父亲的断言。我虽然拼命考上了中专，曾让父亲一时扬眉吐气，但是毕业后颠沛流离，下矿井、在饭店端盘子、蹬三轮车……父亲本以为我考上学，将来能出人头地，没想到我竟然混成一个让人嗤笑的模样。

在兜兜转转的奔波中，我无奈地回家种田。父亲颜面尽失，每日借酒浇愁，喝多了就会骂我没出息："真是从小看到大，打小就干啥也不行。"

随着时代的发展，传统农业在慢慢被淘汰，让大字不识几个的父亲感到无所适从，我逐渐成为父亲的主心骨。新型的农业劳作模式下，锄头镐头已经渐渐被束之高阁，再好的铲地技巧在除草剂的普及下，也失去了作用。但是我上了十几年的学，而且体格单薄弱小，和真正的庄稼人相差太远。别人家几十亩上百亩大片的农田，每年能收入上万斤大豆，两三万斤玉米，而我因为考上中专已经没有了土地，只有靠父亲年轻时开垦的十几亩山坡地，每年收粮不足别人家一个零头。粮食满仓成了父亲和我梦寐以求的目标。

2003年，我在乡里的硅藻土加工厂找了个三班倒的活儿。我一边打工一边在家种着十几亩地，从工厂下班回家后就抓紧在农田里劳作。父亲老了，但是他一生赖以为生的土地并没有被抛弃，父亲苍老的眼角有了一丝欣慰，我最终还是成了他的依靠。每当我下了班在农田里劳作，父亲也会跟在我后面力所能及地干一点儿。快到饭点，也不忘催我："赶快回家吃饭再睡一会儿，半夜要去上夜班啊。"晚饭后，父亲半睡半醒着，半夜十一点多，准时把我叫醒去上夜班，临走，不忘叮嘱我："道黑，骑摩托慢点啊！"

由于家住大山深处，离乡里工厂十七八里地，上夜班或天气恶劣的时候，我经常住在厂里，没有宿舍，只能躺在车间或库房的产品垛上凑合一夜，半夜常常被冻醒。父亲问我住哪里，我非常得意地说："睡在产品垛上啊，刚从大窑里烧出来，比炕头还热乎！"

再难的工作、再苦的生活，我都可以熬过，但是我如此守在大山上，娶媳妇成家成了最大的难题，父亲愁坏了，托人四处说媒。但是我既不能成为顶天立地的庄稼汉，又不能在外闯荡出一片天地，最要命的是个子矮还戴个近视眼镜，在农村只能让人嘲笑，怎么会有哪个姑娘看上我！

父亲和母亲为此愁白了头，看着父亲渐渐苍老，我心酸不已。父亲一辈子争强好胜，不管是种田还是种菜，不管盖房打炕，还是砌墙垒砖，哪一样都是被村里人竖大拇指的。父亲一心想把我锻炼成一名合格的庄稼人，把农活儿干得漂亮，让庄稼长得苗壮，让村里的人看得起；后来供我上学，又期盼我能走出大山出人头地。虽然我从来没有感受到父爱，但是父亲一直在用一种庄稼人独特的爱来抚养我。

我唯有努力种好田，用满仓的粮食让父亲开心。在看不到希望的生活里，我突然理解了醉酒的父亲，生活如此悲苦，何以解忧？或许唯有饮酒了！劝父亲戒酒就像一场战争一直在我们家上演，从小我就被姐姐们警告：千万不要喝酒，千万不要像父亲一样贪酒上瘾。不幸的是，我无可救药地恋上了喝酒，准确地说是恋上了喝酒的感觉。我曾经和哥哥姐姐们不厌其烦地劝父亲戒酒，如今我却经常买酒回家，陪父亲喝酒。父亲开始有了期盼，盼我回家，盼我拎回来一桶小烧，有了酒，父亲心里也就踏实了。我下班回家经常买鱼买肉，亲自炒几个菜，陪父亲喝上一壶酒，母亲也会喝一两盅，这时候，我们一家人忘却了生活的不如意，尽情享受朴实而简单的生活乐趣。

我始终无法改变我卑微的命运，穿梭在大山和乡里的山路上，一日复一日，一年复一年。我的青春年华似水流逝，母亲叹气，父亲顿足，乡邻嘲笑。只剩一壶酒，陪伴我这一程苦涩的青春。

三 一壶酒，一场梦的期待

工作没有希望，生活充满艰辛，我顿感人生迷茫，却无人诉说。寂寞的夜晚，我把心里的痛和人生的迷惘写在纸上，再上网吧或在单位用电脑敲打成文字发到文学网站。也就是在那段时间，我学会了用电脑。写作成了最后一棵救命稻草，救赎了我迷惘的心，我更不甘心读了十几年的书，却辜负了父亲让我走出大山的梦想，他虽然每每酒后必骂我读书无用，但是我能读懂他的骂声里有多少惋惜和期待，有多少不甘心和挣扎！

此时唯有文字可以贴近我的心灵，对我不离不弃，我暗暗下决心要靠写作改变命运。可是成为作家是多么遥远的事情，网络文学也不过是一种精神的寄托，写作多年除了浪费一摞摞废旧的本子和电费，我一分钱稿费也没赚回来。父亲半夜一觉醒来，看我还趴在那胡写乱画，就破口大骂："大半夜不睡觉，在那浪费电！明天要一早去地里干活儿啊！"

在单位，有的人知道了我写作，常常耻笑我说："你说你天天着了魔似的，写那些酸臭文章有什么用！能当饭吃吗？"我无地自容，我知道我种地可以收获粮食，可是我写的文字却换不来伙食，但是我不甘心啊，为什么别人写作可以成为作家改变命运，我就不行呢？我一定要坚持下去，就算"天生我材必有用"只是一种心理安慰，我也不想放弃。

我不停地在人生的道路上挣扎，去市里打听中专毕业生就业情况，也曾参加成人高考，但都无果而终。种地、打工、卖菜、喝酒、读书、写作，我活出一个四不像的人生。苦闷中，借酒浇愁，常常喝到酩酊大醉，我竟然成了我年少时憎恶的样子，父亲只道是我继承了他的癖好，母亲阻止我喝酒，父亲劝解道："喝点儿吧，干活儿累了，喝酒解乏！"如果我酒后萎靡不振、酩酊大睡，父亲一定会劈头盖脸一顿骂："太阳老高了还不去地里干活儿，年纪轻轻这么没有精气神，你是一个男子汉，天大的事也要顶起来！"

当夜深人静，我陷入一个人的世界里，读书、背诗、写作，一个人在文字里舞蹈。一日读诗，读到韦应物的一首诗："可怜白雪曲，未遇知音人。恓惶戎旅下，蹉跎淮海滨。涧树含潮雨，山鸟哢馀春。我有一瓢酒，可以慰风尘。"这便是现实的人生吧，怀才不遇也好，悲伤落魄也罢，一壶酒足以慰藉一生的艰辛劳顿！

在乡里打工的几年，我从车间苦力到质检室学习质检，后来升为质检班长。2009年秋收后，一天厂长找到我说："老板想调你去市里的销售部工作，你回家跟家里人商量下。"这个消息来得有点儿突然，我一时之间感到迷茫无法选择，去市里工作，也许是一个好机会，但是我要放弃我家里的十几亩地，还有年老的父母正需要我的陪伴，我不在家，他们到山后挑水吃都成问题。我回家跟父亲商量，没想到父亲却丝毫没有犹豫地说："去市里工作是好事啊，工资涨五百块钱，还有三百块钱的伙食补助费，这是个机会，尽管去啊。家里挑水不用担心，你大哥离得也不远。十几亩地也给他吧，我老了干不动了，就留那二亩菜园，你礼拜天回来帮我种上就行了。"

我没想到，父亲这么开通，考虑得这么周全，为了我，他放弃了所有，包括粮食满仓的梦想都放弃了。原来父爱从未缺席，正如冰心所说："父亲的爱是沉默的，如果你感受到了，那就不是父爱了！"

那一夜，我感到前所未有的感动，跟父亲聊到半夜，聊以后怎么种地，周末我回来可以帮家里干什么活儿，在市里怎么吃住。我从来没有跟父亲如此掏心掏肺地说过话，一夜未眠。

四　一壶酒，留下一生的遗憾

到市里工作后，我很快就适应了城里的工作环境，心中不甘平庸的想法再次死灰复燃，两个月后我在外国语学校附近开了一家文具店。父亲听说了甭提多高兴，在邻居面前终于可以抬起头，逢人就说："儿子去市里工作了，还开了超市，一个月能赚很多钱呢！"

有一次周末回家，吃饭时，我拿出刚带来的两瓶酒，父亲摇摇头说："瓶酒不好喝，以后千万别浪费钱买了，还是喝小烧。"我说："不是花钱买的，我们元旦年会的酒，老板送我两瓶，拿回来给你尝尝。"

我拿出父亲的小酒壶，倒上一壶，放在搪瓷缸里用热水烫热乎。这个透明的玻璃壶能盛三两酒，形状像玉净瓶，非常漂亮。从我记事起，父亲就用这个酒壶烫酒喝，现在壶嘴已经碎了一个豁，父亲也没舍得换掉。那些年父亲喝多了经常摔东西，盘碗没少摔，酒盅酒杯也摔碎不计其数，唯独这个玻璃烫酒壶每次都可以幸存下来。

酒烫热乎了，我给父亲倒了一杯，自己也倒了一杯。我端起酒杯对父亲说："爹，你尝尝，要是实在喝不惯，你就喝小烧，这瓶酒我送别人喝。"父亲小心翼翼地抿了一口，生怕酒不好喝吓到一样，没想到，父亲刚抿一口，直呼好喝："这酒味道正啊，酒香纯正，真是好酒。"我诧异地说："你不是说不喜欢瓶装酒吗？"父亲贪婪地把一盅酒一饮而尽，忍不住咂吧着嘴，余味无穷啊。父亲一边品酒一边说："小烧两块钱一斤，瓶装酒就几十块上百块，是卖包装卖名堂，咱老百姓怎么能喝得起！"

原来，不爱喝瓶酒竟然是父亲的一个谎言，几十年来竟让我信以为真，喜欢喝小烧仅仅是因为便宜而已！父亲又倒上一杯，然后仔细打量着酒瓶里龙的造型："光这瓶子就得值不少钱，酒也好喝，怕是得几百上千块吧？"我笑着说："这又不是茅台，哪有那么贵，等我再回来，再买几瓶来。"醉眼迷离中，父亲也非常期待下次父子俩再一起喝上一壶。那一夜我和父亲开怀畅饮。

回市里上班后，不知不觉两个星期就过去了。那个周六的一早，大姐突然来电话说："爹一直咳嗽的老毛病最近又严重了，嗓子像有东西堵着，吃了很久的咳嗽药消炎药都不好使。今天你去接大客车，带他上市医院检查一下吧。"

冬天的清晨，格外寒冷。车站外，父亲穿着多年前大姐给买的新棉袄，显得干净利索，不再是在家里那邋遢的样子，但是他瘦弱的身子在寒风中显得弱不禁风。见到儿子的父亲，显得非常开心，干瘪的嘴翕动着："今天是不是要耽误上班了？"父亲唇边的胡子茬上结了霜，那瘦到骨头的枯干的脸庞让人心酸，这就是

378

从前喝了酒瞪大眼睛训斥我的父亲吗？记忆中那个倔强硬朗的老头哪去了！我禁不住鼻子一酸，眼泪就流了下来，我赶紧转过身去擦，嘴里念叨着："今天好冷啊，眼泪都能冻出来！"

　　走在去医院的路上，父亲说："有病就开点儿药吃，千万不要手术啊，你爷爷就是手术中没的！"我的心一颤，父亲开始意识到死亡的威胁了，前一次我回家听大哥说，父亲已经在爷爷奶奶的老坟场选好了位置。人终归逃不脱死亡的归宿。我安慰父亲说："咳嗽用不着手术，我们就是检查一下看看，确定病因好对症下药。"

　　那天的检查很顺利，医生说就是嗓子有个小疙瘩，没啥事，我们开了点儿药回家了。

　　春节放假回家，父亲的咳嗽还是没好。有人说这个情况很危险，像是肺癌，但是医院又查不出。有人推荐焙蝎子蜈蚣蘸鸡蛋吃的偏方，我跑镇医院买回来，根据偏方的要求，跟父亲一起焙烤，哄父亲吃药，开导父亲积极吃药治病，并不断讲这些天一定要忌酒，等病好了再喝酒啊。

　　冬夜漫长，躺在热炕头跟父亲闲聊。以前总是怕父亲，生怕一不小心就惹他发火，如今却第一次如此眷恋靠近父亲的感觉。我跟父亲聊我在外面工作的事情，然后说："爹，我现在工资多了，家里需要什么就尽管跟我说。"父亲非常开心地说："家里啥也不缺啊，国家政策也越来越好，每月发低保，每逢节日还送米、面、豆油，你不用惦记。倒是你攒了钱赶快买个楼，留着结婚用啊。"我说："爹，我也正在选房子，我要挑选个大一点儿的，多出一个房间，好接你和娘去住。"父亲坚定地摇摇头："你不用管我们了，我们不可能上城里住，有你大哥在这个大山上照顾，我哪也不去。"

我虽然固执地以为将来我一定要接父母去城里住，但是眼前重要的是让父亲好好治病。我像哄孩子一样，开导父亲安心养病，不要喝酒。父亲像个听话的孩子，自我解嘲般哈哈笑道："入冬前，家里的酒让我喝光了，再没买过，你也先不要买，一有酒我就想喝。实在忍不住，我就跑你大哥家喝点儿解解馋。"我说："病好了，我再给你买酒喝啊！但是你现在要先忍一段时间。"

　　"嗯，以后好了也要少喝了，不能像以前那么喝了。"父亲像个孩子忽然懂事了一样，让我禁不住心酸。夜深人静，父母都睡下了，我却翻来覆去睡不着，往事一幕幕涌上心头，忍不住泪湿枕巾。我在心里暗暗祈祷，希望父亲的病不是癌症，他能早日好起来。

　　父亲最终没能逃过一劫，2010 年熬过了正月十五，正在盼望春暖花开的时候，再次去医院，父亲被确诊为肺癌晚期，清明节前夕，父亲永远离开了我们。他所期盼的病好了再喝酒的愿望终究没能如愿，更没等到儿子结婚成家的喜讯，父亲带着遗憾离开了人世。"人生有酒须当醉，一滴何曾到九泉。"父子俩再饮一壶酒的愿望，终成一世的等待，一生的遗憾！

五　一壶酒，慰藉一生的风尘

　　逝者已矣，生者如斯。

　　在平淡的岁月里，我会时常想起父亲，想起父亲的一生。父亲一辈子在土地上摸爬滚打，纵使生活艰苦，也从不退缩。父亲的一生可谓饱经沧桑，经历过苦难和幸福的期盼，我从小就在父亲的唠叨中度过，当时只道是他喝多了酒发牢骚，如今想来他是在茶余饭后把他一生的经历都想讲给儿女听。他怀旧，也对眼下的生活充满期待；他坚强，生活再苦再难也只是一壶老酒就扛下了所有。他用一个朴实的农民特有的坚强性格，为我筑起一座威严的高山，让我学会了坚强。

在苦涩的人生中，有一颗不甘堕落的灵魂在涌动。周国平说："灵魂只能独行！"没错，我一直未曾放弃写作，一颗独行的灵魂常常在夜深人静的时候穿行在文字里。我没有忘记父亲在半夜骂我点灯熬油浪费电费，没有忘记领导和同事嘲笑我读书读傻了，没有忘记同学朋友鄙夷的眼神，但是不论世事如何变幻，我都没有放弃我心中的梦想。

"天生我材必有用，千金散尽还复来。"我的固执和坚持终于迎来了梦想开花，我熬过了写作的迷茫期，文章不断在全国各地的报纸杂志上发表，也不断有图书、杂志转载，部分文章入选了学生阅读试题。文字不但救赎了我的灵魂，也在激励和感动着更多读者和青少年朋友。不断飞来的稿费单，那是梦想开花的声音。业余时间我在一家写作培训网校兼职，靠写作的收入已经超过了本职工作。我终于可以不怕别人嘲笑和鄙夷，可以骄傲地说，我除了工作还可以写作，仅凭写作也可以生活无忧了。

后来因为写作有了一点儿成绩，我加入市作家协会。去年参加作协组织的征文获了奖，得到一坛子包装精美、价值不菲的好酒。那天我捧着一坛酒走在回家的路上，想起了对父亲的承诺，忽然热泪盈眶，我在心里大喊："爹，我给你弄来酒了，儿子靠瞎写乱画可以换酒喝了！"

也许，我只需一壶酒，就足以慰藉这一生的艰辛劳顿，可是，万丈红尘中，我只有独对寂寞的杯影。父亲一生嗜酒如命，酒是他的知己也是他的生命，父亲是一个粗人不会表达心中的感情，可是我依稀记得，我尚不懂事时，父亲把我当成宝，常常用肩膀驮着我，去村里喝喜酒吃大餐。父亲用筷子沾一下酒让我咂摸，看着我被酒辣得咂吧着嘴的样子，父老乡亲都夸我："这孩子将来一定能喝酒！"父亲便在酒桌前高兴得开怀大笑。再大一点儿，父亲垒墙，我帮忙搬石头，父亲锄地，我跟在后面拔草，父亲见人就炫耀："看我儿子多能干！"在那时，酒量大和干活儿好是乡下人最值得夸奖的本事。

幼小时曾是父亲骄傲的我，稍大后真正等到我干活儿的时候，却总也不能达到父亲的要求。父亲想把一身庄稼人的本事都传给我，好让我以后不会忍饥挨饿，他恨铁不成钢，不留情面地训斥，让我心里充满了惧怕。父亲不是不爱我，他无时无刻不想让儿子活出个人样来，他把爱隐藏在大山一样厚重的内心深处！

如今，我虽然没有出人头地，但是我过上了自己想要的生活。曾经以为我是不幸的，经历着重重苦难，但是在奋进的新时代，我没有被时代淘汰，写作和互联网让我孤独的灵魂有了寄托。虽然我没有实现父亲粮食满仓的梦想，但是我实现了走出大山的梦想；虽然我没有在黑土地上大展身手，但是我用文字在梦想的田地里耕耘，用文字记录这个伟大时代的点点滴滴。我从未想到，一个连地都种不好的农家孩子，可以用文字耕耘幸福生活。

"桃李春风一杯酒，江湖夜雨十年灯。"曾经陪父亲喝酒的往事都随风而去，不知不觉，人生漂泊又十年，孤灯夜雨思念深深。如今，我也常常喝酒，每当端起酒杯，我就想起了父亲，禁不住热泪盈眶，往事一幕幕涌上心头，"十年生死两茫茫，不思量，自难忘"。多想再温一壶酒，跟父亲促膝长谈；多想再听一听父亲的唠叨和训斥；多想跟着父亲一起在农田里种田铲地，体验一下旧时光里的艰辛；多想和父亲一起去实现粮食满仓的梦想……

  我有一壶酒，足以慰风尘。

  独邀天边月，半赠泉下魂。

  作者简介：张西武，临江市六道沟镇农民。临江市作家协会会员，白山市作家协会会员。作品散见于国内报刊。

春光　　邹淑英

　　安静的晨，大多数男人和女人都在赖被窝吧？小孩子们依然还在甜美的梦里。有薄光透过了窗帘，投了进来，照在了床上，在地上又铺展开来，格外地赏心悦目。在这宁静的边缘，又似有小小的温柔在编织一段缠缠绵绵的牵挂或诱惑，给人一种极鲜活的感觉，似乎吸一口气，都能吸进春光的温馨与宁静的味道。

　　我披衣下地，悄悄地把窗帘拉开半边，让阳光完全照在脸上，似乎粗糙的皮肤长出了细腻的光，温暖而舒适。在这农家的院子里，单株的老杨树，低低地伸出放射状的枝条，全然都是孤树的那份洒脱，枝头爆出的一粒粒芽儿，舒展出嫩黄的绿叶，给人许多鲜亮和希望，这是美的笼罩，是生命与阳光的布礼。我是个爱干净又有点儿矫情的女人，我喜欢屋子、院里院外按着自己的想法让它整整齐齐、干干净净，喜欢稀稀密密的篱笆围起来的小菜园，即使冬天不种菜，我也喜欢秋天把它围起来，方正而不是四下无边。这个季节，菜园里的春菜已在棚里绿油油地生长了。我站在季节的边缘远远地望着，在这春的第一缕阳光里获得温暖。玻璃上有很多水珠儿，昨天晚上和今天早上气温还很低。我不知道开得正闹的杏花和李花，这么低的温度会不会有花无果。

呼呼刮了半宿的风，似乎也累了，被风折磨的小村庄，休息了一个晚上，似乎更有了活力。东边云霞粉红，村庄里一排排的红砖白瓦房，偶有炊烟升起，一两声的爆竹声，似乎让小村庄生动了几分。纷至沓来了烟尘的味道，深深呼吸，潮湿中淡淡的农药气息，不远处，喷药车轰隆隆沿垄前行，车尾喷洒着白雾，走过的地明显地黑了一大片。也有农人背着药壶，气喘吁吁，裹了裹衣领，还是觉得特别凉。路边有小草茵茵，杨柳成行，草木穿过长长的岁月，一缕风，滴滴雨，一米阳光，便可安静地在这片土地上以美好的姿态四季成长。女人开始为男人和孩子们做饭了，一天的忙碌就这样悄悄地开始了，柴米油盐酱醋茶，素手羹汤，难免的酸甜苦辣咸，可日子不就是这样吗？盼着、等着，走着、停着，吵吵闹闹重复着；爱着、恨着，快乐着、痛苦着，一如既往坚持着。可晨毕竟是新一天的开始，应该有新的希望，希望更在这春光里吧！

我喜欢这样，老实地站立，规矩地行走，诚实的生活方式按照自己的意愿行事，饿的时候吃饭，累了就休息，爱和恨也不必撒谎。我更喜欢这烟火味儿的日子，穿上围裙，挽着头发，灶下生着火，火苗噗噗地蹿起来，锅上热气腾腾，孩子们吵吵闹闹，我唠唠叨叨，内心里生出满满的踏实和幸福。这是我从小向往、十几年一直坚持和苦心经营的家，这个家，无论我在哪，冬夜多冷、多漫长，都让我的心有所依，想想就温暖，因为盼一直都在。这不，春天已经来了，在这美好的春光里，我种着希望，有希望，还有什么可畏惧呢？

春光，如同岁月里的一堵老墙，缝隙间长满曾经的厚重与沧桑；春光，像是一缕陈年恒久的檀香，穿过了青色的过往；春光，在日复一日的年轮里，像寂寞的青苔爬满了青砖老房，却依然清晰、绵长……

作者简介：邹淑英，九台市苇子沟镇农民。作品散见于《绿池》《德惠作家》《德惠文苑》等杂志。